TONI ROBERTS

HINTER DEM WELTENRAND

Roman

3. BAND - SCHWERES ERBE

Originalausgabe
Copyright © by Robert Schmidt
Herstellung: Books on Demand GmbH
ISBN 3-8311-1852-3

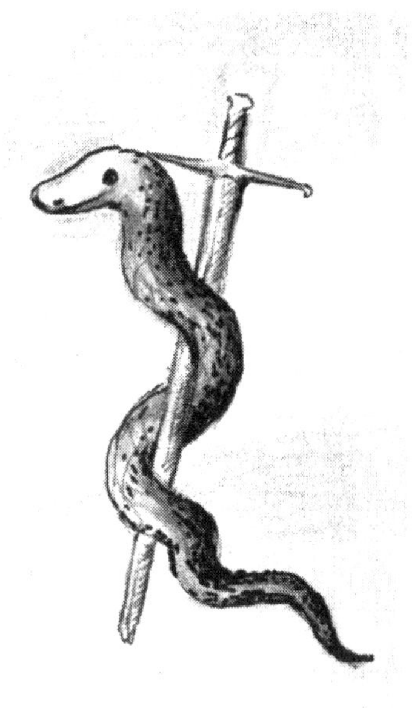

Die Entdeckung Amerikas durch Christoph Kolumbus - sie hat die Welt verändert. Doch es ist mittlerweile bekannt, daß er nicht der Erste war. Der Wikinger Leif Erikson betrat 400 Jahre früher den Kontinent. Seitdem lebte in den Völkern des nördlichen Europas der Mythos von jenem sagenumwobenen waldreichen Land.

Immer wieder versuchten die Grönländer und Isländer in den folgenden Jahrhunderten, dort Fuß zu fassen. Dabei stießen sie auf erbitterten Widerstand der Ureinwohner. Schließlich fuhren ihre Langschiffe nur noch hinüber, um das Holz an den Küsten zu schlagen. Im übrigen Abendland gerieten ihre Entdeckungen in Vergessenheit.

Im 14. Jahrhundert veränderten sich die Kräfteverhältnisse der alten Welt. Der Türkensturm erschwerte zunehmend den Orienthandel. Die Preise für Waren aus Persien und Indien stiegen ins Unermeßliche, so daß sich die christlichen Seefahrernationen ernsthaft mit dem Gedanken trugen, neue See- und Handelswege zu suchen.

Außerdem stieg die Zahl derer, die die schrecklichste Ausgeburt der Kirche - die Inquisition - mit dem Tode bedroht. Ihnen blieb nur der offene Kampf oder die Flucht. Aber selbst in den entlegensten Ländern der Christenheit konnten sie vor ihr nie ganz sicher sein. So auch in Schottland.

Dort wächst um die Mitte des 14. Jahrhunderts der Adlige Henry Sinclair heran. Viele junge Menschen an den Küsten rund um Edinburgh teilen mit ihm den selben Traum - den von der Seefahrt. Erzogen von in Schottland untergetauchten Tempelrittern macht Sinclair deren Ziele zu seinen eigenen. Der Orden sinnt darauf, Land auf der anderen Seite des Weltenmeeres zu finden, um somit dem drohenden Scheiterhaufen zu entgehen. Sinclair, der spätere Earl der Orkneys, ist ihre größte Sicherheit.

Unter seiner Herrschaft erleben die Inseln ihr goldenes Zeitalter. Sinclair versteht es, Männer um sich zu scharen, die aus unterschiedlichsten Motiven das gleiche Ziel haben - das Waldland der Wikinger finden. So endet das, was einst ein Jugendtraum war, nach über dreißig Jahren in den Wäldern Amerikas.

III. SCHWERES ERBE

1369 - 1391

Zeit und Orte der Handlung :

1369 - 1391
Schottland - Orkney - Dänemark - England - Shetland

Es war kühl hinter den dicken Mauern, während draußen die Glut des Tages das Land versengte. Eine Spinne krabbelte hinter einer Mauerritze hervor. Eilig bewegte sie ihre vielen Beine, um an ihrem Netz weiterzuspinnen. Die kleine Spinne war sehr fleißig, sie störte das Halbdunkel nur wenig. Viel kannte sie nicht von dem großen Raum, der ihr eine Heimstatt bot. Aber das interessierte sie auch nicht. Hier oben, wo sich die Bögen zur Decke wölbten, war die kleine Spinne vollkommen ungestört. Nichts, was sie von ihrem Mahlzeiten ablenkte.

Nur manchmal geschah etwas, das sie jedesmal von Neuem verwunderte. Für gewöhnlich erschrak sie zuerst und stellte sich sogleich tot. Mucksmäuschenstill beobachtete sie, was dann geschah.

Ein Lichtschein erhellte den Saal. Stimmen gesellten sich dazu. Männer traten durch die Tür. Unter den größtenteils recht jungen Gesichtern, erblickte man auch zwei würdevolle Graubärte. Ihre Tonsur verriet, daß sie Mönche waren. Doch während die einen schlichte Kutten aus braunem Wollstoff trugen, kleideten andere weiße und schwarze Leinengewänder. Mit Entsetzen stellte die Spinne fest, daß einer der beiden Graubärte den Teil des Raumes betrat, in dem sie hauste.

Er hielt vor einem Bild an, das in die Wand gehauen war. Das Relief zeigte die Heilige Mutter und ihren Sohn. Der Erlöser bewegte einen Zirkel in den Händen, gleich einem Baumeister. Einige Teile des Heiligenbildes waren nur noch schwer erkennbar, der Stein abgebröckelt.

Der alte Mann entzündete zwei große Kerzen, die zu beiden Seiten des Bildes auf Sockeln standen. Schwer atmete er in der kalten Luft. Er zog seinen weißen Umhang etwas zusammen und blickte sich im Saale um.

Dieser wirkte, obwohl schlicht und einfach, faszinierend auf das Auge. Vom Pfeiler in der Mitte stiegen Rippen fontänenartig auf und entfalteten sich an der Decke zu einem Sterngewölbe. Auf einer Saalseite führte über der Bestuhlung und den Wandkonsolen ein breites Gesims zu kleinen und schmalen Fenstern. Die farbigen Glasfenster, die christliche Ornamenten wiedergaben, ließen das Tageslicht nur schwach und gedämpft erscheinen.

Der Tempelritter - denn als einen solchen verriet ihn das rote achtspitzige Kreuz - hüstelte leise. Langsam wandte er seine Schritte hinüber in den anderen Teil des Raumes, wo die restlichen elf Männer bereits Platz genommen hatten.

Es schien nicht eine der üblichen Kapitelversammlungen zu sein; nein, etliche Gesichter drückten Niedergeschlagenheit, ja Verzweiflung aus. Keiner sprach ein Wort; alle saßen auf ihren Stühlen, in sich gekehrt und der Dinge harrend, die da kommen sollten.

Doch die schwerste Last drückte das Herz des alten David de Morlay. Er wußte, daß diese Kapitelversammlung wegen des Todes von Sir Henry Sinclair einberufen wurde. Er wußte aber auch, daß er den Tod seines einstigen Schülers am meisten zu verantworten hatte.

Nun konnten sie wohl ihre Hoffnungen begraben; ihre Hoffnungen, die sie in den Erben norwegischen und schottischen Blutes gesetzt hatten. Den Erben Orkneys. Es war eine der finstersten Stunden, die der Kapitelsaal des Ordenshauses von Balantrodoch je erlebt hatte. Noch war der größte Holzstuhl an der Wand unbesetzt.

Rückkehr eines Toten

Draußen auf dem Gang hörte man ein leises Schlurfen. Tritte näherten sich der Tür. Schließlich öffnete sich einer der Flügel. Ein älterer Mann trat in den Kapitelsaal. Das schlichte Wams wurde von einem schwarzen Umhang verborgen. Er schien nicht zu bemerken, daß die anderen sich erhoben hatten. Zielgerichtet schritt Sir Thomas Seton, der Präzeptor der Johanniter Schottlands zu dem Heiligenbild und fing an zu beten. Die anderen taten es ihm nach.

Erst als Sir Thomas sich auf dem erhöhten Stuhl niederließ, kehrten die anderen zu ihren Plätzen zurück. Der alte Meister ergriff einen langen Holzstab, der mit einer gewundenen Schlange verziert war. Dann wandte er sich an einen der Zisterziensermönche zu seiner Seite.

„Mich dünkt, Bruder Hieronymus, daß wir heute wohl kaum über den Bau der Kathedrale von Glasgow sprechen können. Es sind verhängnisvolle Dinge geschehen. Fast will ich meinen, der Himmel will uns auf die Probe stellen.

Natürlich habt ihr es längst alle erfahren. Der junge Baron aus Rosslyn Castle ist tot. Ein Sturm vor den Orkneyinseln zertrümmerte sein Schiff auf den Klippen von Hoy. Von ihm selbst fehlt jede Spur, doch liegt sein Leichnam wohl auf dem Grund des Meeres. Ihr wißt alle, was dies für uns bedeutet."

In der Tat wußten das die Männer nur allzu gut. Bisher hatte ihnen das Geschlecht, das über Mittellothian herrschte, jegliche Unterstützung zukommen lassen. Durch die weitreichenden Verbindungen ihrer Orden war es eine Beziehung, die stets für beide Seiten Vorteil brachte.

Selbst die kühnste Idee und Vision ihrer Gemeinschaft, die von dem Templer David de Morlay stammte, sollte mit Hilfe eines Sinclairs in die Tat umgesetzt werden. Der Traum von einem unabhängigen Reich fernab von allen Zugriffen der Inquisition. Der Traum von *Drogeo, der Insel am Ende der Welt.* Es hieß, daß einst die Wikinger dies Land entdeckten. Doch niemals gelang es über längere Zeit dort Ansiedlungen zu errichten.

Morlay behauptete sogar, daß die Phönizier, erfahrene Seefahrer, die vor Christi die Erde erkundeten, ihren Fuß auf jenes Land gesetzt hätten, das die lateinischen Gelehrten als Drogeo bezeichnen.

Doch welche Rolle sollte Sir Henry dabei spielen? Er galt, obwohl der norwegische König Haakon ihm dies Recht immer noch vorenthielt, als der Erbe Malises, des letzten

Earl der Orkneys. Auf den rauhen Orkneyinseln lebte ein anderer Menschenschlag, Fischer, Wal- und Robbenjäger. Menschen, die seit jeher mit dem Meer groß geworden waren. In Schottland erzählte man sich Geschichten von Seefahrern und Abenteurern, die nicht zögern würden, durch die dicksten Stürme zu segeln, nur um das gelobte Land ihrer Vorväter zu finden.

Doch floß nicht nur das wilde Blut der Wikinger in den Adern der Inselleute, sondern es ging die Sage von einem viel älteren Volk, daß bereits vor den Pikten den Norden Schottlands beherrschte.

Was würden einem die besten und schnellsten Schiffe der Welt nutzen, wenn nicht erfahrene Seebären ihren Kurs steuerten. Und wer wäre besser geeignet, sich zum Schirmherr gewagter Meerfahrten mit unbekanntem Ziel aufzuschwingen als Sir Henry Sinclair. Doch waren dies alles Träume, die mit dem Tod des jungen Ritters wie Nebel in der Sonne verblaßten.

„Der Schlag sitzt tief, den eure Nachricht bringt, Morlay", sagte der Präzeptor zu dem Mann, der ihm gegenüber saß. „Ich kann es Lady Isabella nicht verübeln, wenn sie die Verbindung zu uns abbrechen wird. Das ganze Unternehmen war ein einziger Reinfall."

„Wir sahen schon die Gletscher von Grönland, Sir", antwortete ein junger Templer, „als die große venezianische Karavelle vor unseren Augen versank."

„Die Gletscher von Grönland?! Ihr wißt was ihr versprochen habt, Morlay. Denkt an eure Visionen. Ich habe mich davon anstecken lassen und nun stehen wir vor eurem Scherbenhaufen."

„Vor unserer Abfahrt sagte ich euch bereits, daß es für eine Suche nach jenem geheimnisvollem Land am anderen Ende der Welt noch zu früh ist. Wohl scheinen es die Isländer zu kennen, doch kaum einer von ihnen traut sich, selbst das viel nähere Grönland anzulaufen. Zu viele, selbst erfahrene Kapitäne, sind ins tückische Treibeis geraten."

„Sprechen wir nicht mehr über dies, was westlich von Thule geschah. Was Henry Sinclair angeht, so habt ihr euch mit schwerer Schuld beladen. Es war unverantwortlich den jungen Heißsporn mit einer solchen Nußschale segeln zu lassen. Ich war von Anfang an dagegen."

„Wir beide kannten seinen Vater gut genug, um zu wissen, daß auch der Sohn ein Dickkopf war. Sir Henry, aber vor allem die Männer, die er um sich scharte, hätten aufbegehrt."

„Da muß ich David de Morlay recht geben", schaltete sich Eustache von Dunbar ein. „Sir William, der große John, sie alle konnten mit unsereins nur wenig anfangen. Und nicht zuletzt war es eure Idee, den jungen Clanhäuptling keinesfalls unter Druck zu setzen."

„Geschwätz, Bruder Eustache", unterbrach ihn der Präzeptor barsch. „Sinclair ist tot und euer Gerede bringt uns nun auch nicht mehr weiter."

„Was wird aus den Inseln, von denen aus wir das Paradies im Westen entdecken wollten? Was wird aus den Orkneys?" fragte Charles Keith vorsichtig.

„Nun, da wir unsere größte Trumpfkarte verloren haben... Ach, vergeßt es. Vergeßt es, daß Sinclairs Schwester jemals einen Anspruch auf das Erbe ihres Bruders erheben kann. Auf Rosslyn sicher, aber auf die Orkneys?"

„Um Gottes Willen", sagte kreidebleich George Holewood, ein lang aufgeschossener Johanniter, „so müssen wir uns in Zukunft mit den Stuarts und Douglas' herumärgern?!" Es entstand ein allgemeines Gemurmel im Saal.

„Schluß jetzt", fuhr Sir Thomas dazwischen. „Dergleichen Hirngespinste hebt euch für später auf. Morlay! Ich weiß, der Tod des jungen Sinclair ist ein großer Verlust für uns alle. Am meisten für dich. Doch ich bin immer noch fest entschlossen, jenes Land im Westen zu suchen. Schließlich geht es um eine sichere Heimstatt für unseren neuen Bund. Ihr wißt alle, daß hier nicht nur der Papst uns gefährlich werden könnte. Es war schon kühn genug, die Venezianer in unsere Pläne einzuweihen."

„Ohne sie als erfahrene Seefahrer und Navigatoren werden wir Drogeo niemals finden, Sir Thomas", entgegnete David Morlay. „Sie haben Geld, gute Schiffe und weitreichende Verbindungen." „Hoffentlich nicht nach Rom. Sonst bräche die Apokalypse über uns herein." „Für die Beranellis verbürge ich mich."

„Nun gut. Nehmen wir an, die Venezianer sind zu einer weiteren Meerfahrt bereit. Welchen Anreiz wollt ihr den Kaufleuten geben? Daß sie einen guten Fraß für die Fische abgeben?! Oder wollt ihr ihnen von den zahllosen Versuchen der Wikinger erzählen, die nichts als wildes steiniges Land im Westen fanden?!"

„Ich bin sicher, daß wir nicht nur Steine finden werden." „Ausgezeichnet Morlay. Entnimmst du deine Weisheiten dem alten Papyrus, den du in deiner Truhe vergräbst? Gut, der Kaufmann aus Venedig hat damals angebissen, aber was hatte er davon. Wenn ich mich nicht täusche, schimmern jetzt seine Gebeine auf des Meeres dunklem Grund."

„Wozu bedarf es eines Südländers", warf Errol Maxwell ein. „Laßt uns allein das Werk vollenden." David Morlay schüttelte schweigend den Kopf. Seton winkte ab. „Das kostet zuviel, Bruder Errol. Denkt an die Ausgaben der Komtureien. Ich kann unmöglich dem Großmeister auf Rhodos berichten, daß wir auf Landsuche sind, anstatt ihn mit Rittern und Geld zu unterstützen. Als Ketzer wird er mich verdammen, wenn er erfährt, daß ich mit euch im Bunde steh'. Man glaubt euch tot im Abendland.

Das schottische Gespenst des Tempels - es würde reichen, wenn nur der Name fiele. Dann bricht die Welt mit uns und weder Sinclair noch Schottlands König könnt' uns retten. Es wäre das Ende."

„Ihr versteht falsch, wollt doch als Geldsack nicht allein nur euren schröpfen. Drum seht euch um im Schottenland. Wir leben nicht nur von der Gnade Sinclairs. Nun wird sich zeigen, wie gut wir mit den Clans Geschäfte machen können. Notfalls müssen wir uns mit den Stuarts arrangieren."

„Da wäre ich mehr als vorsichtig, Bruder Errol. Was man dir früh im Hause Stuart hoch versprochen, ist oft bei Sonnenuntergang gebrochen. Im Augenblick würden sie alles für uns tun, nur um den alten König zu beerben. Doch was ist, wenn David Bruce tot ist. Nein, schlagt es euch aus dem Kopf. Es ist noch zu früh.“

Sir Thomas wiegte seinen Kopf. Er merkte, daß die Ansichten der Einzelnen sehr unterschiedlich waren. Letztlich mußte aber jedwede Entscheidung von der Mehrheit getragen werden. Die Zisterzienser - drei berühmte Baumeister Schottlands - würden sicherlich einem solch waghalsigen Unternehmen kein zweites Mal zustimmen. Und stand die Wiege ihrer neuen Gemeinschaft nicht in den Bauhütten?! Die Einheit von Maß, Form und Proportion.

Dann waren da die Templer. Verirrte Einzelkämpfer, die versuchten die Ideen dieses einst so mächtigen Ordens über die Zeit zu retten. Er lächelte. Allein wären sie verloren. Obendrein hatten sie ihre Brüder, die in Frankreich den Tempel im Verborgenen weiterführten, ausgeschlossen.

Und dann noch sie, die Johanniter. Natürlich war es eine große Verpflichtung, das Mittelmeer und den Balkan gegen die vorrückenden Türken zu beschützen. Doch zu verkrustet dünkten ihm die Führer auf Rhodos. Auch in Schottland hatte er Köpfe, wie David de Morlay oder Errol Eisenhand, in den Reihen der Seinen stets vermißt.

Wohl auch, weil er den Stillstand und die Sattheit der Welt fürchtete, ließ er sich von der des alten Templers anstecken. Sir Thomas blickte in die Runde und begann zu sprechen: „Es heißt, irgendwo im großem westlichen Meer liegen die Inseln der Glückseligkeit. Ein zweites Land Outremer. Noch ist's ein Traum, der in unseren Köpfen spukt und weiter denn je sind wir von ihm entfernt, seit Sinclairs Tod.

Bei der Heiligen Mutter, der Erbe Orkneys wußte ja nicht einmal, daß er der Schlüssel für dieses Tor nach Westen war. Ein junger Heißsporn voll Energie und Tatendrang. Von Kopenhagen bis nach Edinburgh lag ihm die Welt zu Füßen. Mich trifft es tief, daß ausgerechnet wir sein Mißgeschick verschuldeten.

Ich weiß, daß Hieronymus und einige andere unter euch, mir schon vor Jahren von solch gewagten Unternehmungen abrieten. Ich schlug die Warnungen in den Wind und wurde eines besseren belehrt. Doch ungeachtet dessen sag ich euch, die ihr verzagt. Morlays Idee gleicht wohl dem Licht der Sonne, das jeden Tag aufs neue wunderbar erscheint.

Und säß' der junge Sinclair unter uns, ihr könnt es glauben, er stünde in Gedanken schon auf Bohlen eines Schiffes.“

Tiefes Schweigen. Simon Fraser, ein junger Johanniter unterbrach es als erster. „Es hilft alles nichts, wir müssen neue Mittel und Wege suchen, um eine Basis für Morlays Pläne zu schaffen. Was haltet ihr von Irland? Ihr Templer habt doch gute Verbindungen nach Luimneach.“ „Viel zu gefährlich“, winkte Hieronymus, der alte Baumeister ab. „Bedenkt die englischen Späher, die oft an Irlands Westküste weilen. Wollt ihr schlafende Hunde wecken.“

John Young, ein anderer Zisterzienser, stimmte dem zu. „Er hat Recht, Sir Thomas. Morlays Plan war wirklich mehr als kühn, doch stand und fiel er stets mit Sinclair. Gott gab uns eine Warnung, eine zweite wird es nicht geben. Darum sage ich euch, Schluß mit dem Spuk, bevor noch ein Unglück..." „Ich widerspreche euch entschieden, Bruder John", fiel ihm Errol Maxwell, die Eisenhand, ins Wort.

„Sollen wir, weil uns das Meer seine Zähne gezeigt hat, aufgeben? Niemals! Ich gebe zu, vielleicht haben wir übereilt und vorschnell gehandelt. Doch bitt ich euch. Macht eure Augen auf und schärft den Verstand. Früh, sehr früh starben Sir Henry Vater und Großvater hinweg. Obwohl noch jung, war voller Tat ihr kurzes Leben. Und gottgeweiht, das kann die Chronik euch bezeugen. Nimmt heute nicht der Sturm auf hoher See das Leben, kann morgen schon der Krieg den Tod uns bringen. Bedenkt die schwarze Seuche, die ich vergessen habe zu erwähnen.

Wir werden es verwinden müssen, daß Orkneys Land den Händen uns entschwindet. Doch warum soll der Vorschlag Irland auszuwählen so falsch sein, frag ich euch.

Vielleicht habt ihr noch nicht gehört, daß Frankreich und England sich wieder im Krieg befinden, Bruder Hieronymus. Da denk ich doch, füllen englische Späher die Schenken in La Rochelle und nicht in Gailimh." „Wir sind Maurer und keine Seefahrer", hielt der alte Mönch dem entgegen.

Und so gab ein Argument das andere. Obwohl sich Errol und auch Charles Keith eifrig bemühten, an Morlays Plänen festzuhalten, es nutzte nichts. Die Gegner schienen die Oberhand zu gewinnen.

Der Präzeptor hielt sich, da er merkte, daß auch der alte Morlay schwieg, zurück. Insgeheim betete er, daß ein Wunder eintreten möge, doch nichts geschah. Als die langen Kerzen vor dem Heiligenbild fast heruntergebrannt waren gingen die dreizehn Männer ohne ein festes Ergebnis auseinander.

*

Es lag der Abend über dem Tal der nördlichen Esk. Das Gehöft am Rande von Kirkton war in tiefes Rot getaucht. Zu dem würzigen Duft des Sommers gesellte sich ein Geruch aus Holzkohle und Schwefel. Kein Wunder, denn hier befand sich die Schmiede, genauer gesagt eine Waffenschmiede.

Vor dem Gehöft saßen mehrere Frauen und Männer um einem Eichentisch. Einem älteren Mann sah man auf dem ersten Blick an, daß er der Hausherr war. Ein kurzes ärmelloses Leinenhemd spannte über den mächtigen Oberkörper. Darüber trug er noch seinen derben Lederkittel, der an vielen Stellen vom Ruß geschwärzt war.

Harrold, der Waffenschmied, genoß seine wohlverdiente Ruhe nach einem anstrengenden Tag. Mit einer großen Kanne Dünnbier, die ihm, wie immer, seine Töchter aus der Schenke brachten, wollte er die Milde des Sommerabends versüßen. Leise raschelten die Blätter der großen Ulme, die vor seinem Gehöft stand, im Wind. Die Grillen zirpten im Gras, die Käfer summten in der Luft. Nicht mehr lange und die Sonne würde hinter den Gipfeln der Pentlandberge verschwinden.

„Nun, Sir William" fragte Harrold einen der jungen Männer, „reichen eurem Vater die zwei Dutzend Pfeilbolzen oder seid ihr morgen wieder mein Gast?" Der Gefragte errötete leicht. Er war Anfang Zwanzig, größer als Harrold, doch war er beileibe nicht mit dem Körperumfang und der Kraft des Schmieds ausgestattet. Man erkannte den Ritter an seinem Kilt, der die Farben seines Clans zeigte.

Die zwei anderen jungen Männer am Tisch waren dagegen Knechte, die unter Harrolds Dach wohnten. Sie schielten grinsend zu Will hinüber. „Äh", stotterte dieser endlich, „ich glaube, wir haben viele bei der Jagd verbraucht."

Der Schmied schmunzelte. „Wohl wahr gesprochen, Sir William. Doch glaube ich den Grund zu kennen, warum ihr mich sooft beehrt. Ihr seid ein guter Bogen- und Armbrustschütze, Sir, kein Zweifel. Aber wehe ihr verdreht meiner Tochter den Kopf."

Nun wurde nicht nur der Ritter rot, sondern auch Gwendolin, Harrolds älteste Tochter. „Wie kommt ihr denn darauf, Meister?" fragte Will zurück. „Spiel mir nichts vor. Heute Abend ist Tanz in Iains Schenke."

„Vater, hast du vergessen, daß Will dich heut mittag bereits gefragt hat." „So, du nennst ihn schon Will, das wird ja immer schöner."

Gwendolin versuchte zu protestieren. Da schaltete sich ihre Mutter ein, die Harrold zum Einlenken brachte. „Nun gut", brummte der massige Bär. „Marian, Clara und Allan werden euch begleiten."

Allan, der Knecht, grinste übers ganze Gesicht, daß Will ihm am liebsten ins Gesicht geschlagen hätte. Aber er hielt sich zurück.

Eigentlich war Harrold, der Schmied, gar kein schlechter Kerl und hatte nichts im mindesten gegen den jungen MacLarren. Doch er liebte es, große Worte zu schwingen. So sagte er, nachdem er einen tiefen Zug aus seinem Krug genommen hatte:

„Und das wir uns recht verstehen, Sir William. Ich verpasse euch eins mit dem Hammer, bringt ihr zu spät sie mir zurück. Und nun haut ab Kinder, bevor ich's mir anders überlege."

Daraufhin erntete er verhaltenes Gelächter und flugs nahm das junge Volk die Beine in die Hand. Will wußte, daß der Abend ohnehin sehr kurz werden würde, denn Clara war erst zwölf.

*

„Ihr hirnlosen Trottel!" Gwendolin schalt Finleas, der sich mit den Söhnen des Müllers herumprügelte. Aber es half nichts. Kurz darauf war die prächtigste Keilerei im Gange, die man sich vorstellen kann. Natürlich hatte es Streit wegen der Mädchen gegeben.

Schon wollte Will eingreifen, um die Kampfhähne auseinanderzubringen, da hielt ihn eine Hand zurück. „Hast du nichts besseres zu tun, William MacLarren." Will glaubte zu träumen. „Harry, du?" rief er erstaunt. Der junge Sinclair lachte. „Das Bier hat deinen Blick noch nicht getrübt. Jawohl, ich bin's, gesund und munter. Doch sag, was schaust du so verdattert?"

Will schien immer noch nicht zu begreifen. Vor ihm stand wirklich Henry Sinclair, der von allen totgeglaubte Clanhäuptling. Er trug ein blaues Seidenwams, das Barett auf dem Haupte zierte eine Seeadlerfeder.

„Wie gelang es dir, jenem verheerenden Sturm zu entkommen?" „Das ist eine lange Geschichte", sagte Harry. „Ein alter Orkneyfischer zog mich aus dem Meer. Lange lag ich mit hohem Fieber darnieder, doch die Frau jenes Fischers pflegte mich gesund.

Kurz vor meiner Abreise hatte ich sogar noch einen Kampf zu bestehen, denn schottische Seeräuber überfielen die Orkneyinsel Hoy. Nach Lothian gelangte ich mit einer Barke, die die Fischer Seeräubern abnahmen. Gestern um die Mittagsstunde erreichte ich Rosslyn."

Will schüttelte immer noch ungläubig den Kopf und drehte sich um. Gwendolin stand hinter ihm. Die dunklen Haare hingen der jungen Frau wirr ins Gesicht, denn beide hatten vorhin noch ausgelassen getanzt. Das junge Volk saß wieder friedlich an den Tischen, so als wäre nichts geschehen. Das unerwartete Erscheinen Sir Henrys hatte sie augenblicklich jeden Streit vergessen lassen. Schweigend blickten sie zum Herrn des Tales hinüber.

Das Licht der Fackeln an der Hauswand von Robins Schenke flackerte unruhig. Der Wirt hatte Bänke und Stühle für die jungen Leute in den Garten geräumt. An einem kleinen Apfelbaum knabberte Thurindas friedlich das Laub herunter. Das weiße Fell des Schimmels glänzte im Schein des Mondlichts. Will träumte also nicht.

Als der Wirt, dem die Stille verdächtig vorkam, erschien, rief Harry. „Eine Kanne Doppelbier, aber vom feinsten, Meister Robin." Der Wirt erschrak, doch nur für einen Augenblick. Dann eilte er fort, um den Wunsch des jungen Ritters zu erfüllen.

„Wollen wir nicht Platz nehmen?", fragte dieser den Freund. „Was..., Ach ja, natürlich." Während Will immer noch verdattert drein blickte, scherzte Harry bereits mit Gwendolin und ihrer Schwester.

Erst als der alte Robin ihnen die Kanne brachte und Clara die Krüge füllte war William MacLarren wieder ganz der alte.

„Du bist ein verflucht zäher Bursche, Harry. Willkommen in der Heimat. Verzeih mir, aber ich glaubte im ersten Augenblick einen Geist zu sehen. Weißt du schon alles?"

Harry nickte. „Viele von uns hatten weniger Glück." Dann hielt er kurz inne und fügte hinzu. „Dieser Sommer hat mich sehr verändert, Will. Und obwohl ich dem Tode nur knapp entronnen bin, weiß ich jetzt: diese Fahrt war unsere letzte. Doch zuvor habe ich ein Versprechen einzulösen."

„Welches Versprechen denn?" fragte Will. „Ein Versprechen, daß ich den Fischern der Insel Hoy gegeben habe."

Janet Halyburton

Hell schien die Sonne durchs die offenen Fenster. Schon erreichten ihre Strahlen den schweren Tisch aus dem Holz einer Eiche. Der frische Wind, der durch den Raum ging, ließ einige Pergamente auf der Platte des Tisches rascheln. An dem Tisch saß ein alter, weißhaariger Mann, die Augen gebannt auf ein vor ihm liegendes Blatt gerichtet. Von Zeit zu Zeit hüstelte er. Ihm schien kalt zu sein und er klappte den Kragen seines Wamses nach oben. Dabei war draußen ein heißer Sommertag.

Ärgerlich schlug der weißhaarige Mann mit der Faust auf den Tisch. „Verflucht, Gott hat sich gegen uns gewandt", murmelte er. „Was ist euch, Meister", fragte ein energisch aussehender Mann, mit spitzen Kinnbart, der sich ebenfalls in dem Raum befand.

„Was soll sein", antwortete Don Ferrando wütend. „Wir hängen hier fest. Seit Monaten hängen wir nun hier fest."

„Das Kriegsglück wird sich wieder zu unsern Gunsten wenden. Denkt an die militärischen Fähigkeiten des schwarzen Prinzen." „Der schwarze Prinz... Spracht ihr eben vom schwarzen Prinz, Bruder Vasco?" Der alte Meister des Christusordens wartete die Antwort nicht ab, sondern fuhr fort. „Wenn ihr wüßtet, was in diesem Schriftstück steht, würdet ihr anders reden! Vergeßt den schwarzen Prinzen. Seit seinem letzten Feldzug in Nordspanien leidet er an einer rätselhaften Krankheit."

Der alte Mann mußte unterbrechen, da ihn ein Schüttelanfall befiel. Als er sich wieder gefangen hatte, fuhr er mit schwacher Stimme fort: „Es sieht nicht gut aus für unsere Partei, Vasco de Scoela. Die Flotte der Spanier und Franzosen plündert die englische Südküste, während der schwarze Prinz in der Gascogne darniederliegt. Zu allem Übel ist in England nun die Pest wieder ausgebrochen."

Die gichtigen Hände Don Ferrandos ergriffen zitternd das Pergament. Er streckte es Vasco de Scoela entgegen. „Allein daß dieser versiegelte Brief fast ein halbes Jahr unterwegs war, zeigt uns, daß der Weg zwischen England und Portugal immer gefährlicher wird. Nicht umsonst hat der Großmeister entschieden, daß wir in Lissabon bleiben. Verflucht!"

Don Ferrando faßte mit der Hand zum Herzen. Der jüngere Ordensritter sprang herbei. „Habt ihr Schmerzen, Meister?" „Es geht schon, Bruder Vasco", winkte dieser ab. Vasco de Scoela konnte ja nicht wissen, warum Don Ferrando so sehr viel daran lag, mit dem Großmeister nach England zu reisen. Nun, da sich von Tag zu Tag seine Hoffnungen mehr zerschlugen, verfiel er körperlich immer schneller.

Der weißhaarige Mann erlitt einen erneuten Schüttelanfall. Der andere wollte zum Fenster gehen, um es zu schließen. „Nein laßt... Laßt es offen", flüsterte Don Ferrando schwach. „Kommt her. Kommt her, Bruder Vasco."

Der Ritter ließ von dem Fenster ab und setzte sich auf eine kleine Holzbank, die seitlich neben dem Tisch stand. „Ihr müßt euch schonen, Meister", sagte er. „Ach, Geschwätz.

Es geht zu Ende", entgegnete der andere mühsam. „Soll ich den Kaplan rufen?" „Wozu? Wir haben keine Zeit mehr dafür."

Der Alte faßte den Ritter am Arm. „Bruder Vasco, ihr müßt mir einen letzten Gefallen tun." „Alles, was ihr wollt, Meister."

„Vor einigen Jahren erfuhr ich, daß sich in den Händen schottischer Templer..." „Der Orden ist doch seit sechzig Jahren aufgelöst", unterbrach Vasco de Scoela seinen Meister. „So ist es. Und wir sind es, die sein Erbe angetreten haben. Nicht die nach Schottland geflohenen Brüder - verflucht seien sie - die sich unter den Rock der Johanniter verkrochen haben. Aber laßt mich weiter erzählen, denn ich habe nicht mehr viel Zeit.

Also, einer dieser Ritter, ein gewisser David de Morlay, ist in Besitz eines alten Papyrus. Auf diesem Papyrus ist eine Seekarte abgebildet. Nicht irgendeine Seekarte, nein, eine ganz besondere. Ich selbst sah sie nie mit eigenen Augen. Mir erzählte einst ein alter Templer auf dem Sterbebett von jener wundervollen Karte. Sie soll einen großen Erdteil zeigen, der auf der anderen Seite des Ozeans liegt. Das sagenhafte Drogeo, falls ihr schon einmal davon gehört habt, Bruder Vasco."

Vasco de Scoela blieb der Mund vor Erstaunen weit offen stehen. Don Ferrando kniff die Augen zusammen und faßte mit der Hand zum Herzen. Auf die Reaktion des Jüngeren hin wehrte er ab. „Es geht schon. Hört weiter zu. Ich war damals noch um vieles jünger als ihr heute. Zwar hatte ich schon durch andere Quellen davon gehört, doch nie ernsthaft daran geglaubt. Dieser Mann war aufgrund einer Auseinandersetzung mit Morlays Großvater aus Schottland nach Lissabon gekommen. Doch das habe ich erst viel, viel später erfahren.

Vor einem Jahr traf in unserer Mission ein schottischer Ritter ein, ein Nachfahre jenes alten Templer. Er hatte wohl mit Morlay eine Rechnung zu begleichen. Über Bryan Goewerth, den Neffen Morlays, war es ihm gelungen, das Versteck jener Karte ausfindig zu machen. Mit Geld zogen wir Goewerth auf unsere Seite. Er hätte nach England oder Portugal fliehen können.

Was jenen schottischen Ritter betraf, so war er einem gewissen Henry Sinclair auf der Spur, der mit der Karte einen andalusischen Schriftgelehrten aufsuchen wollte. Es ist anzunehmen, daß der Papyrus noch jede Menge Geheimnisse verbarg. Ich hatte alles sehr gut vorbereitet. Henry Sinclair sollte auf dem Rückweg von Randolf MacWquire - so hieß jener schottische Ritter - abgefangen werden. Dann wären wir jetzt in Besitz eines der größten Schätze der Welt.

Es kam alles ganz anders. Weder von MacWquire noch Goewerth habe ich jemals wieder etwas gehört. Entweder haben sie das Geschäft alleine gemacht, oder sie sind tot, was ich eher befürchte. Jedoch Bruder Vasco höre..."

Wieder unterbrach der Ordensmeister vom roten Tatzenkreuz. Diesmal war sein Anfall heftiger, das Gesicht lief rot an. Man merkte ihm die Anstrengung an. „Vasco de Scoela, ich habe zu dir das größte Vertrauen. Du mußt versuchen, die Karte für den

Christusorden zu gewinnen. Sie gehört nach Lissabon. Um dieses Ziel zu erreichen, könnten uns unsere nördlichen Verbündeten sehr von Nutzen sein. Ich dachte da an John von Gaunt, den Erben der Krone Kastiliens."
Vasco de Scoela runzelte die Stirn. „Wie ist das zu verstehen, Meister?" „Wir liefern dem Engländer das Geld für seine Kriege und erhalten im Gegenzug die Karte." „Warum ausgerechnet ihn?" „Weil der Bruder des schwarzen Prinzen die besten Verbindungen im ganzen westlichen Abendland besitzt. Er ist ein Meister der Intrige und mit Argusaugen wacht er über alles, was zwischen Bergen und Lissabon geschieht. Weihe ihn..."
Don Ferrando wand sich vor Schmerzen. „Versprich es mir. Du bist es dem Orden schuldig." Die letzten Worte konnte der jüngere Ritter kaum noch verstehen. Die gichtigen Hände des weißhaarigen Alten krampften sich um die Tischplatte. Seit langem schon hatte der Haß sein Herz zerfressen. Nun war er am Ende. Er röchelte nur noch. „Wir sehen uns in der Hölle, Morlay."
Dann fiel der Kopf vornüber und schlug hart auf die Tischplatte auf. In den Strahlen der Sonne leuchteten die weißen Haare des Toten. „Möge Gott ihm gnädig sein", murmelte Vasco de Scoela und bekreuzigte sich. Kalt lief ihm der Schauer den Rücken herab, als er an das schwere Erbe dachte, das er von seinem Meister übernommen hatte.
Die Lage wurde mit Ende des Jahres 1368 immer ernster für die englisch-portugiesische Partei. Seit der Erkrankung des schwarzen Prinzen war sie ihres militärischen Führers beraubt. Bald nachdem sich die Engländer aus dem Norden Kastiliens zurückgezogen hatten, holte Heinrich Trastamara, der neue König von Toledo, 1369 zum Gegenschlag aus.
In mehreren Seegefechten schlug er die englische Flotte vernichtend. Bald darauf erklärten die Franzosen, die Gunst der Stunde nutzend, den Engländern den Krieg. Karl V. verfügte mit Bertrand du Guesclin über einen tüchtigen Feldherrn, der es hervorragend verstand, den Gegner im Kleinkrieg abzunutzen. Sein Verbündeter aus Kastilien sperrte den Seeweg für die Engländer und unterband deren Nachschub. Ja, die Spanier gingen sogar offen zu Plünderungszügen an der Südküste der britischen Insel über. Eduard III. und sein Sohn John von Gaunt erkannten die schwierige Lage und taten wohl noch das einzig Richtige in diesem Fall.
Sie boten Schottland Waffenstillstandsverhandlungen an.

*

Für Henry Sinclair waren jene Wochen im Frühsommer 1369 entscheidend für sein späteres Leben; hatte er doch in dieser Zeit die Ängste und Nöte der einfachen Menschen, der Bauern und Fischer auf den Orkneys kennengelernt. Nun wußte Harry, wie schlimm es um Recht und Frieden im Lande seines Großvaters bestellt war.
Seit seiner Rückkehr aus dem Norden waren einige Tage ins Land gegangen; die Männer aus Linkness befanden sich bereits wieder auf dem Weg nach Hause. Gleich am zweiten Abend erzählte er der Mutter und dem alten Edward, was sich auf Ork Skerry

und Hoy zugetragen hatte. Isabella ballte die Faust, als sie hörte, daß die Menschen sich dort ständig der Gefahr von Raub und Plünderung ausgesetzt sahen. Als der Name ihres Neffen Alexander de Ard fiel, stieß sie einen Schrei der Verachtung aus. Achte auf deine Cousins, sie sind nicht wie du, hatte sie ihren Sohn immer wieder gewarnt.

*

Es war ein schöner Spätsommernachmittag. Nur wenige Handwerker arbeiteten noch unten auf der Helling oder in den Werkstätten an den Docks. Dafür hatten die Kneipen von Leith stetigen Zulauf, denn der Tag war anstrengend und heiß gewesen. Die Wirte sahen's mit Freuden.

In einer kleine Schenke in einer Nebenstraße unmittelbar hinter einer Segeltuchmacherei flog in hohem Bogen die Tür auf. Der Wirt - von beleibter Gestalt - versetzte einem offenbar stark angetrunkenen Mann einen Tritt. Vielleicht hätte sich der Mann noch fangen können, wäre er nüchtern gewesen. So stürzte er in den Staub der Straße. „Verzieh dich, du Saufkopf. Du hast genug!" brüllte der Wirt und schlug die massive Eichentür hinter sich zu.

Der Mann lag mit dem Gesicht auf der Erde und rührte sich nicht. Erst als die Sonne hinter dem Dach der Segeltuchmacherei verschwunden war, bewegten sich seine Finger. Langsam stand er auf oder vielmehr: er versuchte aufzustehen. Dabei lallte er immer wieder undeutliche Worte und hob drohend die Faust in Richtung Kneipentür.

Schließlich machte der Mann auf dem Absatz kehrt und wankte die Straße in Richtung Docks davon. An der Ecke bei den Ankerschmieden tauchte er wieder in den Schein der Abendsonne. Man konnte nun erkennen, daß der Mann bereits älter war. Seine schweren, zernarbten Hände zeugten von einem langen, arbeitsreichen Leben. Feuerrot leuchtete das wirre Haar im hellen Licht. Er war gerade im Begriff die Helling zu passieren - längst waren die Zimmermannssägen verstummt - da trat ihm jemand in den Weg.

„Mensch, Niall. Du siehst ja gar nicht gut aus." Der Schlag auf die Schulter war für den Alten etwas zu heftig ausgefallen. Er stolperte gegen einen Stapel Eichenstämme. Mühsam fing Niall sich an dem Holz ab und wandte den Kopf.

„William MacLarren, du Nichtsnutz, hast du mich aber erschreckt. Weswegen suchst du mich. Du siehst doch selbst, daß ich heute..." Weiter kam der alte Seeteufel nicht. Er verdrehte die Augen und rülpste laut.

Will verzog das Gesicht. „Niall, Niall. Ich glaube, es wird ein schlimmes Ende mit dir nehmen. Kotz dich lieber erst einmal richtig aus, denn ich habe dir etwas wichtiges zu erzählen."

Wütend protestierte der alte Mann gegen diese Bevormundung durch den Jüngeren. Will achtete nicht darauf und stützte den Schiffbauer. Gemeinsam strebten sie Nialls kleinem Bootshaus am Rande des Hafens zu.

*

„Sag schon, was ist?" fragte der Alte, der aus der Tür seines Schuppens trat. Er hatte ein neues faltiges Wams aus Leinen angelegt. Will saß auf dem Sand neben einem umgekippten Fischerboot. „Harry ist zurückgekehrt!" „Er lebt!. Das heißt: er lebt." Will nickte. „Das war die beste Nachricht, die du bringen konntest, William MacLarren."
„Er will dich noch vor dem nächsten Vollmond aufsuchen, aber ich soll dir dies bereits von ihm geben." „Warum erst so spät?" „Harry ist ein vielbeschäftigter Mann geworden, ein Clanhäuptling, der sich um Land und Leute kümmert." „Erzähl mir doch keine Geschichten, sollte sich dieser junge Nichtsnutz geändert haben?" „Ja, du wirst Augen machen. Seit er von den Orkneys zurückgekehrt ist, ist er nicht mehr derselbe."
„Und was soll ich mit diesen Pergamentrollen?" „Kannst du es dir nicht denken?" „Die See kann euch wohl nicht loslassen", entgegnete der alte Niall. „Harry will ja nur, daß du sie dir mal ansiehst. Sprich mit den Schiffbauern von der Helling darüber. Sicher werdet ihr erst im nächsten Frühjahr mir Bauen anfangen können."
Niall nickte. „Ihr habt es ja nun nicht mehr so eilig. Ich hoffe, es war euch eine Lehre, mit Morlay auf große Fahrt zu gehen." Will winkte ab: „Ach, Niall, was weißt denn du schon." „Mehr als du denkst, mein Junge." Will stand auf und schlenderte langsam zu seinem Pferd, das an einem Holzpfeiler hinter dem Schuppen angebunden war. Bevor er verschwand drehte er sich noch einmal zu Niall herum. „Ich glaube, keiner von uns wird diese Reise so schnell noch einmal wagen. Harry hat zur Zeit auch genug andere Sorgen."

*

William MacLarren hatte tatsächlich recht. Seinen besten Freund und Waffenbruder Henry Sinclair kümmerten im Moment ganz andere Sorgen als ein erneuter Versuch einer Segelfahrt über den Ozean. Nun, wo er den Fischern von Linkness ein Versprechen gegeben hatte, sah er sich genötigt, alles zu tun, um von Schottland aus den einfachen Menschen der Inseln zu helfen. So sandte er ab Oktober regelmäßig Boten nach Kirkinvaghe. Das Schiff, das er bauen lassen wollte, sollte lediglich Kurierzwecken dienen, um schnell Nachrichten zwischen den Orkneys und Lothian zu befördern.
Auf sein Drängen hin erwirkte sein Oheim Thomas eine Audienz bei König Haakon. Der König hörte eine Abordnung von bedeutenden Männern der Insel an, unter denen sich auch Bill Wilson befand. Sie berichteten von den hohen Steuern des Bischofs und den Seeräuberangriffen, denen die Inseln zunehmend ausgesetzt wären.
Auf Weisung Haakons kam es in Kirkinvaghe zu einer großen Übereinkunft zwischen dem Vertreter der Krone, Haakon Johnson und Bischof William. Wenige Tage nach Allerheiligen erreichte Rosslyn ein Pergament, das Harry bewies, daß sein Drängen nicht umsonst gewesen war. Bischof William wurde zu einer Geldbuße verurteilt. Allerdings wurde der Name Alexander de Ard mit keiner Silbe erwähnt.
So endete das Jahr 1369 mit einer Niederlage der Feinde des jungen Sinclairs. Bischof William wurde verpflichtet, die norwegische und auch die schottische Partei für widerrechtliche Steuererhebungen und Landnahme zu entschädigen. Unter Druck

stimmte er einer Übereinkunft zu, der Krone 112 Goldstücke und dem schottischen Verwalter der Sinclairs 21 Goldstücke zu zahlen. Diese Goldstücke, Nobles genannt, waren alte englische Münzen und von hohem Wert. Der Bischof schwor, den Landfrieden zu halten und nicht wider geltendes Recht zu handeln.

In Schottland dagegen brach, nachdem König David II. sich mit Lady Drummond trauen ließ, eine offene Rebellion der Stuarts aus. Der König mußte schwören, Robert Stuart den Platz des Nachfolgers zu überlassen und zog sich daraufhin aus dem politischen Tagesgeschehen zurück. Im Februar des darauffolgenden Jahres starb David Bruce und damit endete sein Geschlecht. Der Stuart übernahm als Robert II. und Enkel des Befreierkönigs dessen Thron. Dieser Machtwechsel betraf auch die weiteren Geschehnisse auf den Orkneys.

König Haakons Wohlwollen dem jungen Sinclair gegenüber ließ auf einmal nach. Vielleicht weil die neue schottische Königin Euphemia Ross, Sir Henrys Großtante war. Sicher würden jetzt die nimmersatten Stuarts mit List und Intrigen versuchen, ihm die Orkney- und Shetlandinseln zu entreißen. Trotz seiner Verwandtschaft zu den Stuarts war aber Henry Sinclair aus einem anderem Holz geschnitzt als diese. Ungeachtet dessen blieb Haakon weiterhin kühl und nichts konnte das Verhältnis zu den Norwegern verbessern.

Die Mächtigen beider Länder einigten sich letztlich über den Kopf des jungen Sinclair hinweg zu einem Schritt, den Sir Henry selbst am wenigsten vertreten konnte. Den Schritt zu einer ungewollten Heirat.

Oft handelten die Stuarts aus Machtinteressen heraus und wenn es ihnen nicht vergönnt war, wichtige Positionen in Schottland zu besetzen, erreichten sie dies meist durch ihre Heiratspolitik. Allgemein war es unter dem Hochadel üblich - ging es denn nicht mit der Sprache des Schwertes - auf diese Weise ein größeres Stück Macht zu sichern.

An einer Verbindung von Schottland und Skandinavien war König Haakon auch nicht ganz uninteressiert. Auf diese Weise könnte er den jungen Sinclair an sich binden. Und so schritt man zur Tat. Eine Tochter des großen Magnus Erikson und Schwester Haakons, Florentia, wurde erwählt. Sir Henry sollte nach Kopenhagen reisen, um die dänische Prinzessin zu heiraten. Sicherlich hätte dann dem Antritt seines Erbes in Kirkinvaghe nichts mehr im Wege gestanden. Doch es sollte alles ganz anders kommen.

Kurz bevor die schottische Gesandtschaft, bestehend aus vier Koggen und mehren Schniggen und Barken in See stechen konnte, erreichte Rosslyn Castle die Nachricht vom frühen Tod Florentias. Obwohl König Haakon darauf alle vorher gemachten Zusagen löste, war Sir Henry froh, daß er nicht auf diesem Wege sein Erbe antrat.

*

Im kalten Frühjahr 1370 - die letzten Schneereste lagen noch auf den Gipfeln der Moorfußberge - schritt ein junger Mann über die Zugbrücke von Rosslyn Castle. Unter dem offenen Mantel trug er ein dunkelbraunes Wollwams, das von einem breiten Ledergürtel zusammengehalten wurde. Die Beine bedeckten wollene Strumpfhosen, an

20

die sich hochgeschnürte Schuhe aus weichem Bocksleder anschlossen. Der Mann war eher etwas klein von Wuchs; ein kecker Blick und ein schelmisches Lächeln, das von Zeit zu Zeit über seine Mundwinkel strich, verrieten einen gesunden Mutterwitz. Das Gesicht umrahmte ein gut gepflegter Bart. Laut klopfte er an das große Eingangstor der Burg.

Geoffrey MacLoyd war sehr verwundert, seine alten Jugendfreunde in der Halle versammelt zu sehen. Am meisten freute er sich aber über das Wiedersehen mit Henry Sinclair.

„Ich habe gehört, daß du ein berühmter Baumeister werden willst. Hat dir die Arbeit als Zimmermann nicht mehr gefallen?" fragte ihn der Clanherr von Rosslyn. „Das war es nicht, Harry. Ich habe viel in den letzten drei Jahren gelernt. Ob in der Sägemühle von Kirkton, beim Häuserbau oder auf der Helling von Musselburgh. Aber es drängt mich einfach nach mehr, verstehst du."

„Und so hast du dich entschlossen, eine Lehre als Steinmetz anzutreten?" Geoffrey nickte: „So ist es." „Ich werde auf dich zukommen, sollte ich je in Kirkinvaghe eine Burg errichten." Harry schien sehr amüsiert. „Zwei Jahre werde ich noch benötigen, um Geselle zu werden. Bis zum Baumeister ist es dann noch ein langer Weg", erwiderte Geoffrey ernst. „Wem sagt du das," meinte Harry darauf und fuhr sich mit der Hand nachdenklich übers Kinn. „Bis nach Kirkinvaghe ist es ebenfalls ein langer Weg. Länger als du denkst."

Es wurde still in der Halle. Die anderen, Will, John und Duncan, hatten sich bis jetzt sehr ruhig verhalten. Alle waren in dicke Felle gewickelt und starrten auf den leuchtenden Kamin, in dem dicke Buchenscheite brannten. Ab und zu knisterte es laut und ein Funke stieg aus den Flammen empor.

Der kleine, ewig neugierige Geoffrey MacLoyd brach als erster das Schweigen. „Glaubst du, daß Gott uns gestraft hat?" fragte er den neben ihm sitzenden Clanhäuptling. „Ich weiß nicht. Warum sollte er es tun?" „Weil wir versucht haben, den Rand der Welt zu erkunden. Hat nicht der Heilige Vater selbst gesagt, daß hinter den Wellen des Ozeans die Pforten der Hölle liegen?!" „Ich kann mich nicht daran erinnern, Geoffrey." „Wir hatten immerhin schon die Küste Grönlands vor Augen. Wir können aus diesen Fehlern nur unsere Schlüsse ziehen." „Vielleicht hast du recht", entgegnete der junge Sinclair betrübt. „Du weißt wie viele von uns ihr Leben dabei gelassen haben" erinnerte ihn der große John.

„Gilbert, Duncans Bruder und die anderen sind vor den Orkneys im Meer ertrunken und nicht im Treibeis, John." „Trotzdem glaube ich, Geoffrey, es war gottgewollt."

Harry hielt inne. Die Worte fehlten ihm. Was sollte er auch noch weiter dazu sagen. Es war nun einmal geschehen und keine Macht auf der Welt konnte das Rad der Geschichte zurückdrehen. Bis vor wenigen Wochen glaubten Will, John und die anderen noch, daß auch er nie wieder zurückkehren würde. Er summte leise eine Melodie vor sich hin und starrte dabei gebannt ins Feuer.

So nach und nach setzten die anderen mit ein. Erst leise und stockend, doch schließlich immer fester und sicherer. Es war eine traurige Melodie. Harry konnte sich entsinnen, wie sie eine der Frauen von Linkness gesummt hatte, die wohl um ihren gefallenen Mann trauerte. „Was ist das für eine Melodie“, fragte urplötzlich Duncan. „Ich weiß es nicht“, erhielt er als Antwort. „Aber vielleicht erzählt sie von dem wundersamen Land Drogeo.“ „Drogeo?“ Will, der bis jetzt geschwiegen hatte, schien mit einem Male aus einer tiefen Lethargie erwacht. „Kennst du dieses Land?“ „Ich glaube, ich kenne es sehr gut. Weite, tiefe Wälder überdecken es, darinnen prächtige Bäume aller Arten stehen. Die Wälder sind reich an allerlei Getier. Es gibt große Seen und breite Flüsse voll mit den besten Lachsen, die man wohl je zu Gesicht bekam.“ „Und Menschen“, piepste Geoffrey. „Ja Menschen. Gibt es auch Menschen dort?“ fragten die anderen.

„Ach ja, Menschen“, erwiderte Harry. „Natürlich gibt es auch Menschen dort. Doch sind sie noch wild und ungezähmt wie das Land, das sie bewohnen.“ „Glaubst du, daß hinter den Eisbergen, die wir am Horizont sahen, jenes Land liegt?“ fragte ihn Will. „Nein“ „Wo dann? Haben wir in der falschen Richtung gesucht?“ „Ich fürchte, wir sind zu weit in den hohen Norden geraten. Wir hatten Angst, eine zu große Strecke ohne Land überwinden zu müssen.“

„Das hört sich danach an, als ob du es noch einmal versuchen willst“, sagte Duncan bitter. „Ich glaube schon. Doch sicher nicht so bald. Zunächst muß ich mich nun um das Land von Rosslyn kümmern. Und dann bleiben noch die Orkneys.“ „Glaubst du, daß die Norweger dir jemals freiwillig das Erbe deines Großvaters geben“ bemerkte Will, ernsthaft dabei den Kopf schüttelnd. „Freiwillig sicherlich nicht. Doch von meinem eigenen Erleben kann ich bestätigen, daß auf den Orkney- und Shetlandinseln ein Zustand von Sittenverfall und Rechtlosigkeit nach dem Tod von Earl Malise eingesetzt hat. Daran kann auch König Haakon nicht interessiert sein.“

Die vier Freunde kannten Harry nur zu gut, um zu wissen, daß er niemals dazu bereit wäre, sich sein Erbe mit dem Schwert zu erobern. Dies hätte nur Krieg und Unrecht heraufbeschworen, woran Schottland ebenso wenig wie Norwegen interessiert war. Die Zeiten, in denen die Schotten die Hebriden eroberten, lagen lange zurück. Außerdem lebte auf den Orkneys ein Volk, das den Norwegern wohl viel näher verwandt war als dem Süden.

Sie wußten aber auch, daß mit dem schrecklichen Ende ihrer Fahrt gleichzeitig auch das Ende ihrer Jugendfreundschaft gekommen war.

„Was soll nun geschehen?“ fragte Duncan als erster. „Wir alle können uns noch gut an jenen Abend erinnern, an dem wir hier mit den Ordensrittern über jene Reise gesprochen haben. Wir malten den Verlauf in den glühendsten Farben. Und nun dies, Harry. Dieses schreckliche Ende.“

„Heißt das, ihr wollt aufgeben!“ fuhr Harry entsetzt auf. „Was heißt aufgeben“, meldete sich John zu Wort. „Wir werden dich auch in Zukunft unterstützen, das ist klar. Aber du

mußt uns Zeit lassen. Ich habe lange Zeit den Hof meines Vaters vernachlässigt; Geoffrey fängt seine Steinmetzlehre an..."
Will unterbrach ihn. „John sagt die Wahrheit. Wir halten nach wie vor zum Clan der Sinclairs. So will es das Gesetz; so will es unsere Ehre und so gebietet es uns unsere Freundschaft. Doch du mußt uns mehr Zeit lassen."
Harry reagierte leicht ärgerlich. „Ich sagte euch doch, daß ich mich jetzt verstärkt Rosslyn und den Orkneys widmen werde. Trotzdem werde ich eines Tages den Traum einer Schiffsreise nach dem unbekannten Land auf der anderen Seite des Meeres verwirklichen."
„Wie stehen die Templer dazu?" fragte ihn Will. Darauf Harry: „Ob du es glaubst oder nicht. Ich habe mit David noch nicht wieder darüber gesprochen.

*

In der Tat mied der alte Morlay seit ihrer Rückkehr Rosslyn Castle, denn ihn plagten Schuldgefühle gegenüber Lady Isabella, gegenüber Harry und dessen Freunden und nicht zuletzt gegenüber denen, die sie auf dem Grund des Meeres zurückgelassen hatten. Er schien sich förmlich wie ein Maulwurf in dem Ordenshaus an der südlichen Esk zu verkriechen.
Als ihn Harry das erste Mal besuchte, war er zwar überglücklich, seinen langjährigen Schüler wiederzusehen, doch ihre Unterhaltung blieb oberflächlich und einsilbig. Um diesen Schock zu überwinden würde er gewiß einige Jahre brauchen. Der neue Herr über Rosslyn Castle respektierte den Wunsch seines alten Meisters und ließ ihn weitgehend in Ruhe. Es war fast so, als hätte er den Tempel und alles, was damit in Zusammenhang stand, vergessen.
Harry hatte das Gefühl, wie ein Baum zu sein, der neu ausschlug. Alte Äste starben ab und neue Zweige sprossen empor. Zu diesen alten Ästen gehörten seine Jugendfreunde Duncan, John, Geoffrey und Will. Nicht, daß keiner mehr vom anderen etwas wissen wollte, aber jeder der fünf ging nun seine eigenen Wege.
John und Duncan übernahmen die Höfe ihrer Väter, heirateten und bekamen Kinder; so wie ihre Väter und Vorväter. Geoffrey wurde ein guter Steinmetz. Er half vor allem beim Bau der Kirchen in ganz Schottland mit, wobei sein handwerkliches Geschick hoch gelobt wurde. Noch vor Ablauf der Frist legte Geoffrey die Gesellenprüfung ab. Als letztes Ziel strebte er nun noch den Baumeister an.
William MacLarren war wie die anderen vier in Lothian geblieben. Vater Malcolm litt immer häufiger unter starken Gichtanfällen, so daß Will zeitweilig die Geschäfte auf der kleinen Burg nahe Kirkton übernehmen mußte. Oft zog es ihn aber auch zu Harrold, dem Waffenschmied, wohl weniger des alten Harrold wegen, sondern wohl mehr wegen dessen ältester Tochter Gwendolin. Nur noch selten kam er das Tal der nördlichen Esk hinunter nach Rosslyn geritten. Wenige Tage nach dem Maienfest des Jahres 1371 wurden Gwendolin und Will getraut.

Sir Henry Sinclair nahm dagegen mehr und mehr die Verwaltung seines Hoheitsbereiches in Anspruch. Jetzt war er Hüter von Gesetz und Ordnung eines kleinen Streifen Landes zwischen den Moorfußbergen und dem Firth of Forth. Aber er mußte auch dafür sorgen - und der alte Verwalter Edward unterstützte ihn dabei - daß die Bauern und Fischer regelmäßig Steuern entrichteten. Ein Großteil davon verschwand, wie so oft, in den Kassen des Königs.

Sir Henry sah es als Vorbereitung für kommende Aufgaben an. Oft mußte er nach Perth oder St. Andrew reiten, um an den Versammlungen des noch jungen schottischen Parlaments teilzunehmen. Oft begleiteten ihn dabei andere Edelleute des Südens, wie Sir William Douglas oder Sir Thomas Halyburton.

William Douglas - ein großer, kräftiger Mitvierziger - war ein alter Haudegen der übelsten Sorte. Ein wilder, stets zerzauster Bart umrahmte die grimmige Miene der Edelmanns aus dem Grenzland. Seine Burg, das rote Tantallon Castle, thronte in der Nähe von North Berwick auf einer steilen Klippe. Diese Festung - erst wenige Jahre alt - war aus rotem Sandstein gebaut und ihre Mauern bis zu acht Fuß dick. In Südschottland kannte jeder den Wächter am Eingang des Firth of Forth. Wahrscheinlich wollte Douglas mit dem gewaltigen Bau seine wichtige Stellung im Land unterstreichen. Immerhin war er der erste Earl seines Clans und ein erfahrener Stratege im Grenzlandkrieg.

Er konnte Unmengen Bier saufen, hatte ein unflätiges Benehmen und drehte sich nach jedem Weiberrock um. Am schlimmsten waren seine fürchterlichen Wutausbrüche, die er in gewissen Abständen und bei den kleinsten Anlässen bekam. Über Harry allerdings - er war sich durchaus dessen Einflusses bewußt - spottete der Earl of Douglas oft und gern.

Ab und zu geschah es, daß Sir William in einem Dorf, durch das sie kamen, einen Bauern grundlos verprügelte. Als Harry einmal dazu stieß, war er fassungslos. Doch auf seine Ermahnung lachte Douglas nur und sagte: „Sir Henry, ihr seid ein armer Hund. Was soll ich gut sein gegen das Bauernpack. Wären sie an meiner Stelle, sie würden mir die Kehle durchschneiden. Dieser Kerl sollte mein Pferd striegeln und er hat es bei Gott schlecht getan." „Nehmt diesen Namen nicht den in Mund, Douglas. Es ist nicht Gott, der eure Hand lenkt."

Sir William schaute verdutzt auf Harry und brach nur einen Augenblick später in einen fürchterlichen Lachanfall aus. „Oh, wie habe ich es vermißt. So kenne ich euch, Sinclair. Es ist eine Schande, daß ihr kein Mönch geworden seid. Ihr hättet einen guten Heiligen abgegeben; den besten den ich kenne."

Harry winkte ab und wollte sich abwenden. „Kümmert euch lieber um euren eigenen Mist, Sinclair. Denkt vielleicht mal daran, daß euer wackerer Vater sich im Grabe umdrehen würde, wenn er wüßte, daß ihr immer noch keinen Nachfolger habt. Statt dessen buhlt ihr mit diesen Ordensrittern aus Balantrodoch herum."

Die Worte trafen Harry und Sir William wußte das genau. Der Clanherr von Rosslyn ließ den Earl of Douglas grölen.

Es mutete in der Tat sonderbar an, daß Sir Henry in seinem Alter immer noch unverheiratet war, wo doch etliche der schönen Töchter Lothians auf ihn ein Auge geworfen hatten. Weit lag jene Zeit zurück, in der er stolz das grüne Tüchlein bei sich trug, das ihn an seine frühe Liebe aus Andalusien erinnerte. Seit er von den Orkneyinseln zurückgekehrt war, verblaßte das Bild von Belakane langsam in seinem Gedächtnis. Und daran war auch Janet Halyburton schuld.

*

Als eines Tages - es war um die Zeit des Festes der Kreuzigung Christi - ein starker Arm an das schwere Eichentor von Rosslyn Castle klopfte, wurde dem Herrn von Rosslyn Sir Thomas Halyburton gemeldet. Darin lag nichts besonderes, denn Harry wußte, daß der Herr von Dirleton Castle kommen würde, um mit ihm gemeinsam nach Perth zu reiten. Er war auch froh darüber, daß der Diener William Douglas nicht erwähnt hatte und er für dieses Mal von der Gesellschaft des Unholds befreit war.

Als jedoch Halyburton in die Halle trat, begleiteten ihn nicht nur seine zwei Sergeants sondern auch eine bezaubernde junge Frau. Der alte Ritter stellte seine Tochter Janet vor. Harry traf der Schlag. Er kannte dieses Mädchen von den Maienfesten vor der Burg Rosslyn, hatte sie aber auch schon zu kirchlichen Prozessionen bei St. Katherine gesehen. Stolz trug dabei die junge Frau ihr Haupt zur Schau und nur, wenn Harry nicht nach ihr schaute, riskierte sie einen verstohlenen Blick zu ihm hinüber. Dies ging nun schon über ein Jahr.

Harry bot stotternd seinen Gästen eine kleine Mahlzeit an, bevor man gemeinsam aufbrechen wollte. Sir Thomas winkte ab. „Nein, danke, wir haben unterwegs ein Gasthaus aufgesucht."

Nun standen sie sich so nahe wie noch nie, Angesicht in Angesicht gegenüber. Ihr schönes Gesicht umrankten lange, hellblonde Locken, die weit auf den Rücken hinabfielen. Unter ihrem langen Wollmantel trug sie ein karmesinrot gefärbtes Leinenkleid, das von einem schmalen Ledergürtel zusammen gehalten wurde. Sie erwiderte Harrys Gruß sonderbar kühl, was ihn aber noch mehr verwirrte. Er stockte; ja, er konnte keinen klaren Gedanken fassen.

So standen Janet und Harry zusammen, ohne daß einer von beiden ein Wort sagte. Da entschärfte Sir Thomas die Situation. Harry hatte gar nicht bemerkt, wie der alte Ritter zum Kamin geschritten war, um sich die klammen Finger zu wärmen. „Nun, was ist, Sinclair. Mir scheint, ihr wollt hier Wurzeln schlagen. Wir müssen uns eilen."

Der Herr von Rosslyn löste sich aus seiner Erstarrung. „Ihr habt recht, Halyburton. Was mich angeht, so sattelt der Knecht gerade mein Roß unten im Hof. Doch sprecht, kommt Lady Janet mit uns?"

Sir Thomas trat heran. „Es tut mir leid, euch enttäuschen zu müssen, Sir Henry. Wir geleiten Janet nur bis nach Edinburgh zum Nonnenkloster der heiligen Zisterzienser."

„Was sagt ihr da?" Nun verlor Harry vollkommen die Sprache. Diesmal kam ihm Janet zu Hilfe.

„Ihr müßt nicht denken, daß ich Nonne werden will, dafür müßtet ihr mich nun gut genug kennen, Sir Henry." „Ich glaube, ihr habt mich mißverstanden, Sir Henry", unterbrach Halyburton seine Tochter. „Verzeiht, aber Janet hat nicht die leiseste Absicht, Nonne zu werden. Aber sie wird, solange wir in Perth sind, bei einer engen Verwandten unserer Familie unterkommen."

„Also reiten wir nach Edinburgh" erwiderte Harry. „Wenn ich damit nicht zu viel von euch verlange", flachste der alte Ritter.

*

Wenn man die Straße entlang der Esk nach Süden blickte, sah man einen Reiter auf einem Schimmel rasch näher kommen. Er berührte mit dem Kopf fast die unteren Zweige der Eichenbäume am Fluß. Der Hufschlag der Pferdes war weithin zu hören. So wie es galoppierte, mußte es der Reiter sehr eilig haben.

Im Sattel saß kein geringerer als der Herr über des Tal der nördlichen Esk. Sein braver Hengst Thurindas jagte dahin, als wäre der Teufel hinter ihnen her. Noch war das Roß frisch und ausgeruht. Harry war beim ersten Morgengrauen aufgebrochen, um sein Ziel vor dem Mittag zu erreichen: Dirleton Castle.

Die Burg der Halyburtons lag ungefähr zwanzig Meilen von Rosslyn entfernt. Man folgte einfach dem Flußlauf der Esk bis zu ihrer Mündung, bog dann vor Musselburgh nach Osten, um schließlich weiter an der Küste des Firth of Forth entlang zu reiten. Entlang an den Fischerorten Cockenzie, Longniddry und Aberlady.

Kurz hinter Aberlady tauchte hinter den Dünen die trutzige Burg auf. Thomas Halyburton war kein großer Feudalherr, wohl aber wie die Sinclairs ein Nachfahr normannischer Einwanderer. Im Gegensatz zu Rosslyn vermittelte die Burg von Dirleton einen eher bescheidenen Charakter. Von hier waren es nur ein paar Meilen weiter nach Osten bis zu der mächtigen Festung Tantallon des Earl of Douglas.

Sir Thomas Halyburton zeigte sich etwas überrascht, daß Harry ihn plötzlich mit einem Besuch beehrte. „Oh, Sinclair, habe ich eine Einladung des Königs versäumt, daß ihr so völlig unangekündigt vor mir erscheint? Oder vermutetet ihr irgendwelche Strolche in meinen Mauern, die ihr zu hängen wünscht?" „Nichts dergleichen, Sir Thomas. Nichts dergleichen."

Der alte Fuchs lächelte vielsagend. „Sinclair, Sinclair. Ich glaube, ich habe eine Ahnung woher der Wind weht. Warum ich nicht gleich darauf gekommen bin; sieht man es euch doch schon auf zehn Meilen an, daß ihr den Kopf verloren habt."

Harry räusperte sich. „Sie ist im Garten", sagte Halyburton. Harry verbeugte sich und wendete sich der Tür zu. Noch in der Schwelle erreichten ihn die letzten Worte des alten Ritters. „Sinclair, wenn ihr mir was zu sagen habt, dann tut es noch heute. Ich hoffe, ihr habt diesen Weg nicht umsonst angetreten."

Im Hof blähte Thurindas die Nüstern, als er seinen Herrn die Treppe herabkommen sah. Doch Harry ging nicht zu seinem Roß, sondern verschwand unter einem Torbogen, der zum Garten führte.

Die Burg von Dirleton besaß innerhalb ihrer Außenmauern einen sehr schönen Garten. Er lag auf der Südseite und die Mittagssonne brannte recht heiß, denn es fehlte an schattenspendenden Bäumen. An Fläche war er nicht groß, doch trotzdem konnte man ihn nicht überschauen, weil er von mannshohen Hecken durchzogen wurde. Zwischen den Hecken waren immer wieder prachtvolle Blumenbeete angelegt.

Harry lenkte seine Schritte über einen mit grobem Kies gefüllten Weg. Tausend Worte hatte er sich während des ganzes Rittes von Rosslyn bis Dirleton überlegt. Doch wo waren sie alle geblieben? In seinem Kopf herrschte eine unendliche Leere. Er war am Ende des Gartens angelangt. Von hier fiel eine hohe Mauer nach Süden ab.

Am Rande der Mauer saß Janet unter einer Bank, die von einer Hecke umrahmt war und las in einem Buch. Sie wußte, daß er kommen würde, hatten sie doch erst vor einer Woche in St. Katherine miteinander gesprochen. Harry verweilte einen Augenblick, ehe er sich bemerkbar machte.

Wie schön sie war. Das lange azurblaue Kleid aus feinster Seide hatte er schon früher bei ihr gesehen. Ihre zauberhaften, blonden Locken fielen Janet fast bis zum Gürtel hinab. Der Inhalt des Buches schien sie zu fesseln, denn sie bemerkte ihn nicht. Sicher irgend so ein französischer Poet, denn französische Poeten waren unter dem normannischen Adel sehr beliebt.

„Seid gegrüßt, Lady Janet", sagte Harry und verbeugte sich. Janet sah auf und errötete leicht. „Ihr seid also doch gekommen, Sir Henry." „Glaubt mir, nie hätte ich eure Einladung vergessen können." Sie kokettierte: „Nun, wie es scheint, habt ihr meine Worte etwas zu ernst genommen. Ich sprach keineswegs eine Einladung für euch aus. Sicherlich habt ihr auch meinen Vater sehr verblüfft."

So eine Frechheit. Harry verschlug es die Sprache. Nun war er es, der rot wurde. Wie konnte sie es wagen? „Darf ich trotzdem mit euch sprechen." „Ich weiß nicht, ob ihr dürft; ihr tut es ja bereits", antwortete sie schnippisch.

Sie erhob sich und legte das Buch beiseite. Dann trat sie an die Mauer und wandte den Blick seitwärts über das Land. Janet schien auf ihn zu warten; nicht einen Schritt kam sie ihm entgegen. Warum war sie so kühl; so abweisend? Dabei hatten sie sich auf der Kirchweihe so gut unterhalten.

Er setzte sich auf die Mauer neben sie. „Was habt ihr nur heute, Lady Janet. Seht diesen herrlichen Sommertag. Ein einziges grünes, duftendes Meer bis hinauf in die Lammermuirberge."

Harry redete und redete, als schien er nicht mehr aufhören zu wollen. Und je mehr er erzählte, um so mehr Komplimente flocht er in seine Sätze ein. Ja, er begann sie förmlich anzuhimmeln. Dabei bemerkte er, daß sich Janets Gesicht ab und zu aufhellte, um jedoch im nächsten Augenblick wieder in den alten schwermütigen Ausdruck zu verfallen.

Schließlich nutzte Harry einen dieser seltenen Augenblicke und drückte ihr völlig überraschend einen Kuß auf den Mund. Blitzschnell reagierte Janet und teilte eine Ohrfeige aus, daß Harry fast rücklings über die Mauer gefallen wäre. Wenn man bedenkt, daß diese sich hier über dem Burggraben fast zehn Fuß erhob, wäre ihm ein Sturz nicht gerade gut bekommen.

Die junge Lady Halyburton wandte sich schnell zum Gehen. Ihr Buch ließ sie liegen. „Verstehe einer die Weiber", fluchte Harry vor sich hin und eilte ihr nach.

Vor dem Kiesweg noch hatte er sie erreicht. „Was hast du, Janet. Ich liebe dich doch", platzte es aus ihm heraus. In ihren Augen standen Tränen. „So, Sinclair, das ist das erste mal, daß ich höre, daß ihr mich liebt. Fast wäre es in all euren Schmeicheleien untergegangen."

Nun war es an ihm zu schweigen. Ein wahres Donnerwetter schickte die junge Frau auf ihn hernieder. „Habt ihr mich ein einziges mal gefragt, ob auch ich euch liebe? Oder betrachtet ihr mich nur wie eine Eroberung, die ihr nach der Hochzeit in ein Zimmer zu schließen gedenkt?!" Diese und noch andere Worte mußte sich Harry anhören, bis er völlig zerknirscht war.

„Verzeiht", sagte er. „Aber ich hatte in der Vergangenheit nie das Gefühl, daß ihr kein Interesse an mir habt." „Das war etwas anderes. Heute seid ihr mit eindeutigen Absichten gekommen und anstatt eure Gefühle zu offenbaren, schleicht ihr wie ein Fuchs um die Henne herum."

„Nun gut. Dann werde ich euch noch eine Frage stellen, Lady Janet. Sagt, ob euer Herz für mich schlägt; wenn nicht, so werde ich euch nicht mehr belästigen."

„Du bist ein Träumer, Harry", entgegnete sie ihm. „Seit langer Zeit schon liebe ich dich. Früher habe ich in St. Katherine immer heimlich nach dir geschaut. Natürlich nur, wenn es niemand bemerkte. Doch du sollst wissen, daß ich nicht bereit bin, um jeden Preis deine Frau zu werden. Auch wenn du einer der bekanntesten Edelleute Lothians bist, der obendrein noch einen Anspruch auf die Orkneyinseln vertritt."

„Sag, was du verlangst. Du weißt, daß ich mein Wort nie brechen werde. Sollte ich es je tun, kannst du mich töten." „Ich verlange nichts von dir, das unmöglich wäre. Nur darfst du mich nie behandeln, als wäre ich dein Besitz. Niemals!" Ihre Augen blitzten scharf. „Ich verlange die gleichen Rechte wie du; keine Bevormundung und erst recht keine Willkür. Wenn du mir dies schwörst, bin ich bereit, alle Sorgen mit dir zu teilen."

Harry streckte seine Hand aus und brach an der Hecke eine Rose ab. Dabei stach ihn ein Dorn in den Finger. Er reichte Janet die Rose und sprach. „Bei der Heiligen Mutter Maria und bei meinem Blut schwöre ich dir, daß ich unsere Liebe nie verraten werde."

Sie erwiderte darauf nichts, sondern drückte ihm nur ihre Lippen auf den Mund. Diesmal war es kein flüchtiger Kuß und Harry wußte, daß sie damit ja gesagt hatte. Als er die Augen wieder öffnete, sah er bereits Janet unter dem großen Torbogen verschwinden.

Ihr Buch, fiel es ihm ein. Harry rannte zurück, um es zu holen. Als er mit dem Buch in der Hand im Innenhof von Dirleton Castle erschien, saß Janet auf einer Treppenstufe und zerpflückte die Rose. Die Blätter fielen in einen vor ihr stehenden geflochtenen Korb. Als Harry den Fuß auf die unterste Treppenstufe setzte, sah sie auf und ihre großen blauen Augen schauten voll unendlicher Liebe auf ihn.

Sir Thomas Halyburton wußte sofort, als Henry Sinclair zu ihm in die Halle trat, daß jener ihn nun um die Hand seiner Tochter bitten würde. Im Grunde genommen war er froh darüber, denn Janet war nun auch nicht mehr die Jüngste und eine bessere Partie als den jungen Sinclair würde sie wohl kaum mehr bekommen. Mit Grauen dachte er an solche Unholde wie den Earl of Douglas, dessen Söhne oder einige aus dem Clan der Stuarts. Nein, Sir Henry war ein Mann mit bestem Benehmen, wie er ihn sich als Schwiegersohn nicht besser hätte wünschen können.

Außerdem wußte er, was seine Tochter für ein stolzes aber auch verletzliches Frauenzimmer war. Einem Mann wie Sir William Douglas hätte sie eher ein Schwert zwischen die Rippen gerammt, als ihn länger zu ertragen.

Sir Thomas machte Henry Sinclair seine Bedingungen klar und dieser akzeptierte anstandslos. In Anlehnung an einen alten normannischen Brauch durfte Harry Janet nach diesem Tag bis zur Hochzeit nicht mehr sehen.

Noch vor Ende des Sommers traten Janet und Harry vor den Traualtar. Dem jungen Paar sollten jedoch nur wenige Wochen Ruhe vergönnt sein. Bald hatte den Herrn von Rosslyn das Leben mit all seinen Tücken und Abgründen wieder eingeholt. Einmal war es ein Streit mit Sir William Douglas, der, obwohl verheiratet, Harrys Nichte Margarethe nachstellte; ein anderes Mal erhielt er Anfeindungen von seinem Cousin Alexander de Ard aus dem norwegischen Bergen. Der hatte den König der Norweger auf bedrohliche Art umgarnt, so daß Haakon ernsthaft überlegte, seinen Gouverneur Johnson durch den Raufbold aus den schottischen Highlands zu ersetzen.

*

Leuchtendes Gelb bis kräftiges Dunkelrot - die Farben des Herbstes. Die ersten Blätter fielen bereits von den Bäumen. Das Gras war dürr und verwelkt von der Hitze des vergangenen Sommers. Zwei Männer saßen - die Arme über den Knien verschränkt - am Rande einer Lichtung unter den Zweigen eines Ahornbaumes. Ihre Blicke gingen nach Westen, dorthin wo die Nachmittagssonne tief am Himmel stand.

„Weit hast du es gebracht, Harry, weit", sagte der David de Morlay. „Ja, aber die Verwaltung des Landes nimmt mich stärker in Anspruch, als ich dachte", entgegnete der Jüngere. „Was hast du erwartet? Die Tage der unbeschwerten Jugend sind längst vorbei." „Und unser Traum?" „Ich weiß, der alte Papyrus läßt dich nicht mehr los. Mir geht es ebenso. Manchmal hole ich ihn nachts hervor und starre im Schein der Kerze auf die Karte. Wenn ich dann den Weg unserer Schiffe nach Grönland verfolge, gelange ich immer wieder zu demselben Schluß."

„Du meinst, unser Vorhaben war von Anfang an zum Scheitern verurteilt?" „Das denke ich", antwortete der Templer. „Und ich hätte es wissen müssen. Um ein Haar hätte ich deinen Tod verschuldet. Ich habe große Schuld auf mich geladen."

Harry wurde ärgerlich. „Nun ist aber Schluß, David. Ich verbiete dir ein für alle mal, dich weiter mit diesen Schuldbekenntnissen zu belasten. Das führt doch zu nichts. Warum suchst du die Schuld immer nur bei dir?" „Weil ich die Gefahren des nördlichen Eismeeres unterschätzt habe. Wir sollten beim nächsten Mal nicht nach Island oder Grönland segeln."

„Du willst über den offenen Ozean?" „Wenn es ein nächstes Mal überhaupt noch gibt", entgegnete Morlay niedergeschlagen. „Ein zweiter Versuch wäre Wahnsinn. Die Chance es zu schaffen, ist äußerst gering." „Wieso?" fragte Harry. David Morlay sah ihn groß an: „Wenn wir zunächst bis nach Irland, sagen wir Gaillimh, segeln und von dort strikt westlichen Kurs einhalten, ist es laut Angaben der Karte immer noch drei mal soweit bis nach Waldland wie nach Island. Ich habe noch nie etwas darüber gehört, das Schiffe solche Entfernungen auf hoher See zurückgelegt haben." Die Enttäuschung und Hoffnungslosigkeit in Davids Stimme war nicht zu überhören. Es schien, als würde der Templer sein Lebenswerk dahinschwinden sehn.

„Ich glaube nicht nur, ich weiß, daß es möglich ist", sagte Harry ruhig und bestimmt. David stutzte. „Was meinst du damit?" „Ich hatte bis jetzt noch nicht die Möglichkeit, es dir zu erzählen", entgegnete ihm der Jüngere. Morlay streifte mit den Fingern durch seinen Bart. „Das liegt wohl daran, daß deine Besuche in Balantrodoch in der letzten Zeit ziemlich spärlich ausgefallen sind", sagte er. „Selbst der Präzeptor fragt schon nach dir." „Ich weiß, aber das lag wohl auch nicht nur an mir." Auf Davids vielsagendes Schweigen fuhr Harry fort: „Es gibt nämlich etwas, das ich dir bis jetzt über meinen Aufenthalt auf den Orkneys verschwiegen habe."

Und Harry fing an ausführlich zu erzählen wie es Bill an jene ferne Küste verschlagen hatte, wie er bei den wilden Menschen lebte und schließlich glücklich wieder zu den Orkneys zurückkehrte.

David Morlays Erstaunen kannte keine Grenzen als er die Geschichte des Fischers vernahm. Endlich kehrte der Glanz früherer Tage in sein Gesicht zurück. „Dann stimmt es!" rief er erstaunt aus. „Damit hätten wir einen ersten sicheren Beweis, daß da drüben tatsächlich Land liegt. Warum hast du es noch nie erwähnt?"

„Wir alle und nicht zuletzt die Orkneyfischer haben jetzt ganz andere Sorgen, das weißt du genauso gut wie ich."

„Willst du jetzt etwa aufgeben? Gerade jetzt, wo du mir wieder Mut gemacht hast."

„Davon habe ich nie gesprochen. Unser Traum wird in Erfüllung gehen, glaube mir." „Ja sicher, Harry, daran habe ich nun auch keine Zweifel mehr", bemerkte David voll Ironie. „Allerdings rennt mir die Zeit davon."

„Sag doch nicht so etwas." „Glaubst du im Ernst, daß wir in den nächsten zehn Jahren noch einmal so ein Vorhaben ausführen können. Solltest du Earl der Orkneys werden - was ich dir wünsche - wirst du keine zwei Jahre den Inseln den Rücken kehren können." Harry schwieg. Er wußte nur zu gut, wie recht der alte Morlay hatte. Er riß mit der Hand einen Grashalm aus der Erde und steckte ihn zwischen die Zähne.

„Hast du noch Kontakt zu Rico Beranelli?" fragte er den alten Templer, um das Thema zu wechseln. „Es ist bei zwei Briefen seit unserer Rückkehr geblieben." „Wen wundert's. Die Venezianer haben die meisten Männer verloren." „Im letzten Brief schrieb er auch etwas von einer sich verschärfenden Situation im Handelskonflikt mit Genua."

„Wir haben auf dieser Reise alle unser Opfer gebracht, David. Heute glaube ich wie du, daß wir scheitern mußten; scheitern, damit wir begreifen, daß dieser gewaltige Ozean nicht so einfach zu bezwingen ist. Und dieses gewaltige riesige Meer mit seinen Stürmen und Gefahren will bezwungen werden, glaube es mir. Ich würde eher heute als morgen einen neuen Versuch wagen, aber wir beide wissen wohl, daß das nicht geht." Der alte Templer nickte wortlos. Seine Augen blinzelten in Richtung Westen, dorthin wo die Sonne bereits als glutroter Feuerball über den Bergen stand.

Ein Versprechen wird eingelöst

Ein Strom von Dutzenden kleiner Fische ergoß sich über die Planken des Bootes. Die beiden Männer hatten gerade ihr Netz eingezogen. Ihre Gesichter verfinsterten sich leicht, als sie die Größe ihres Fangs überblickten. „Wir sollten das nächste Mal weiter hinausfahren", pfiff der eine durch seine Zahnstummel. „Schau dir das nur an. Viel werden wir auf dem Fischmarkt nicht dafür bekommen." Dabei faßte er sich mit seiner großen, zernarbten Hand durch den verfilzten Bart. Die Narben stammten von den vielen Einschnitten, die sein Fischernetz hinterlassen hatte. Das Gesicht war gebräunt und vom Wetter gezeichnet. Auf dem Kopf trug er eine Wollmütze und den Körper verbarg ein langer Ledermantel

„Ich glaube, du hast recht, Dick", entgegnete der andere. Er wirkte ein wenig jünger; trug nicht so viele Falten und Narben an Hand und Gesicht. Sein Bart war noch nicht so lang und dicht wie der des Älteren. Doch auch seinen Kopf bedeckte eine Wollmütze und aus einem knappen Lederkoller quoll ein dichtes Wollhemd hervor.

Beide betrachteten die dünne Ausbeute. Etliche Heringe, einige Schollen und Makrelen, alle von geringer Größe hatten die beiden Fischer gefangen. Keinen Kabeljau und erst recht keinen Lachs. Regelrechte Winzlinge kamen aus ihrem Netz heraus. Jetzt zappelte der Fisch hilflos auf den Planken.

„Soll ich dir sagen, was geschieht, wenn wir weiter hinausfahren. Die größeren Fische werden unser altes Netz zerbeißen. Hier schau dir das an, es ist schon wieder gerissen,

32

Hank." Mißmutig betrachte Dick die kaputte Stelle. Doch um ein neues Netz bei den Reepschlägern unten im Hafen zu kaufen, hatten sie zu wenig Geld.

Hank und Dick waren zwei Brüder. Fischer aus Musselburgh und wie viele andere Fischer noch vor Sonnenaufgang auf den Wasser des Firth of Forth unterwegs. Dick war der ältere und Hank der jüngere. Schon ihre Vorväter fuhren auf den Firth of Forth hinaus. Wie die anderen Fischer auch mußten die zwei so früh ihre Netze auswerfen, denn morgens wurde der Fisch auf den Märkten verkauft.

Nach getaner Arbeit strebten Hank und Dick wieder der südlichen Küste zu; dort, wo die Esk träge in die Bucht mündete.

Schon von weitem konnten sie die noch verschlafene Stadt am Ufer erkennen; die Docks von Musselburgh, wo sie den Fisch verkaufen würden. Die Stadt lag von See her auf der linken Seite der Esk. Auf der rechten Seite des Flusses stand dagegen ein kleines Dorf, Fisherrow. Dort lebten Hank und Dick.

Weit draußen, dort wo die germanische See lag, ging soeben die Sonne auf. Der glutrote Feuerball schickte seine ersten Strahlen über die Wellen. Ein warmer Spätsommertag kündigte sich an. Die Fischer im Firth of Forth begrüßten als erste diesen neuen Tag im September des Jahres 1378.

Das kleine Boot hielt direkt auf den Hafen der Stadt zu. Zu keiner Zeit tummelten sich so viele fremde Schiffe an und vor den Docks von Musselburgh wie jetzt im Spätsommer. Koggen aus England, Deutschland und Flandern lagen dort im Hafenbecken. Schon berührte die Sonne die Mastspitzen und Segel einiger Schiffe.

Plötzlich stutzte Hank und tippte seinen Bruder an. „Sieh mal dort." Seine Hand wies nach Fisherrow hinüber. Das Wasser stand in den Dünen, denn es war die Zeit der Morgenflut. An einem der wenigen Stege, an denen sonst die Fischerboote festgekettet waren, lag eine lange Ruderbarke vor Anker. Die Segel waren bereits eingerollt und Dick und Hank konnten erkennen, wie mehrere Männer an Land sprangen. Dick hielt mit Rudern inne. „Was wollen die nur bei uns, Hank?" „Weiß nicht", entgegnete dieser „Aber der Mast trägt eine Flagge." „Kannst du erkennen, was es für Landsleute sind?" Hank reagierte ärgerlich „Du siehst doch, daß kaum ein Lüftchen geht. Die Fahne hängt schlaff am Mast." „Das sehe ich auch", murrte Dick. „Was machen wir jetzt? Wir können doch jetzt nicht so mir nichts dir nichts nach Musselburgh rudern und Fische verkaufen." Noch ehe die beiden Fischer eine Antwort auf ihre Frage fanden, änderte sich die Situation.

Durch das Ufergesträuch brachen völlig überraschend fünf Reiter. Die Pferde trugen lange Decken statt Sättel. Besonders ein Reiter stach hervor. Sein Roß war ein prächtiger Schimmel. Gerade, als er auf der Spitze der Dünen anhielt, berührten die Strahlen der aufgehenden Morgensonne sein Gesicht. Den beiden Fischern fiel ein Stein vom Herzen, denn sie kannten den Mann auf dem Schimmel nur zu gut. Hier drohte keine Gefahr mehr, wahrscheinlich hatte sie nie bestanden. Seelenruhig bewegten die zwei wieder ihre Ruder, um den Hafen von Musselburgh anzusteuern. Nur noch verstohlen, aber innerlich gelöst, betrachteten sie das Geschehen in den Dünen von Fisherrow.

Die Männer, die von der Ruderbarke kamen, schienen die Reiter zu begrüßen. Wahrscheinlich hatten die sie schon längst erwartet. Kurz nachdem die Sonne die ersten Wellen am Ufer berührte, verschwand die gesamte Schar im Hinterland. Hank seufzte. Er wußte wie Dick, daß die Fischer von Fisherrow diese Ruderbarke niemals anrühren durften, denn sie stand unter dem Schutz des Herrn der Maienfeste von Rosslyn.

*

Im Jahr 1378 hatten sich die Verhältnisse im westlichen Teil des Abendlandes grundlegend verändert. Seit 1370 regierten nun die Stuarts in Schottland und besetzten so nach und nach die wichtigsten Machtpositionen. Wie seine Vorgänger residierte Robert II. in Perth, der Stadt, die aus Scone, dem Herz des alten Reiches hervorging. Hier befand man sich in sicherer Entfernung zur südlichen Grenze und abgeschirmt durch den Firth of Forth. Der König berief sich darauf, der Enkel des Bruce zu sein, womit er den Anspruch seines Clans auf den Thron begründete.

Er besaß das große Glück, viele Söhne und Töchter sein eigen zu nennen. Wohl am berühmtesten waren seine beiden ältesten Söhne John, der Earl of Carrick und spätere König und Robert, der Earl of Fife. Wirtschaft und Handel des Landes entwickelten sich unter der Hand der Stuarts weiter, denn immerhin gelang es ihnen, den dafür notwendigen Frieden mit dem Süden zu erhalten, ja sogar zu festigen. Zu einem der wichtigsten Verdienste des schottischen Königs zählte ein Waffenstillstand, den er mit England noch im Jahre seines Amtsantritts schloß. Die ständigen kleinen Grenzkonflikte sollten dadurch vermieden werden.

England hingegen hatte unübersehbare Probleme. Der jahrelange Kleinkrieg mit Frankreich laugte das Land immer mehr aus. Als im Jahre 1376 der schwarze Prinz nach längerem Siechtum verschied, war der kühnste Thronfolger und damit die größte Hoffnung der Plantagenets dahin. Das Jahr darauf starb König Edward III. und nahm den Glanz des alten Englands mit ins Grab. Sein Enkel Richard, Sohn des schwarzen Prinzen, gelangte als Richard II. mit zehn Jahren auf den Thron des Königreiches. Seine Regierungszeit sollte später im Chaos enden. Die Vormundschaft übernahm sein Oheim John von Gaunt, der Herzog von Lancaster, der schon davor die graue Eminenz genannt wurde. Dieser Mann leitete schon seit dem Beginn der siebziger Jahre die Geschicke Englands. Und er sollte dies noch für lange Zeit tun. Obwohl niemals selbst König, galt er als einer der führenden Köpfe seiner Zeit sowie großer Staatsmann und Politiker.

Noch konnte keiner ahnen, daß die Tage der Plantagenets bereits gezählt waren. In den Rosenkriegen des kommenden Jahrhunderts wurde nicht nur das gesamte Königshaus, sondern auch große Teile des englischen Adels ausgerottet.

Auch der so verheißungsvoll begonnene Krieg mit Frankreich wurde letzten Endes verloren, allein einige Seestädte blieben den Nachfahren der Normannen als

Stützpunkte erhalten. Bertrand du Guesclin, Graf von Longueville und Marschall von Frankreich gewann zahlreiche Schlachten gegen die englischen Heere.

Das Jahr 1378 brachte dem Abendland noch eine gewaltige Veränderung. Die große katholische Kirche zerfiel erneut seit dem Bruch mit der orthodoxen Kirche des Ostens in zwei Lager. Nur kurze Zeit, nachdem die Päpste von Avignon nach Rom zurückgekehrt waren, spaltete die Doppelwahl eines Papstes Europa. Der Rock Christi zerriß. Von Rom regierte nun Papst Urban VI. über die Gläubigen in England, Flandern, Skandinavien, Portugal, Norditalien sowie im Deutschen Reich und östlichen katholischen Abendland.

Papst Klemens VII. erhob dagegen von Avignon aus Anspruch, Oberhaupt der Christenheit zu sein. Unter seinem Einfluß standen Frankreich, Spanien, Schottland und Süditalien. Natürlich standen hinter beiden Päpsten die europäischen Mächte mit ihren verschiedenen Interessen. Die darin erfahrenen französischen Könige hatten ja schon einmal die Päpste in die Stadt an der Rhone gezwungen, um sie besser kontrollieren zu können.

Der große Erbfeind England - der auf die römische Seite setzte - beschimpfte die Franzosen als Ketzer und Verräter an der Sache des Glaubens. Allein beide Länder waren zu erschöpft, um noch ernsthafte Waffengänge ausführen zu können. Es schien, als wolle ungeachtet der Kirchenspaltung Frieden einkehren.

Doch dieser Schein trog. Überall auf dem Kontinent fochten England und Frankreich ihre Stellvertreterkriege aus. Dabei wechselten sie oft die Parteien, je nach den Vorteilen, die sie daraus zogen. So mündete der Handelskonflikt zwischen Genua und Venedig im offenen Krieg, der bald der Chioggiakrieg genannt wurde. Venedig erhielt dabei von Frankreich Unterstützung, während Genua auf englische Hilfe rechnete.

Aber auch in Hispanien fing es an zu rumoren. Der Sohn Heinrich II. und Enkel Peter des Grausamen, Johann I. von Kastilien, war nicht gewillt, den Thronanspruch des englischen John von Lancaster zu akzeptieren, auch wenn der gewissermaßen sein Oheim war. Doch jener wäre nicht dem Geschlecht der Plantagenets entsprungen, wenn er nicht alle Möglichkeiten, sein Ziel zu erreichen, ausschöpfen würde.

So versuchte er die mit ihm verbündeten Portugiesen unter Druck zu setzen. John von Gaunt erreichte immerhin, daß ihm König Ferdinand seine Erbtochter Beatrix zur Frau anbot. Doch das allein würde John von Gaunt, dem auf ewig die englische Krone verwehrt bleiben sollte, nicht genügen, um seinen Traum von einem spanischen Großreich wahr zu machen.

Für Schottland bedeuteten die Ereignisse der Jahre bis 1378 zunächst eine gewisse Sicherheit und keine Befürchtungen von Seiten Englands, bis sich die Verhältnisse der englischen Krone neu gefestigt hatten.

*

Die Sonne schien hell in die Halle hinein. Man hatte die Fenster, deren Rahmen mit dünn gegerbten Schweinshäuten bespannt waren, weit geöffnet, denn draußen war die

35

Luft noch sehr warm. An den Wänden der Halle hingen große Stoffbahnen in grünen, blauen und roten Farben. Schräg zur Fensterfront befand sich an einem Ende ein schwere Eichentür, durch die gerade ein Mann hinein- oder hinausgehen konnte. Dies war auf jeder Burg üblich. Genau gegenüber ragte am Boden ein Podest hervor - nicht ganz zwei Fuß hoch - worauf ein großer, breiter Stuhl stand. Er war an Sitz, Rücken- und Armlehnen mit Tierfellen gepolstert.

Über dem Stuhl prangte an der Mauer ein Wappenschild. Es zeigte ein schwarzes gewelltes Kreuz auf silbernen Grund. Man konnte somit annehmen, daß die Inhaber der Burg viel mit den Ritterorden gemein hatten. Diese Gedankengänge waren gar nicht so verkehrt, denn in jenen Mauern wurde das Wort Gottes hochgehalten.

Um den langen Tisch in der Mitte saßen zahlreiche Männer und auch zwei Frauen. Die hölzernen Bohlen der Tischplatte waren mit weißem Leinen überzogen, worauf Bierkrüge aus Holz standen. Dazwischen hatte man Schalen, auf denen Obst und Nüsse zum Verzehr bereit lagen, plaziert.

Die Mienen der Anwesenden drückten eine gespannte und erwartungsvolle Haltung aus. Viele richteten ihren Blick auf einen etwa dreißig Jahre alten Mann, der auf einem größeren Stuhl an der Längsseite des Tisches saß. Er trug ein dunkelblaues Wams aus feinster Seide, durchwirkt von goldenen Fäden, was von hohem Adel zeugte. Sein Gesicht wurde von der Sonne beschienen, so daß er mit den Augen blinzeln mußte. Er ließ den Blick in die Runde wandern; bei dem einen verweilte er länger, bei dem anderen kürzer. Dann stützte er die Ellenbogen auf die Tischplatte, legte die Hände zusammen, lehnte das Kinn auf die nach hinten gespreizten Daumen und schaute durchs offene Fenster.

Seine Augen blickten auf das grüne Tal der Esk hinaus; er hörte das Rauschen des Wasserfalls, der aus den Bergen hinunterstürzte; er sah, wie in der Ferne ein Bussard über grünen Eichenwipfeln kreiste. So verstrich eine ganze Weile in dem Raum, ehe auch nur ein Wort fiel. Schließlich fing er an zu sprechen.

„Lange habe ich auf diesen Augenblick gewartet. Wohl zu lange." Der Blick des Mannes kehrte von draußen in die Halle zurück, zu denen, die an seinem langen Tische saßen. „Ich dachte, daß ich wohl eher mein Leben im grünen Tal der Esk beschließen muß, als daß der König von Norwegen einlenkt."

„Ich habe es euch schon gesagt, Neffe", entgegnete ihm ein grauhaariger gebeugter Greis, der an dem Tischende saß, das zur Tür zeigte. „Die Macht König Haakons auf den Inseln ist verfallen. Immer spärlicher fließen Steuereinnahmen von den Orkneys in seine Kassen. Alexander de Ard hat ihn schmählich enttäuscht. Es regieren Recht- und Gesetzlosigkeit." „Ja richtig, Alexander, der gute Cousin", seufzte der andere bitter und drehte seinen Kopf seinem Oheim zu. „Und warum erst jetzt dieser Sinneswandel, Thomas?"

„Das Zünglein an der Waage ist Bischof William. Er ist dem Papst von Avignon hörig. Vergeßt nicht, er ist Schotte."

Darauf reagierte der Jüngere etwas ärgerlich. „Ich höre hier immer nur etwas über Bischöfe, etwas über Päpste. Herrgott Thomas! Wir dienen doch keinem Papst!“, donnerte er. „Einzig und allein Gott.“

Der grauhaarige Greis strich sich abwägend über die Lippen und senkte dabei den Blick. „Eine solche Antwort wird Haakon gern vernehmen, Sir Henry“, sagte er versöhnlich. „Aber wird er sich damit zufrieden geben?“ „Er fordert von euch, daß ihr als sein Lehnsherr den römischen Papst Urban anerkennt. Erst dies, so denkt er, bindet euch stärker an Norwegen und läßt euch mit Schottland brechen.“ Der Mann auf dem erhöhten Stuhl lachte. Er lachte lauthals.

Natürlich war es niemand anderes als der Herr über Rosslyn, die Pentlandberge, das Tal der Esk, ja, einem großen Teil Mittellothians, Sir Henry Sinclair. Sein Antlitz war ernster geworden und auf seiner Stirn bildeten sich bereits die ersten Falten. Das Haupthaar warf längst nicht mehr so viele Locken wie noch vor wenigen Jahren. Deutlich war ihm anzumerken, daß er nun schon seit einigen Jahren die Bürde der Herrschaft über Mittellothian trug. Ja, die Tage der Jugend waren lange vorbei.

„Mit Schottland brechen. Wie stellt ihr euch das vor, Oheim? Ich werde niemals mit Schottland brechen!“ Sir Thomas Sinclair hob beschwichtigend die Hände. „Das verlangt von euch auch keiner.“ „Aber spracht ihr nicht eben davon?“ „Gewiß“, entgegnete der Greis „Doch gemeint ist nur, daß König Haakon weiterhin befürchtet, daß unter eurer Herrschaft noch mehr Schotten die Inseln besiedeln.“

„Man sollte diese Befürchtungen zerstreuen“, sagte daraufhin eine ältere Frau, die Sir Thomas genau gegenüber saß. Hinter ihr prangte das Wappen des alten normannischen Clans der Sinclairs an der Wand. Keine andere als Isabella Sinclair hatte sich hiermit in die Unterhaltung eingeschaltet. „Das sehe ich ebenfalls so, Mutter“, pflichtete der Hausherr ihr bei.

Sveighir Flachsbart, ein Abgesandter des norwegischen Königshofes, redete Sir Henry ins Gewissen.

„Ihr wißt, daß Haakon immer große Stücke auf euch hielt.“ „Ich war es aber auch, den er am meisten fürchtete“, entgegnete dieser daraufhin. Dann stellte er Sveighir eine Frage. „Wann will er sich mit mir treffen?“ „Ihr sollt ihn nach Ablauf des Winters aufsuchen. Er wünscht euch so schnell wie möglich in Kirkinvaghe zu sehen“, antwortete der Gesandte. „Er wünschte mich mehr als nur einmal in Kirkinvaghe zu sehen, ihr wißt das nur zu gut Sveighir. Ihr kennt meine Antwort, ich werde ihm niemals als Gouverneur dienen, sondern nur als Earl der Inseln, so wie es mir zusteht.“ Alle am Tisch wußten genau, daß gerade dies der wichtigste Streitpunkt nun schon seit Jahren war.

Der Abgesandte rang sichtbar um Worte. Da kam ihm der alte Sir Thomas Sinclair zuvor. „Haakon sträubt sich nicht mehr länger. Es wird keine Ränkespiele mehr geben.“ Der Hausherr von Rosslyn zeigte sich überrascht. „Heißt das, daß er nun endlich bereit ist, mir mein Erbe nicht mehr länger vorzuenthalten?“ Es war zuerst ein dünnes Ja, das er darauf von Sveighir zu hören bekam. Aber als die restlichen Männer, die mit der

Barke gekommen waren, ebenfalls nickten, wirkte das überzeugend auf Sir Henry. Über sein Gesicht huschte ein leichtes Lächeln.

„Ich glaube, wir sollten das feiern. Was meinst du, Janet?" Seine Frau, die neben ihm saß, nickte daraufhin und erhob sich von ihrem Stuhl. Bevor sie den Raum verließ, schritt sie zur Wand, dort, wo der Kamin stand. Zwischen den Mauersteinen befand sich eine kleine Aussparung, eine kleine runde Holzscheibe.

Zur Verwunderung so manchen Gastes am Tisch, drehte Janet an jener Holzscheibe; ja, sie drehte sie von einer Art Rohr herunter und zum Vorschein kam ein dünner Schacht, der in der Tiefe der Wand verschwand. Die Holzscheibe war also nichts anderes als ein Aufsatz für jene Röhre gewesen. Diese Röhre - der Mantel war übrigens durchgängig aus Eichenholz gefertigt - führte, wie sollte es auch anders sein, hinab in die große Küche des Hauses.

Als Janet laut hinein rief, wobei sie die Mägde ermahnte, sich mit den Braten zu beeilen, war wohl auch dem letzten am Tisch die Funktion dieser Erfindung klar. Kaum daß Henrys Frau ihr letztes Wort gesprochen hatte, öffnete sie die Tür und ging hinaus. Wahrscheinlich verschwand sie in Richtung Küche.

Sir Henry blinzelte wieder in die Sonne. Zufrieden strich er sich durch seinen Oberlippenbart. Nun war er wieder ganz der alte Harry, so wie ihn die meisten kannten. Um ihn herum erhoben sich die Gespräche. Allein er beteiligte sich nicht daran. Noch nicht. Sein Blick und auch seine Gedanken wanderten wieder durch das weit geöffnete Fenster.

Nun sollte es endlich soweit sein und er könnte somit sein Versprechen einlösen, daß er einst den Fischern von Hoy gab. Ob sie sich noch an ihn erinnern würden? Waren doch nun schon neun Jahre seit jenen schicksalhaften Tagen vergangen. Nun müßte er seine alten Freunde fragen, ob sie bereit wären, ihm auf jene unwirtlichen Inseln zu folgen. Will würde sicherlich zu seinem Versprechen stehen. John und Duncan waren dagegen mit ihren Frauen fest an Mittellothian gebunden. Außerdem würden sie nie die Höfe ihrer Väter aufgeben. Und der kleine Geoffrey? MacLoyd arbeitete nun schon seit drei Jahren als Baumeister in einer Bauhütte in Perth.

Seinen nun schon fast sechzig Jahre alten Lehrer würde er wohl auch in Kirkinvaghe vermissen. Wenigstens kamen sie nun wieder ihrem gemeinsamen Traum näher. Endlich von neuem zu beginnen. Zu beginnen mit der Suche nach Drogeo.

*

Feine Schneekristalle flimmerten in der Luft. Der Winter hatte die Wälder und Wiesen weiß verhüllt. Früh kam die Nacht über das Land. Die Fenster der runden Ordenskirche von Balantrodoch sendeten ein schwaches Licht hinaus in die Dunkelheit. Leise hörte man draußen Stimmen, ja Gesang, der hinter den Mauern hervordrang.

Es war die Zeit der Messe und jetzt kurz vor Allerheiligen probten die Mitglieder des Ordens, wenige Ritter, etliche Knappen und dienende Brüder die verschiedensten Choräle zur Ehre der heiligen Mutter Kirche. Kaum einer der Sänger, die sich rund um den Altar versammelten, bemerkte, wie ein Mann durch die Eingangspforte trat. Er trug einen langen Mantel aus Wolfsfellen, der fast bis zur Erde reichte. Nachdem er die Kapuze vom Kopf gestreift hatte, verweilte er andächtig an der Tür. Aufmerksam beobachteten seine Blicke den Chor, so, als ob er eine bestimmte Person unter den Sängern suchen würde.

Schließlich schritt der Mann langsam hinter den Säulen entlang, bis er ein kleines Holzkreuz, das in einer verwinkelten Ecke an der Mauer hing, erreichte. Vor diesem Kreuz fiel er mit den Knien auf den nackten Steinfußboden.

Unter seinem Wolfsfellmantel lugten ein Lederwams und der Kragen eines grünen Wollhemdes heraus. Auf den Schultern zierten das Wolfsfell einige noch nicht getaute Schneeflocken. Das rote Gesicht des Mannes und der Reif in seinem Schnurrbart waren Beweis genug dafür, daß draußen eisige Kälte herrschte. Er faltete die steifgefrorenen Hände, hob den Blick zu dem Kreuz und begann zu sprechen.

Man konnte nicht hören, was er sprach, da ihn der vielstimmige Chor in seinem Rücken übertönte. Anscheinend betete der Mann.

Bald bemerkten auch einige der Sänger die kniende Gestalt in dem Wolfsfellmantel. Die runde Kirche von Balantrodoch bot nicht so viele Möglichkeiten, auf Dauer unbeobachtet zu bleiben. Allerdings schien keinem der Männer des Ordens seine Entdeckung zu beunruhigen.

Ganz vorne bei dem Altar standen zwei ältere Ordensritter; beide wirkten vollkommen nach innen gekehrt, so, als ob sie ganz weit weg wären. Da stupste einer der dienenden Brüder den einen an. „Da seht doch, Sir.“ Die Hand wies auf die dunkle Ecke.

Auf ein Zeichen verstummte der Chor. Die beiden Ordensritter gingen langsam auf die dunkle Ecke zu. Der Vordere klopfte dem knienden Mann auf die Schulter, worauf dieser sich herum drehte und gleichzeitig erhob.

„Es scheint so, als hättest du in Bergen Erfolg gehabt.“ Der Mann im Wolfsfellmantel erwiderte nichts, sondern strahlte nur übers ganze Gesicht. Es war noch ganz rot von der Kälte der Nacht. Aus den Augenwinkeln liefen ihm einige Tränen über die Wangen. Lachend öffnete er die Hand. Dem Alten glitzerte eine goldene Münze entgegen. Allein diese Münze war keine Münze, sondern ein Siegel. Er nahm das Siegel aus der Hand des Mannes und betrachtete es im Schein der Kerze.

Obwohl es ihn anstrengte, die verschnörkelte Schrift zu entziffern, wußte er bereits was darauf stand. Er hob den Blick wieder und sah den anderen fest an. „Ich heiße den Herrn von Rosslyn und Earl über die Inseln des großen Orc in Balantrodoch willkommen.“ Dann fielen sich beide Männer in die Arme.

„Du hast es also geschafft. Erzähle, was hat Haakon umgestimmt? Wann brichst du endgültig nach Kirkinvaghe auf?“ Aus Morlay sprudelten die Fragen nur so heraus.

„Wie ich sehe, habt ihr Erfolg gehabt, Sir Henry. Oder darf ich euch bereits Earl nennen?“ Nur wenige Schritte hinter David Morlay stand der Präzeptor der Johanniter Schottlands, Sir Thomas Seton.

Harry ging auf ihn zu und verbeugte sich vor Seton. „Es tut mir leid, Sir, aber ich werde ab jetzt nur noch selten in Rosslyn weilen." „Warum soll es euch leid tun? Hat es sich nicht angekündigt, Sir Henry? Ich kenne eure Gottesfürchtigkeit und ich kannte die eures Vaters. Ich denke, daß König Haakon einfach bewußt geworden ist, daß er mit seinem bisherigen Kurs nur noch verlieren kann. So traf er die für ihn einzig mögliche Entscheidung."

Harry deutete dem Präzeptor mit einem Kopfnicken an, daß seine Annahme der Wahrheit entsprach. „Der Norweger ist ein alter Fuchs, doch letztendlich hat er sich in seinen eigenen Schlingen verfangen."

„Mag sein, daß ihr recht habt. Politik ist ein schwieriges Geschäft. Und dünn sind diejenigen gesät, die in schweren Zeiten ihrem Lehnsherrn die Treue halten. Wie es scheint, ist König Haakon des Taktierens müde geworden. Sehr müde. Nun hat er endlich das, was er suchte, einen Mann des Ausgleichs, einen loyalen Diener, der weder seinen eigenen Vorteil, noch fremde Interessen, sondern seinen Gott über alles stellt."

„Ihr braucht nicht übertreiben, Lord Seton. Ich werde versuchen, die Erwartungen, die in mich gesetzt werden, so gut es irgend geht zu erfüllen."

„Hier wird man euch auch vermissen", antwortete der Präzeptor. „Was soll werden, wenn ihr nach Kirkinvaghe zieht. Ihr habt viel für Lothian und seine Leute getan; für die Fischer in Musselburgh, die Bauern im nördlichen und südlichen Esktal; auch für den Orden. Was wollt ihr in Rosslyn Castle zurücklassen."

„Macht euch keine Sorgen, Mylord", erwiderte Harry. „Meine Mutter wird in Rosslyn bleiben. Außerdem habe ich meinen Oheim Sir Thomas gebeten, von den Orkneys an die Esk zu ziehen. Vergeßt obendrein die MacLarrens nicht, die mir treu ergeben sind."

Der alte Morlay trat hinzu. „William MacLarren begleitet dich nicht?" Der Mann im Wolfsfellmantel schüttelte den Kopf. „In der ersten Zeit wirst du gute Freunde brauchen, Harry", warnte ihn der Templer.

„Ich weiß, Will würde mir überall hin folgen, aber ich habe darum gebeten, daß er den Bau meiner Schiffe überwachen soll. Auf den Orkneys werde ich etliche Schiffe benötigen, Barken, Schniggen und Schuten. Da Holz auf den Inseln rar ist, müssen sie in Musselburgh oder Leith gebaut werden. Auf der Helling in Musselburgh kennt Will jeden und ich weiß, daß die Schiffbauer dort ihr Handwerk verstehen."

„Ich wollte dich nur warnen." „Ihr entschuldigt mich, Sir Henry", unterbrach Thomas Seton die beiden Männer. „Aber man wartet auf mich." Und damit schritt der Präzeptor wieder zum Altar zurück. David Morlays Gesicht schaute nachdenklich und ernst. Alt war er geworden. Sehr alt. Bart und Haupthaar waren schlohweiß geworden; ein würdevoller Greis. Bald würde Morlay das sechzigste Lebensjahr erreichen.

„Was hast du mit dem Norweger für eine Frist vereinbart?" fragte David Morlay den Herrn von Rosslyn."

„Nächstes Jahr, noch vor Beginn des Sommers muß ich nach Marstrand. Dort wartet der König mit den Verträgen auf mich." „Warum dauert es solange?" „Die Domkapitelle von Bergen und Drontheim müssen erst den Wortlaut überprüfen und absegnen."
Der alte Templer wiegte den Kopf leise hin und her. Es schien, als würde er einen Augenblick benötigen, um über etwas nachzudenken. „Wenn du im nächsten Jahr Rosslyn Castle mit Kirkinvaghe vertauschst", begann er langsam „wirst du doch gewiß jene Fischer wiedersehen, denen du damals im Kampf gegen Seeräuber geholfen hast."
„Gewiß, David, gewiß", entgegnete Harry.
„Hältst du es für möglich, daß du diese Fischer und ganz besonderes denjenigen, der dir die Geschichte von Drogeo erzählt hat, in unsere Pläne einweihst?"
„Ich habe lange schon mit dem Gedanken gespielt. Abgesehen davon, weiß Bill Wilson sowieso von unserer gescheiterten Fahrt nach Grönland. Aber wenn wir noch einen zweiten Versuch wagen werden, dann nur mit diesen Fischern, Wal- und Robbenjägern. Sie sind unerschrocken und kennen die Gefahren des Ozeans. Jedoch bringst du mich in diesem Zusammenhang auf eine andere Idee."
„Laß hören", sprach der Templer. „Ich werde dich mit ihnen bekannt machen. Bei dieser Gelegenheit kannst du dir gleich selbst ein Bild machen. Wir sollten mit den Siedlern von Linkness so früh wie möglich zusammentreffen."
„Und was ist mit der Karte?" fragte Morlay Harry. „Ich glaube, es nützt uns nur noch wenig, wenn sie in deiner alten Eichentruhe verstaubt. Allerdings weiß ich nicht, ob die Fischer viel mit dem Papyrus anfangen können. Es sind einfache Menschen, die weder Lesen noch Schreiben können. Schon wenn sie ihr seltsam gemurmeltes Norn sprechen, hast du Probleme, sie zu verstehen.
Wenn sie mit ihren Booten oder kleinen Barken aufs Meer hinausfahren, richten sie sich nach der Sonne oder den Sternen. Sie wissen kaum, wie nah oder wie fern sie einer Küste sind. Begriffe wie Meridiane und Positionen sind ihnen fremd. Dafür verstehen sie es glänzend, ein Schiff durch schwierige Gewässer, in denen Riffe und Sandbänke lauern, zu manövrieren oder ein Segel optimal in den Wind zu drehen. Haben wir erst von den Venezianern gelernt, können wir jetzt von ihnen lernen. Hast du noch einmal etwas von Rico Beranelli gehört?"
„Er ist tot", erwiderte David Morlay. „Ich wollte es dir erst nicht erzählen. Es ist fast ein ganzes Jahr her, daß ich einen Brief von einem Kaufmann, der im portugiesischen Kontor der Beranellis arbeitet, erhalten habe. Du weißt, daß sich der Handelskonflikt zwischen Genua und Venedig zu einem Krieg ausgeweitet hat. Rico war Kapitän einer großen Karacke der Seerepublik. Bei einem Gefecht in der Nähe der Insel Malta ist er gefallen."
„Mein Gott", flüsterte Harry. „Das es so enden mußte. Erst sein Bruder und nun er. Dabei hat doch damals vor nun fast fünfzehn Jahren alles so verheißungsvoll angefangen."

„Das bedeutet keineswegs, daß alles vorbei ist, Harry. Jener Kaufmann aus Lissabon behauptet nämlich, daß es einen venezianischen Forscher gibt, der mit mehreren Schiffen die See nördlich von Schottland erkunden will. Aber ich glaube, es ist doch besser, wenn ich dir den gesamten Brief vorlese."

David hatte keinen Augenblick zu früh seine Rede beendet, denn vorne am Altar ertönte von neuem der vielstimmige Choral der Sänger. Er bedeutete Harry, mit ihm die Kirche zu verlassen.

Draußen umfing sie die eiskalte Winterluft. Der Schnee fiel immer noch in dicken Flocken. Vom Tor her näherte sich eine dunkle Gestalt. „Soll ich euer Pferd wieder satteln, Sir Henry?" „Es ist nicht nötig, Simon. Ich breche erst in der Frühe auf."

Er wandte sich mit dem alten Templer dem langen Steinhaus zu. „Ich werde Rosslyn vermissen, David." „Ich weiß", entgegnete dieser. „Du wirst öfters hierher zurückkehren, als du heute annimmst." Harry strich sich den Schnee aus den Haaren. „Vielleicht zweimal oder auch dreimal im Jahr."

„Hast du schon etwas gegessen, Harry?" „Ich bin noch satt vom Mittagsmahl. Vielleicht einen Kanten Brot und einen Schluck Kräuterbier."

„Vielmehr werde ich dir auch nicht anbieten können", entgegnete der Templer. Harry gähnte: „Gerade richtig für mich. Völlerei ist vor dem Schlafen ungesund." „Wann willst du denn aufbrechen?" „Noch vor dem Morgengrauen; Janet erwartet mich."

*

Es war ein Gesicht voller Sorgen, das auf die Inseln des großen Orc blickte. Ein königliches Gesicht. Spät, sehr spät begriff König Haakon, daß er sich in den letzten Jahren immer mehr in eine ausweglose Situation gebracht hatte. Jetzt, da Alexander de Ard als Gouverneur die Inseln ausplünderte und Bischof William Papst Klemens in Avignon dem Vorzug gab, war seine Oberherrschaft über die Orkneys und Shetlands in ernster Gefahr.

Er sah nur noch einen Ausweg, gegen den er sich jahrelang gesträubt hatte. Der von Earl Malise bestimmte Erbe mußte ihm helfen. Sicher war Henry Sinclair jetzt das kleinste Risiko. Er war zwar kein perfekter Ritter, aber dafür ein ausgezeichneter Diplomat, ein loyaler Edelmann mit Manieren und Ehrgefühl und obendrein ein guter Seefahrer.

Sinclair war der einzige, der die Inseln von Gewalt und Korruption befreien konnte, das wußte König Haakon. Er hatte den schottischen Lord bereits im Oktober 1378 nach Norwegen eingeladen, um mit ihm über die Formalitäten zu verhandeln. Er sicherte seinem Gast zu, daß weder Alexander de Ard noch Malis Sparre, ein weiterer Cousin Henrys, Anspruch auf sein Erbe anmelden könnten.

Ein letztes Mal versuchte er Sir Henry davon zu überzeugen, als sein Gouverneur auf den Inseln zu regieren, aber der Schotte blieb hart. Entweder der Titel eines Earl, mit den dazugehörigen Rechten und Pflichten oder gar nichts. Schweren Herzens ließ der norwegische König den schottischen Ritter wieder ziehen, mit dem Siegel eines Earls in

der Tasche und dem Versprechen, ihn nächstes Jahr als Earl der Inseln des großen Orc zu bestätigen.
Die Urkunde wurde im nächsten Frühling ausgearbeitet. Die Vorbereitungen dauerten lange. Zunächst wurde Alexander de Ard aus Kirkinvaghe abberufen. Beide Cousins Henrys, sowohl Alexander als auch Malise Sparre mußten beschwichtigt werden. Im Sommer segelte der Herr von Rosslyn mit drei Schniggen von Musselburgh nach Marstrand, der Inselfestung vor Göteborg.
Die Urkunde besagte, daß Earl Henry dem König jederzeit im Kriegsfall beistehen mußte und auch sonstigen Pflichten gegenüber seinem Lehnsherren nachzukommen habe. Außerdem oblag ihm die Verteidigung der Orkneys und Shetlands. Jedoch durfte er ohne Erlaubnis des Königs keine Burgen bauen und auch nicht Teile der Inseln verkaufen oder verschenken. Ebenso gab es strenge Auflagen für den Zuzug schottischer Einwanderer, obwohl Handelseinigkeit zwischen Schottland und Norwegen bestand.
Für den Titel des Earls hatte Henry Sinclair jedes Jahr 100 Nobles, altenglische Goldmünzen, zu zahlen. Der Betrag war jeweils zu St. Martin fällig und dem Abgesandten des norwegischen Königs Haakon Johnson zu übergeben.
Am zweiten August des Jahres 1379 wurde die Urkunde in Marstrand ausgefertigt und Sir Henry Sinclair in den Rang eines Earls erhoben. Die Domkapitelle von Bergen bestätigten die Lehnsvergabe König Haakons vor Gott.
Henry war zu diesem Zeitpunkt 33 Jahre alt.

*

„Er kommt! Er kommt!" Die kleinen Kinder waren die ersten, die aufgeregt von den oberen Klippen beobachteten, wie sich drei Schniggen über die Bucht von Scapa Flow der Ostküste Hoys näherten.

Viele wußten es bereits. Einige waren in Kirkinvaghe gewesen, als er mit seinen stolzen Schiffen in der Stadt der vielen Kirchen eintraf. Lange hatte er auf sich warten lassen. Doch schon vor Jahren, als die ersten anfingen zu zweifeln, ob Sir Henry je wiederkommen würde, sagte Bill: „Ihr könnt euch auf das Wort dieses Mannes verlassen. Er wird kommen und den Inseln den Frieden bringen."

Bill Wilson, der seit dem Tod seiner Frau Johanna bei den Siedlern von Linkness lebte, wurde seit dem Verlust seiner linken Hand weit und breit nur noch Bill Einhand genannt.

Alle traten aus ihren kleinen Fischerhütten heraus als die Kinder aufgeregt ins Dorf gerannt kamen. Der ganze Zug Männer, Frauen und Kinder ging zum Ufer hinab.

Die erste Schnigge war dem Ufer bereits sehr nahe. Die Schiffsmänner begann schon die Segel zu reffen, um die Landung vorzubereiten. Vorne warf einer das Handlot aus, da erscholl der laute Ruf Sveighirs. Der Jäger der großen Seeschlange kam hinter einer Felsspitze mit seinem Boot hervor. Er war ungefähr hundert Yard von der Schnigge entfernt und wie die übrigen Siedler von Linkness sofort im Bilde.

Seine lauten Rufe galten dem Lotsen, denn Sveighir kannte das Fahrwasser hier genau und wußte, wie man am sichersten in der Bucht mit einem größeren Schiff anlandete. Die Schnigge war immerhin an die zwanzig Yards lang und hatte gut einen Faden Tiefgang. Die Schiffsmänner benutzten die langen Ruder nur noch zum Steuern, um in aller Ruhe gegen das Ufer zu treiben. Sanft glitt der Bug auf den Sand.

Zuerst sprang Sir Henry von Deck und eilte den Fischern von Hoy entgegen. „He Bill, wie geht's? Bist du nun endgültig nach Hoy gezogen." „Wie du siehst", rief der Hüne ihm zu. „Aber du hast uns nicht vergessen." „Ich hatte es euch doch versprochen." „Jetzt bist du Earl über die Inseln, genau wie es Johanna damals vorhergesehen hat."

„Aber dies wird nichts zwischen uns ändern, Bill", entgegnete ihm Harry.

Inzwischen waren alle drei Schniggen sicher in der Bucht von Linkness gelandet. Die meisten der Schiffsmänner blieben allerdings an Bord. Nur eine kleine Anzahl Männer betrat das Land. Darunter ein würdiger alter Mann, der niemand anderes als David Morlay war. Harry wies auf seine Begleiter, die zunächst etwas argwöhnisch betrachtet wurden.

„Bill, ich möchte dir einige Männer vorstellen, die sich damals, vor zehn Jahren, ebenfalls in jenem verhängnisvollen Sturm befanden."

Es hatte nur dieses einen Satzes bedurft und das Eis brach. Die Siedler begrüßten ihre Gäste und tauschten untereinander Neuigkeiten aus. Zwar fiel es den Männern, die die Schniggen verlassen hatten, schwer, das seltsam klingende Norn zu verstehen. Doch wenn man die norwegische Sprache beherrschte, ging es halbwegs.

Sveighir bat den Earl und dessen Männer in seine bescheidene Hütte. Groß waren die Steinhäuser der Fischer nicht. Oft lebte das Vieh mit den Menschen unter einem Dach. Man trennte sich von den Rindern und Schafen durch eine kleine Steinmauer ab, deren Fugen notdürftig mit Lehm und Torf gestopft wurden.

Auf der einen Seite stank es nach dem Mist der Tiere, auf der anderen Seite vernebelten Torffeuer, die schlecht brannten, oft den ganzen Innenraum. Es verwunderte somit kaum, daß die meisten Menschen froh waren, an Gottes freier Natur zu sein, entweder wie die Männer auf Fischfang, Wal- und Robbenjagd, oder wie die Frauen sich um die Bestellung kleinerer Ackerflächen zu kümmern.

Sveighir war eine der bedeutendsten Persönlichkeiten von Hoy. Er besaß einen eigenen Stall, in dem sogar kleine Ponys standen. In der Tür zu seinem Haus begrüßte seine Frau Thordis die hohen Gäste. Sveighirs Sohn Erik öffnete die Fensterverschläge, so daß der helle Tag in die gute Stube schien. Aber er tat es wohl weniger wegen des Lichtes, sondern mehr, um den nebligen Qualm des Torffeuers abziehen zu lassen. Denn obwohl Sveighir als einer der wenigen im Dorf einen gemauerten Kamin besaß, funktionierte dieser doch nur mehr schlecht als recht.

Das Innere des Hauses war einfach und zweckmäßig eingerichtet. Auf der einen Seite befand sich der Herd, natürlich aus Stein. An der Wand über dem Herd hingen ausgenommene Fische und Vögel. Neben dem Herdfeuer lagen geputzte Wurzeln und

Rüben. Auch standen Schüsseln herum mit Hafergrütze, Biersud und Kuhmilch. Über dem Feuer war ein Rost plaziert, auf dem ein Topf kochte. Die Hausfrau bereitete Suppe zu.

Die andere Seite des Raumes schloß mit zwei kleinen Verschlägen ab. Dort befanden sich die Schlafbutzen der Hausbewohner. Eine für Sveighir und seine Frau - die andere für die Kinder. Man schlief auf Strohsäcken. Darüber lagen Felle von Schaf, Otter und Robbe.

Die Mitte gehörte allen. Hier standen ein Tisch und die Arbeitsbank für Sveighir an der er Harpunen oder sonstige Gerätschaften aus Metall oder Tierknochen fertigte.

Insgesamt dreizehn Männer nahmen Platz an dem großen Tisch. Die lange Tischplatte war aus einem Gerüst großer Fischknochen gefertigt und mehrfach mit der Haut eines Wals bespannt. Die Auflage bildeten zwei gemauerte Böcke, über die die Platte gelegt wurde.

Sveighirs Frau Thordis trug Krüge mit Bier herbei, so daß es am Tisch wenigstens nicht am Nötigsten fehlte. Gegenstände aus Holz waren in der Hütte so gut wie nicht zu entdecken, denn Holz war rar auf den baumlosen Inseln. Die Bänke, die an der Wand standen, waren aus Walknochen gefertigt und mit Fellen bespannt. Sveighir bot natürlich dem Earl der Inseln den einzigen Stuhl an.

Harry wollte schon ablehnen, doch da er wußte, daß er Sveighir damit verletzen würde, nahm er Platz. Links neben Harry saß sein alter Freund Will. Zu seiner Rechten kamen die Fischer, allen voran Sveighir, der Jäger der großen Seeschlange und der rothaarige Hüne Bill Wilson; es folgten John Zwergenhammer, Thorstein Rabenfeder, Thorsteins Sohn Harald, Thorquil, der Barde, Sveighirs ältester Sohn Erik und zu guter Letzt die Templer David de Morlay, Eustache von Dunbar, Robert Ruthven, Ritter vom grünen Baum und Errol Eisenhand.

Als nun jeder Platz genommen hatte - seinen Bierkrug vor sich stehend - richteten sich die Blicke alle auf einen: den Earl der Orkneys.

Harry wußte genau, was er den Anwesenden schuldig war und begann. „Hattet ihr in den letzten Jahren größere Übergriffe von Seeräubern, Bill?" fragte er zunächst seinen alten Freund von Ork Skerry. „Es gab einige" antwortete dieser. „Aber wir konnten sie alle abwehren. Auf den nördlichen Inseln, oben bei Westray soll es schlimmer gewesen sein."

„Was heißt schlimmer", warf Sveighir wütend ein. „Die Schergen des Bischofs haben seit vier Jahren immer höhere Abgaben eingetrieben. Sie sind die wahren Räuber."

„Bischof William hat mir in Kirkinvaghe zugesichert, daß er nicht mehr wider das Gesetz des Königs handeln will."

„Seid vorsichtig", warnte da Thorstein Rabenfeder. „Bischof William ist wie eine listige Natter. Er täuscht euch scheinbaren Frieden vor, aber hinter eurem Rücken sägt er an eurem Stuhl."

John Zwergenhammer pflichtete bei: „Thorstein hat Recht. Wir haben es die letzten vier Jahre erlebt, seitdem des Königs Gouverneur Haakon Johnson abberufen wurde. Alexander de Ard und der Bischof plünderten das Land aus. Alexander schob es auf den Bischof und umgekehrt.“

Da meldete sich David Morlay zu Wort. „Unterschätzt nicht den Bischof, Earl Henry. Er ist Schotte wie ihr und Papst Klemens in Avignon verpflichtet. Nun, da ihr König Haakon dient, dient ihr Rom und seid somit ein Ketzer in den Augen des Bischofs.“ „Ich kenne das Problem, David. Glaubt nicht, daß ich Bischof William über den Weg traue.“

„Dann setzt diesen Hund doch ab. Ihr seid schließlich der Earl der Inseln und wie ihr es im Kampf gezeigt habt, ein würdiger Sohn des großen Orc.“

Harry lächelte. „Die Kirche besitzt nun mal viel Land auf den Inseln. Auch als Earl muß ich ihre Stellung respektieren. Bischof William wird sich schon eines Tages in seinem eigenen Netz verstricken. Ich werde ihm keine Fallen stellen, noch mich mit der Kirche anlegen. Aber lassen wir das, denn wegen dieser Geschichten sind wir nicht hier, Thorstein. Seid alle versichert, daß ich mein möglichstes tun werde. Es wird alles seine Zeit brauchen. So fehlt in Kirkinvaghe eine Burg. Doch das wichtigste wird der Aufbau einer großen Flotte sein, denn ohne Schiffe kann ich die Inseln gleich den Seeräubern überlassen.

Nein Thorstein, heute bin ich wegen etwas anderem gekommen und deswegen haben mich diese Männer begleitet.“ Der Earl zeigte auf seinen Freund Will und die Templer. „Bill wird es sicherlich ahnen!“ fügte er hinzu.

„Meint ihr etwa das sagenhafte Waldland?“, platzte es aus Thorstein heraus. „Waldland?“ Einige am Tisch hatten anscheinend den Namen noch nie gehört. Bill runzelte die Stirn. „Jawohl Thorstein, Waldland.“ Dann wandte er sich Harry zu. „Ich habe es gleich geahnt, als du deine Begleiter vorhin vorgestellt hast.“ Er fuhr sich mit der Hand durch den Bart. „Und, habt ihr es gefunden?“ Harry lachte. „Nein. Waldland oder Drogeo, wie wir es nennen, hat außer dir keiner jemals wieder erblickt.“ „Das würde ich nicht einmal sagen, Harry.“

Harry sah fragend seine Männer an. Will, Morlay und die anderen zuckten mit den Achseln. „Wie meinst du das, Bill?“ fragte er. „Sveighir und ich haben in Kirkinvaghe mit eigenen Augen einen Mann gesprochen. Einen Norweger...“ „War er etwa drüben“ unterbrach ihn Harry und schlug dabei mit der Hand auf den Tisch. Sveighir und Bill nickten. „Sven Örgesen hieß er“, sagte Sveighir. „Er war Steuermann bei dem großen Kapitän Paul Knudson, der im Auftrage König Haakons nach Grönland segelte.“ „Ist er nicht am Treibeis gescheitert?“ fragte David Morlay vorsichtig. „Danach haben wir auch gefragt. Es muß wohl einige Fahrrinnen geben, die frei sind“, erwiderte ihm der Jäger der großen Seeschlange. „Außerdem habe ich wohl noch nicht erwähnt, daß Knudson diese Reise vor über zehn Jahren gemacht hat. Sven Örgesen war ein alter weißhaariger Mann, als wir ihn an jenem Abend in einer Schenke in Kirkinvaghe trafen.“

„Wie ich euren Worten entnehme, ist Knudson nicht nur nach Grönland gelangt, sondern hat von dort aus das sagenhafte Waldland erreicht." „So ist es" bestätigte Sveighir. „Er erreichte wie vor ihm Leif Erikson, Helluland, Markland und Weinland. Helluland soll genau wie Grönland steinig, felsig und größtenteils mit Schnee bedeckt sein. Aber Waldland, das in das nördliche Markland und das südliche Weinland geteilt wird, bedecken riesige undurchdringliche Wälder. Mit drei Knorren war Knudson unterwegs. Er lenkte seine Schiffe in die Mündung eines riesigen Stromes, dem er flußaufwärts folgte." „Traf er auch auf die wilden Menschen, die du gesehen hast, Bill?" fragte Harry. „Unzählige waren es", antwortete der rothaarige Hüne. „Nur waren sie diesmal nicht so friedlich. Gleich am dritten Tag verloren Knudsons Männer eine ihrer Knorren. Die Wilden hatten sie in Brand geschossen. Schließlich gelangten sie zu den Quellen des großen Stromes." „Mit ihren Schiffen?" bemerkte Errol Eisenhand ungläubig.

„Ich weiß, was ihr denkt. Aber es ist anders. Der große Fluß, den die Norweger aufwärts ruderten, entsprang einem riesigen See. Am Südufer dieses Sees verbrachten Paul Knudson und seine Männer den Winter. Von den Wilden, die Norweger nennen sie Skrälinger, wurden sie nicht weiter belästigt. So errichteten sie Hütten aus Holz, die ihnen Schutz boten und ernährten sich von Jagd und Fischfang. Die Wälder sind dort voller Wild, so daß sie keine Not leiden mußten. Im Frühjahr entschloß sich Knudson jedoch zur Umkehr, wohl auch, weil seine Männer ihn dazu zwangen. Ohne irgendwelche Spuren entwickelter Kulturen zu finden, segelten die zwei Knorren wieder stromabwärts. Dabei kam es erneut zu kleineren Gefechten mit den Skrälingern."

„Und sie haben keine der großen Erdhügel gesehen, von denen du erzählt hast?" Bill schüttelte den Kopf. „So, wie ich den Norweger verstand, befanden sie sich viel weiter im Norden des Waldlandes, als ich es wohl gewesen bin. Der Wald ist dort sehr stark mit Föhren durchsetzt, so wie in Norwegen oder bei euch in Schottland." „Vielleicht hast du recht."

Harry wackelte verwundert mit dem Kopf. „Das würde ja bedeuten, daß Drogeo eine gewaltige Ausdehnung haben muß." Bill stimmte dem zu. Als er darauf stark zu husten anfing, führte Sveighir die Erzählung zu Ende. „Nach über zwei Jahren, in denen Knudson in Island und Färöerland war, kehrte er wieder nach Norwegen zurück. Längst hatte König Haakon andere Sorgen und als er von der hoffnungslosen Lage der Grönländer und den Kämpfen gegen die Wilden in Waldland hörte, gab er jede weitere Zuwendung für Vorhaben dieser Art auf."

„So kenne ich meinen Lehnsherrn", bemerkte Harry bissig. „Seine Launen wechseln wie das Wetter. Trotzdem kann er sich meiner Loyalität sicher sein." Die Fischer grinsten und nahmen alle einen großen Schluck aus ihren Krügen.

„Nun gut, Männer von Linkness", schloß der Earl der Inseln. „Ich habe vor - natürlich muß der Frieden auf den Orkneys und auch den Shetlands gefestigt sein - denselben Weg anzutreten, den Bill und auch Paul Knudson gegangen sind." Thorstein Rabenfeder verschluckte sich fast, als er das hörte. „Das kann lange dauern", warf aus seiner Ecke

John Zwergenhammer ein. „Ich kenne die Fischer der Shetlands. Sie sind ein wildes, ungestümes Volk; ein harter Brocken für euch. Wehe demjenigen, der vor ihren Inseln Schiffbruch erleidet. Ohne zu zögern, geben sie den armen Hunden den Gnadenstoß und plündern ihre Wracks.

Zwar behaupten sie, der König von Norwegen sei ihr oberster Landesherr, doch sitzt dieser entweder auf seiner großen Inselfestung Marstrand, in Drondtheim oder in Bergen. Und jeder weiß, daß man die Shetlands weder vom norwegischen Festland, noch von Kirkinvaghe aus regieren kann. Ihr werdet gute Argumente und noch besser eine große Flotte benötigen, um das Wort Gottes und eures Königs bei diesen Heiden zu verkünden.“

„Ich danke dir für deine offene Rede, John“, erwiderte der Earl der Orkneys. Dann wandte er sich wieder an alle: „Ihr seht, wieviel Zeit vermutlich noch ins Land fließen wird, bis der Wind unsere Schiffe über das große Meer tragen wird. Aber sollte es soweit sein, dann wisset, daß ich solche furchtlosen Männer dabei haben möchte, die nicht zögern, in kleinen Booten dem Wal nachzujagen.“

Ein Raunen ging durch die Reihen der Fischer. Noch nie war ein solch hoher Herr in ihre Hütten gekommen, um ihnen ein derartiges Angebot zu unterbreiten.

„Ich habe euch vor zehn Jahren gegen die Seeräuber geholfen. Nun erwarte ich eure Hilfe, Männer.“

Es dauerte eine Weile, bis Bill Wilson die Sprache zurückgefunden hatte. „Ich für meinen Teil komme mit, sollte ich dann noch leben.“

Sveighir hob warnend den Finger. „Bill kennt euch gut und hat keine Verpflichtungen weiter. Aber wir müssen auch unsere Familien ernähren, Earl Henry. Trotzdem denke ich, daß genug junge Männer unter uns“, dabei sah er auf seinen Sohn Erik, „darauf brennen, euch begleiten zu dürfen.“

*

Am späten Nachmittag warf eine Schnigge ihren Anker in der Bucht von Ork Skerry. Zwei Männer ruderten mit dem Beiboot zum Ufer. Ihre Blicke schweiften dabei hinauf zu einer kleinen moosbewachsenen Burg auf einem Felsvorsprung in der Steilwand. Sie wirkte ruhig und verlassen. Der Schein täuschte auch nicht. Die Burg wurde seit über neun Jahren nicht mehr bewohnt. Die Wellen der Brandung schoben das Boot auf den Strand. Die beiden Männer sprangen heraus und zogen das Boot aus dem Bereich der Wellen. „Du wirst erstaunt sein, Will“, sagte der Earl, „denn von jenen Felsen dort oben“, und er zeigte auf die Ruine, „atmet der Geist, der das gewaltige Meer und unsere Träume, die wir mit ihm verknüpfen für immer verbindet. Einen besseren Platz, um die Gedanken tausende von Meilen westwärts fliegen zu lassen gibt es nicht. Du machst einfach die Augen zu und schon siehst du es auftauchen; das Land, das weite ausgedehnte Wälder bedecken.“ MacLarren schüttelte den Kopf. „Noch sind wir hier, Harry.“

Der Funke des Aufstands

„Wird das bald mal mit dem Mörtel?" „Schon in Arbeit, Meister!" „Na, heute früh lief das noch besser, Leute." Da knarrte bereits die Seilwinde. Gespannt warteten Geoffrey und Archibald auf den Eimer, der gleich von unten auftauchen würde. Die Männer standen auf einem hölzernen Baugerüst im zweiten Stockwerk der Burg. Man war schon sehr weit mit dem Bau vorangekommen.

Die Burg des Earls der Inseln sollte in Kirkinvaghe direkt am Wasser stehen. Damit stand für den Baumeister von vornherein die Aufgabe, das Fundament gegen die Einwirkungen des Salzwassers zu schützen. Harry hatte natürlich seinen alten Freund Geoffrey MacLoyd gebeten, den Bau der Burg zu übernehmen. Und Geoffrey nahm an. Inzwischen war der kleine quirlige Kerl, der er früher immer gewesen war, ein geachteter Baumeister und ein bekanntes Mitglied der Bauhütte zu Perth. Harry legte ihm seine Vorstellungen dar, an denen er sich orientieren konnte.

Die Burg sollte einen kleinen Hafen haben, in dem zumindest ein Schiff in der Größe einer Schnigge anlegen konnte. Man einigte sich darauf, den Eingang für die Schiffe bogenförmig zu gestalten. Bereits beim Bau des Hafens mußte Geoffrey Ebbe und Flut bedenken. Es mußte für ein Schiff mindestens möglich sein, den Hafen auch bei Ebbe wieder zu verlassen. Die Flut dagegen stellte keinerlei Problem dar. Dann war die Burg von Wasser eingeschlossen und nur von einer Seite über die Zugbrücke erreichbar.

Geoffrey stand also zunächst vor der Aufgabe, ein gewaltiges Fundament zu schaffen. Da Mörtel durch das Salzwasser zerstört wurde, ließ er zunächst riesige Steinbrocken aufschichten. Dieser Unterbau ragte um eine Manneshöhe über die Flutmarke hinaus.

Doch damit nicht genug. Bis auf eine Höhe von sechzig Fuß wurde keinerlei Mörtel verwendet. Weiterhin fügten die Arbeiter Steinblöcke, gleich einem riesigen Puzzle zusammen. Es waren genau behauene Quader, deren Buckel auf der Unterseite in die Vertiefung der Oberseite des darunterliegenden Quaders griffen. Am exaktesten waren die Außensteine der Mauer gearbeitet. Hier waren die Fugen haardünn.

Nun waren die Mauern so stark, daß in sie sogar kleine Mannschaftsräume für die Soldaten des Earl eingelassen werden konnten. Das ungeheure Gewicht, das ein solches Bauwerk zusammenhielt, garantierte eine hohe Festigkeit. Das Kastell würde so einer Belagerung mit Schleudern ohne weiteres standhalten können.

Im Anschluß wurde bis in eine Endhöhe von neunzig Fuß mit Quadersteinen weitergearbeitet. Hier hoch oben über den Kasematten und Speichern der Burg, sollten sich der Wohnkomplex des Earls und seine Amtsräume befinden. Die um einiges schmaleren Mauern standen etwas versetzt hinter einem Wehrgang. Es mußten alle Steine für den Bau von Steinmetzen behauen werden. Da es sich um Sandstein handelte, ging diese Arbeit zügig voran. Für die Gerüste wurden Bretter aus einfachem Kiefernholz genutzt. Als sonstiges Bauholz verwendeten sie Fichten- und für die Deckenbalken Eichenholz.

Geoffrey und seine Männer - es waren insgesamt über vierzig - hatten mittlerweile die erste Ebene des Wohnhauses erreicht. Die Deckenbalken für die unteren Räume hatten sie eingezogen und die Gerüste gestellt. Der Mörtel für die Steine wurde am Boden der Wehrgänge in großen Holztrögen angerührt und in Eimern über Seilwinden zu den Maurern hinauf gezogen.

Wenn der Baumeister nicht gerade auf Rundgang war oder anderweitig zu tun hatte, legte er bei den Maurern selbst mit Hand an.

Der Abend begann bereits über die Bucht hereinzubrechen. Die Kirchtürme der Kathedrale St. Magnus leuchteten im roten Licht der Sonne. Geoffrey begann seinen Rundgang, um die Arbeiten des Tages zu kontrollieren. Er und sein bester Geselle Archibald überprüften, ob die Flucht der Maueroberkante eingehalten wurde. Dazu benutzten sie Winkel, Schnur und Lot. Als die beiden diese Arbeit beendet hatten, gingen sie hinunter zu den Plätzen, wo die Hilfskräfte den Mörtel anrührten.

Die meisten waren schon in den Schenken verschwunden. Nur noch einige wenige Männer saßen zwischen den Gerätschaften und reichten Bier und Brot herum. Einige lehnten sich über die Mauer und schauten auf den Hafen und die Stadt hinaus.

Geoffrey hielt eine völlig mit Mörtel verkrustete Maurerkelle hoch. Auf so etwas reagierte er ärgerlich. „Wie oft habe euch gesagt, daß ihr die Werkzeuge abends saubermachen sollt." Wortloses Achselzucken in der Runde. Energisch hielt MacLoyd dem ersten, der gerade seinen Bierkrug ansetzten wollte, die Kelle unter die Nase. „Schau dir doch einmal diese Maurerkelle an."

„Mit der hat Walter gearbeitet", entgegnete dieser gelassen.

„Ich höre wohl nicht recht." Geoffrey donnerte die Kelle auf den Boden. „Wenn die Glocken von St. Magnus läuten, ist dies noch lange kein Grund, alles stehen und liegen zu lassen. Ihr habt euch gefälligst alle um den Zustand eurer Werkzeuge zu kümmern." „Ja, Meister." „Ja, Meister, ja, Meister. Was anderes kennst du wohl nicht? Wann versteht ihr Holzköpfe endlich, daß wir mit diesen Werkzeugen auch noch in drei Jahren arbeiten wollen. Die Gesellen unter euch, erinnert ihr euch nicht an euren Eid?"

„Und was ist hier mit dem Mörteltrog?" „Ich geh ja schon." Iain, ein junger Lehrling, stand auf, um den Holztrog mit einem Holzkeil auszukratzen. „Macht ihr das etwa immer so?" rief der Baumeister entsetzt. Der Lehrling stutzte. Was war denn nun noch.

Da pfiff einer von den Gesellen und zeigte zu einer der Schießscharten an der Außenmauer. Dort standen einige Fässern mit Wasser aus einer nahen Quelle. Es gehörte sich, den Trog ordentlich auszuwaschen und nicht nur drin herumzustochern. Das Wasser war keineswegs zum Trinken gedacht und durch die häufige Benutzung stark verschmutzt. Schon wenn sie es früh von der Quelle holten, zeigte es eine dunkelbraune bis rötliche Färbung - das kam von der Torfmoorerde.

Das Wasser in den Fässer war - bis auf ein Faß mit Trinkwasser - zum Anrühren des Mörtels und zum Reinigen der Arbeitsgeräte gedacht. Geoffrey hatte es strikt verboten, Meerwasser zu benutzen, da es die Geräte zerfressen würde.

Der Lehrling war gerade dabei, den Mörteltrog zu reinigen, als Humphrey, einer der Zimmermänner, aufgeregt auf dem Bauplatz erschien. Er lenkte natürlich die Aufmerksamkeit aller auf sich, denn längst hatten sie ihn wie seine Zunftgenossen in der Schenke vermutet.

„Ich glaube, es geschieht irgend etwas", sagte er ganz außer Atem. „Auf dem Marktplatz ist eine Menge Volk zusammengekommen." „Was ist daran so ungewöhnlich?" entgegnete Geoffrey MacLoyd. „Ich habe etliche gesehen, die mit Knüppeln, Keulen und Äxten bewaffnet waren. Viele von ihnen scheinen Fischer und Bauern von den umliegenden Orten zu sein."

Entsetzen breitete sich unter den Männer aus. Die meisten waren fremd hier und mit Geoffrey MacLoyd nach Kirkinvaghe gekommen. Längst hatten die heimischen Arbeiter den Bauplatz vor der Burg verlassen. Der Baumeister war weiß wie eine Kalkwand.

„Um Gottes willen. Nun auch hier. Und Sir Henry ist gerade bei den nördlichen Orkneyinseln unterwegs." „Fürchtet ihr, daß das Pack Sir Henry stürzen will?" fragte einer der Maurer. „Ich weiß nicht. Es gäbe keinen Anlaß dazu. Der Handel läuft so gut wie noch nie und außerdem dringen immer weniger Berichte über Raub und Plünderung bis nach Kirkinvaghe. Was für einen Grund sollten sie haben, ihren Landesherrn zu stürzen?"

„Wären sie gegen den Earl, hätten wir das längst schon zu spüren bekommen, Meister MacLoyd. Seht ihr hier jemanden. Die Docks liegen einsam und verlassen", gab Humphrey zu bedenken.

Jetzt ging Geoffrey ein Licht auf.

„Ich glaube, es ist der Kopf des Bischofs, den sie fordern." „Der Bischof! Ich hätte es mir denken können. Wenn man die Leute in den Schenken erzählen hört, dann reden alle nur von den hohen Abgaben, die seine Schergen eintreiben." „Warum hat Earl Henry nicht schon lange etwas gegen diesen Blutsauger unternommen?" fragte Malcolm, einer der erfahrensten Steinmetze.

Der Baumeister wußte, worauf Malcolm hinaus wollte. „Sein Vertrag, den er mit König Haakon geschlossen hat, besagt, daß er jeglichen Kontakt zu Bischof William zu vermeiden hat. Der Bischof beruft sich auf gewisse Rechte, die ihm der norwegische König eingeräumt hat und auf seinen Papst, Klemens von Avignon. Dem Earl sind die Hände gebunden.

Nun nehmen sich die jahrelang Geschundenen das Recht heraus, getreu dem englischen Vorbild, selbst in Abwesenheit Sir Henrys über den Bischof zu richten."

„Was sprecht ihr von den Engländern?" entgegnete einer der Maurer aufgebracht. „MacLoyd meint die Bauernunruhen um London", beruhigte ihn Malcolm. „So ist's." bestätigte Geoffrey. „Erst letzte Woche hörte ich von einem Schiffsmann, daß der Volkszorn den verhaßten Erzbischof Simon Sudbury durch das Schwert gerichtet hat. John von Gaunt und sein Kanzler haben durch immer höhere Steuern dieses Unglück selbst heraufbeschworen."

„Ihr meint die Kopfsteuer, Meister MacLoyd?" Geoffrey nickte. „Der Fall liegt klar. Hat nicht Bischof William eine zusätzliche Steuer, die angeblich für den französischen Papst bestimmt ist, erhoben. Wahrscheinlich hat er das Geld dafür genutzt, sein üppiges, ausschweifendes Leben weiter zu finanzieren. Der Erzbischof von Canterbury unterschied sich kaum von jenem Schmarotzer mit Heiligenschein, der sich jetzt gewiß in seinem Palast gegenüber von St. Magnus verschanzt hat."

„Und wie verhalten wir uns?" wollte Archibald von seinem Meister wissen. „Bleibt ruhig, Männer. Verschwindet in euren Unterkünften und wartet die Nacht ab." Geoffrey MacLoyd sah zur Stadt hinüber. Die Häuser an den Docks verdeckten den Blick auf den Palast des Bischofs. Nur der Kirchturm von St. Magnus war zu sehen. Dumpfer Lärm drang bis zu dem Bauplatz der Burg Earl Henrys herüber.

Er schaute hinüber zu einem schweren Steinhaus, das an den Docks stand. Dort nahm man den Lärm aus der Stadt sicher auch wahr. Hoffentlich machte sich Lady Janet keine Sorgen. Nur wenige Soldaten waren unter ihrem Befehl zurückgeblieben. Geoffrey erinnerte sich an das Versprechen, daß er Harry gegeben hatte.

Nachdem er die Wachen für den Bau eingeteilt hatte, verließ er mit seinem Gesellen Archibald den Bauplatz und strebte dem großen Steinhaus zu.

*

Die achtziger Jahre des 14. Jahrhunderts sollten sich als sehr turbulent erweisen. Dem Abendland standen große Ereignisse bevor, so das Ausbrechen neuer und Wiederaufflammen alter Kriege und Unruhen unter der ländlichen Bevölkerung in einem bisher nicht gekannten Ausmaß. Die ersten Anzeichen kündigten sich bereits an.

Zunächst begannen die drei großen Herrscher, die über Jahrzehnte hinweg das Schicksal des Christentums bestimmt hatten, sich von der Bühne der Welt zu verabschieden. Edward III. von England und Erbfeind Frankreichs, der im Jahre 1377 gestorben war, folgte nur ein Jahr später der große und berühmte Friedenskaiser des heiligen römischen Reiches Karl IV. ins Grab. 1380 holte schließlich auch Haakon VI., den König des Nordens, der Tod ein.

Die entstandene Leere hatte zur Folge, daß sich Raubritter- und Seeräubertum in jenen Ländern bald wieder auf dem Vormarsch befanden. Überall versuchte der Hochadel und vor allem der Klerus, seine Position zu stärken.

Dagegen versuchten die neuen Throninhaber des Abendlandes noch vorsichtig, ihre Grenzen auszuloten. Richard II. von England, noch ein Knabe, bedrohte abermals seinen nördlichen Nachbarn, um die Lehnsherrschaft des englischen Königshauses einzufordern. Anlaß waren wie so oft Grenzstreitigkeiten, die allerdings diesmal durch schottische Clanhäuptlinge hervorgerufen wurden. Die Stuarts ließen sich darauf nicht ein und so waren alle Zeichen auf Krieg gestellt. Doch war es wohl mehr ein wildes Drohgebaren der englischen Krone als eine wirklich ernst zu nehmende Gefahr. Rechtzeitig warnte der Herzog von Lancaster seinen Neffen, nicht unbedacht und voreilig zu handeln.

So hatten die Plantagenets, nicht zuletzt durch ihre Mißerfolge in Frankreich, bei weitem nicht mehr so viel Rückhalt im Volk und beim Adel, wie seiner Zeit Edward I., der Schottenhammer.

Wenigstens gab es ein gültiges Waffenstillstandsabkommen mit Schottland, das noch für einige Jahre Frieden garantieren sollte und John von Gaunt wohlweislich geschlossen hatte, um sich unliebsamen Ärger mit dem Norden vom Leib zu halten.

Doch eine viel größere Gefahr für England ging weder von Schottland noch von Frankreich oder Spanien aus. Nein, das Inselreich steckte in einer der schwersten Krisen der letzten Jahrhunderte. Das Faß war randvoll. Es fehlte nur noch der letzte Tropfen, der es zum Überlaufen brachte.

Es herrschte Hunger, Not und Elend, vor allem unter den Bauern. Das einst so reiche Land war am Boden. Die Ursachen waren in dem seit den großen Pestjahren dramatischen Bevölkerungsrückgang zu suchen. Adel und Bischöfe des Landes versuchten, die dadurch geringer fließenden Steuern durch immer höhere Forderungen gegenüber den Bauern auszugleichen. Dabei half ihnen die Rechtsprechung, die den unteren Bevölkerungsschichten nur wenig Chancen ließ, sich gegenüber den Ansprüchen der mächtigen Lords durchzusetzen. Doch nicht nur Kirche und Adel preßten die Armen aus.

Der verruchte John von Gaunt, seines Zeichens der erste Mann im Land, versuchte für die finanziell ausgeblutete Krone, aus allen erdenklichen Quellen Geld zu pressen. In erster Linie über die Steuern. Den entscheidenden Funken brachte schließlich die Einführung einer Kopfsteuer. Daraufhin marschierten die Bauern unter der Führung von John Balls und Wat Tyler nach London. Zunächst sah es ganz gut für sie aus.

Der Aufstand, der in Essex und Kent ausgebrochen war, verbreitete sich mit Windeseile über weite Teile des Landes. Dutzende grundherrliche Amtsträger wurden ermordet oder mißhandelt, Abteien und Herrensitze niedergebrannt, Steuer- und Abgabelisten vernichtet.

Schließlich übersandten die Aufständischen dem König eine Botschaft, in der sie ankündigten, die Verräter in seiner Umgebung zu strafen. In London zerstörten sie den Savoy Palast des Herzogs von Lancaster.

Der erst vierzehnjährige König erschien daraufhin unbewaffnet vor den Bauern, um mit ihnen zu verhandeln. Er erklärte sich bereit, ihre Forderungen nach Abschaffung der persönlichen Unfreiheit, die freie Vereinbarung von Arbeitslöhnen und die Senkung der Abgaben zu erfüllen. Dem Volk die Köpfe der Verräter auszuliefern lehnte er allerdings ab.

Wat Tyler, ein widerspenstiger Rebell und einige andere wollten jedoch nicht auf das geforderte Opfer verzichten. Der äußerst verhaßte Erzbischof von Canterbury und Kanzler Simon Sudbury und einige andere Ratgeber des Königs wurden im Tower enthauptet.

Die Situation spitzte sich dramatisch zu, als der Bürgermeister von London Wat Tyler tötete. Richard stellte sich daraufhin an die Spitze des führerlosen Bauernheeres, währenddessen der Bürgermeister in aller Eile eine der Krone ergebene Truppe aufstellte.

Da die meisten der Bauern jedoch wieder in ihre Dörfer abzogen, blieb ein größeres Standgericht aus. Die restlichen Rebellen wurden vernichtend geschlagen, letzte Regungen gnadenlos im Blut und Terror erstickt.

Der König ließ sich vom Parlament von seinen Zusagen gegenüber den Bauern entbinden. Als diese ihn an sein Versprechen erinnerten antwortete er nur: „Knechte seid ihr, und Knechte werdet ihr bleiben."

Auf die Kopfsteuer mußte die Krone allerdings in Zukunft verzichten. Der Funke des Aufstands sprang jedoch über die Grenzen Englands hinweg auf weite Teile des Abendlandes über. Überall dorthin wo Adel und Kirche schon lange ihre Sympathien beim Volke verspielt hatten, so in Frankreich, in Flandern und auch auf den Orkneys.

*

Der Platz vor der St. Magnus Kathedrale war leer. Die roten Sandsteine, aus denen der Kirchenbau errichtet war, wußten sicherlich viel zu erzählen. Doch die Steine schwiegen. Unmittelbar vor dem Hauptportal des Gotteshauses erinnerten nur noch die heruntergebrannten Reste eines Scheiterhaufens an den Höhepunkt des Aufstandes. Von dem Opfer war nichts als schwarze Asche übriggeblieben. Der Earl der Inseln, einige seiner Männer und der Bürgerrat der Stadt schauten betreten auf die Richtstätte.

Das Volk hatte den Zeitpunkt gut gewählt. Earl Henry befand sich für mehrere Wochen auf einer Kreuzfahrt durch die nördlichen Inseln. Als seine Barken nach Kirkinvaghe zurückkehrten, waren aus den Rebellen längst wieder friedliche Bauern und Fischer geworden, die ihrem Tagewerk nachgingen.

Ihr Zorn war durch den Tod des von allen gehaßten Bischofs so schnell verraucht, wie er gekommen war. Nicht einmal Geoffrey oder Janet hatten geahnt, welche Wirkung die jüngsten Berichte aus England auf die Bewohner der Inseln haben könnten. In kürzester Zeit entfachte sich ein regelrechter Sturm. Wer in Kirkinvaghe fremd war, so wie die Bauleute der Burg des Earl oder Kaufleute aus Schottland und Norwegen, wagte sich nicht in die Nähe der rasenden Menge. Mit Schanzleitern und Rammböcken berannte diese immer wieder die Festung des Pfaffen. Der einzige, der ihm hätte helfen können, war weit weg.

Es dauerte keine zwei Tage bis der Bischofspalast in die Hände der Rebellen fiel. Der Pöbel kannte keine Gnade. Wer sich ihnen in den Weg stellte, wurde niedergemetzelt. Die Wachen des Bischofs, seine Steuereintreiber und auch einige unschuldige Mönche. Als die blutdürstige Meute William im Kreise seiner Konkubinen entdeckte, war sein Schicksal längs besiegelt. Während die Frauen von einem Teil der brüllenden und geifernden Horde vergewaltigt wurden, bevor man ihnen die Bäuche aufschlitzte, ergriffen andere den Bischof und schleiften ihn die Treppen seiner Burg hinab.

Vor den Toren raste der Mob beim Anblick des vor Todesangst schlotternden Opfers. Beim Anblick eines hoch aufgeschichteten Scheiterhaufens wußte er, was ihn erwartete. Geoffrey erzählte, daß er und seine Arbeiter vom Bauplatz aus eine Rauchsäule beobachten konnten, die höher als die Spitze des Kirchturms von St. Magnus war.

Einen Tag vor jenem schrecklichen Massaker waren einige furchterregende Männer, begleitet von zwei Stadträten, zu Janet gekommen und hatten um Audienz gebeten. Weder die Schotten in Kirkinvaghe noch die Sinclairs - so versprachen sie - hätten etwas zu befürchten. Janet war als eine gebürtige Halyburton und Normannin gewiß alles andere als feige. Doch ihre Kinder Henry, John und Elisabeth durften keiner Gefahr ausgesetzt werden. Die Männer versicherten ihr, daß ihnen eher die Hand abfallen möge, als daß sie sich jemals gegen den Earl und dessen Familie erheben würden.

Jedoch sagte Janet ihnen klar und deutlich, daß ihr Mann nach seiner Rückkehr die Schuldigen strafen würde.

Nun stand er hier, der Earl der Inseln, Henry Sinclair und sah auf die Überreste seines einstigen Widersachers hinab. Ihm war nicht wohl bei dem Gedanken an das furchtbare Massaker, daß sich vor einigen Wochen in Kirkinvaghe abgespielt haben mußte. Wie viele Unschuldige waren dabei niedergemetzelt worden. Sicher, er selber konnte aus dem Tod dieses patriarchalischen Despoten nur Gewinn ziehen. Hatte es dieser nach dem Tod König Haakons doch wieder auf die Spitze getrieben. Dessen Gemahlin und jetzige Königin Margarethe beschränkte zwar das Erhebungsgebiet des Zehnten auf Kirkinvaghe und das umliegende Land, doch Bischof William schätzte den zehnten Teil nach seinem eigenen Gutdünken ab. Immer wenn Earl Henry ihn den Rücken kehrte, trieb er es besonders arg. Laut einer alten Abmachung durfte nämlich der Earl nie die Mauern des Bischofspalastes betreten und ahnte somit nicht, welche Reichtümer sein Kontrahent anhäufte.

Trotz all dieser Tatsachen konnte Henry Sinclair das grausame Vorgehen des Mobs in keiner Weise billigen. Gleich bei seiner Ankunft hatte er den gesamten Bürgerrat festsetzen lassen und sandte nach den bekannten Rädelsführern Soldaten aus. Nur wenige Stunden später holte er einige der Patrizier wieder aus dem Kerker, damit sie ihm zum Ort des Geschehens begleiteten.

Ein kühler Septemberwind wehte über den Platz vor der Kathedrale. „Was soll nun geschehen, Sir", fragte vorsichtig ein mit stattlichem Samtwams gekleideter Graubart. Es war der Stadtkämmerer.

„Wir müssen Königin Margarethe von diesen Vorfällen Kunde geben", antwortete Harry. Und leise für sich murmelte er: „Jedoch glaube ich, daß sie eher froh sein wird, den widerspenstigen Pfaffen los zu sein." Er wandte sich um. „Aber zuvor, Stadtkämmerer..." „Ja, Sir?" „Der Bürgerrat kümmert sich darum, daß die Asche des Toten bis Sonnenuntergang bestattet ist. Wenn er auch ein schlechter Mensch war, einen solchen Tod hatte er nicht verdient. Ich verlange, daß jedermann der Messe des Toten beizuwohnen hat."

*

Erst zwei Tage später fand Henry Sinclair die Kraft, den von seinen Soldaten bewachten Bischofspalast aufzusuchen. Dicke runde Mauern schützten ihn nach außen. Eine Trutzburg gegen die Welt. Es war ihm unbegreiflich, wie es den Aufständischen gelingen konnte, diese Festung zu erobern. Doch hatten nicht auch englische Bauernheere es geschafft, den Tower zu bezwingen?!

Einige Mönche, die dem Zorn des Pöbels entgangen waren, empfingen den Earl in der großen Halle des Palastes. Im Kamin brannte ein spärliches Torffeuer. Noch immer kündeten Blutflecken an den Mauern von jenen schrecklichem Tag. Die Einrichtung war zerschlagen oder ein Opfer der Flammen geworden. Harry nahm auf einer Steinbank nahe des Fensters Platz, die als einziger Gebrauchsgegenstand übriggeblieben war.

Vor ihm standen drei Mönche und warteten auf eine Regung des Earls. Dieser sah sie nicht an, sondern blickte durchs offene Fenster auf die Spitze des Kirchturms von St. Magnus.

„Es wird einige Zeit dauern, bis euer Papst einen Nachfolger bestimmen wird. Solange steht der Palast des Bischofs unter meinem persönlichen Schutz. Wir wissen alle, wie unbeliebt der Bischof auf den Inseln und in der Stadt war. Gut, ich werde die Hauptschuldigen bestrafen, soweit dies möglich ist, aber trotzdem will ich von euch wissen, ob irgendeine Schurkerei Williams zu diesen Unruhen geführt hat.“

„Euch ist bekannt, daß der Bischof ein Despot war“, antwortete einer der Mönche. „Er duldete keinen Widerspruch. Von uns Mönchen schon gar nicht. Aber vielleicht hilft dies euch weiter.“

Ein hagerer, mit Pickeln übersäter Kuttenträger legte Harry ein Buch vor, in dem sich die genauen Aufzeichnungen aller Geschehnisse im Bistum der Orkneys über die letzten Jahre befanden. Es war der Abt Tryn Godewell, der den Earl bereits unten am Tor des Palastes in Empfang genommen hatte.

Harry überflog nur die Seiten, sicherlich war der Inhalt bewußt geschönt. Nicht ohne Grund nahm er an, daß der Bischof auch die Berichte an den Papst von Avignon fälschte. „Ich glaube, das bringt uns nicht weiter, Bruder Godewell.“ Er klappte das Buch mit einem Schlag zu und warf es einem der verstörten Mönche in die Arme.

Harry überlegte. Schließlich fragte er den pickligen Abt, ob es auch Räume in der Burg gäbe, die der Plünderung des Pöbels entgangen waren. „Gewiß“, erwiderte dieser. „Als die Menge Bischof William ergriffen hatte und zur Kathedrale schleifte, wurde es merklich leiser innerhalb der Mauern. Ich selbst und etliche andere Mönche befanden uns die ganze Zeit in einem der Keller, dort, wo sich die Bibliothek befindet. Erst im Schutze der Nacht wagten wir uns wieder hervor.“

Harry horchte auf „Das hört sich außerordentlich interessant an, Bruder Godewell. Ich glaube, so schnell bekomme ich nie wieder die Gelegenheit, in den Schätzen eures Bistums herumzustöbern.“

Tryn Godewell winkte dem Earl darauf, ihm zu folgen. An der Tür stand ein beleibter Mönch und reichte dem Abt eine Kerze, die er vorher im Kamin entzündet hatte. Als sie sich draußen auf dem langen Gang befanden, der zur Treppe führte, hielt der picklige Tryn auf einmal an.

„Da ihr versprochen habt, die Aufrührer zu richten, kann ich offen zu euch sein, Earl Henry. Ich habe euch vorhin nur die halbe Wahrheit gesagt. Es ist nämlich nicht so ohne weiteres möglich, in die Schatzkammer des Wissens zu gelangen. Diesem Umstand verdankt wahrscheinlich ein Großteil von uns das Leben. Die Burg besitzt nämlich einen geheimen Gang, der direkt hinab in die Bibliothek führt."

„Warum hat sich der Bischof nicht dort verkrochen?" „Er war nicht schnell genug. Seine Leibwachen haben ihn gezwungen, in der Halle auf den Pöbel zu warten. Leider ging ihre Rechnung nicht auf, dabei ihr eigenes Leben zu retten. Und nun paßt auf."

Tryn Godewell fuhr mit seiner schmalen, knochigen Hand über die Mauerwand hinweg. Schließlich erfaßten seine Finger einen glatten, quaderförmigen Stein, den er an einer Seite mit einer schnellen Bewegung drehte.

Zu Harrys Verblüffung öffnete sich in der Mauer eine Tür, allerdings nur einen Spalt breit. „Der Bischof hatte in letzter Zeit immer mehr Mühe, sich hier hindurchzuzwängen", witzelte Tryn und leuchtete mit der Kerze ins Dunkel.

Hinter der Tür befand sich eine schmale Wendeltreppe, die in die Tiefe hinabführte. Wie geriet Harry in Erstaunen, als sie am Ende der Treppe in ein Kreuzgewölbe gelangten, an dessen Seitenwänden Regale aus Kiefernholz Unmengen von Büchern und Pergamentrollen beherbergten.

„Ich wäre stolz, würde ich nur die Hälfte davon besitzen", sagte Harry. Tryn bemerkte, welches Interesse der Earl an den Schriften zeigte und dies gefiel ihm. Begeistert erläuterte er, was sich in den einzelnen Regalen oder in den Truhen am Boden befand. Als er einige Landkarten erwähnte, unterbrach ihn Harry.

„Könnte ich mir diese Karten etwas näher betrachten?" „Selbstverständlich", erwiderte Tryn und zog aus dem Regal vor ihm einige Pergamentrollen hervor.

„Nehmt diese hier." Harry rollte das Pergament auf. Eine wunderbare und farbenreiche Karte der Welt lag vor ihm, eine Karte, die die Welt selbstverständlich als Scheibe darstellte. Das westliche Abendland war verzerrt und sehr unwirklich wiedergegeben. Jede Gebietskarte eines Hafenamtes war da genauer. Harry lächelte ein wenig.

„Es ist eine Kopie der berühmten Weltkarte von Richard de Haldingham, die dieser in Hereford vor hundert Jahren angefertigt hat. Seht nur die Vielzahl von Details." Der picklige Abt glühte vor Begeisterung und entzündete noch eine zweite Kerze. „Setzt euch doch."

Er bot den Earl einen Platz an einem alten Holztisch an und stellte die zweite Kerze neben ihn. Harry setzte sich auf die Bank und rollte das Pergament wieder zusammen. „Wißt ihr, Bruder Tryn, so bunt eure Karte ist, so unbrauchbar ist sie für einen

Seefahrer", sagte er geringschätzig. „Aber sie ist eines der größten Wunderwerke, die die Welt der Kartographie zu bieten hat."

Harry zeigte sich nicht im mindesten beeindruckt. Sicher, diese Kopie enthielt eine Menge Abbildungen von Personen, doch wenn er sie im Geiste mit David Morlays Papyrus verglich, konnte er sie nur lächelnd beiseite legen.

„Habt ihr keine richtigen Seekarten?", fragte er und fügte hinzu. „Ich meine Portolankarten"

„Ich sehe, ihr seid ein echter Seemann, Sir. Dann wißt ihr sicher, wozu ihr dies gebrauchen könnt." Tryn fingerte mit seinen Händen in einer Schublade herum und brachte etwas zum Vorschein.

Es war ein rundes Holzgehäuse an dessen Rändern sechzehn Zacken mit gleichen Abständen geschnitzt waren. Die Windrose! Der Verwendungszweck war unschwer zu erkennen, wenn man von oben hineinsah. In der Mitte war auf einer Bronzepinne ein schwarzer, schillernder Metallsplitter gleich einer Nadel gelagert. Ein Seylstein oder auch Magneteisenstein. Sofort zitterte die Nadel nervös herum, um sich dann langsam wieder in der Nord-Süd-Achse einzupendeln.

Der Bischof besaß also einen der kostbaren Seylsteine, die dem Schiffer bei der Kursbestimmung auf offener See unschätzbare Dienste leisteten. David Morlay verwendete damals auf der Fahrt nach Grönland einen solchen Stein. Allerdings warnte er noch Jahre danach vor der großen Ungenauigkeit, die mit seiner Nutzung verbunden war. Und tatsächlich dienten die Schwankungen der Nadel nicht gerade dazu, bei den Seeleuten großes Vertrauen zu erwecken. Manche schworen diesem Teufelszeug ganz ab und vertrauten auf ihre Erfahrungen über das Meer und die Winde, die auf ihm herrschten.

Als Harry vor vier Jahren seinen ersten Seylstein in Musselburgh von einem alten Kapitän erwarb, hatte er ein Vermögen dafür bezahlt. Dieser behauptete, daß nicht alle Seylsteine gleich wären und selbstverständlich pries er den seinen. Trotz aller geteilten Meinungen über die Wirkung der eisernen Nadel befand Harry, daß er unter Benutzung eines Portolans immer noch besser mit Seylstein fuhr als ohne ihn. Nun konnte er schon mittlerweile drei davon sein eigen nennen und wo ein Seylstein oder Kompaß, wie die ganze Konstruktion genannt wurde, nutzlos herumlag, gab es auch Portolankarten.

„Wollt ihr, daß der Kompaß hier verstaubt, Bruder Godewell?" fragte Harry den Abt. „Wie meint ihr das?" entgegnete der picklige Tryn verwirrt. „Das will ich euch sagen. Für alle Schäden, die euch entstanden sind, werde ich aufkommen. Als Bedingung dafür stelle ich, daß ihr mir euren Kompaß sowie die Portolane überlaßt." „Ich habe wohl keine andere Wahl", entgegnete der Kuttenträger zerknirscht. „Aber schaut euch die Karten erst einmal an."

Als Harry die Seekarten im Dämmerlicht der Kerze betrachtete, staunte er mächtig. So genaue Detailkarten von den Orkneys, den Shetlands und den Frislandinseln konnte er selbst nicht sein Eigen nennen. Eine Karte umfaßte sogar das Gebiet zwischen England und Norwegen und reichte im Norden bis nach Grönland und zu der Eisinsel Svalbard hinauf. Allerdings fehlte das Liniennetz der Portolankarten und Island trug noch die alte Bezeichnung Thule.

Trotzdem zeigte sich Harry insgesamt überrascht. Die Portolane könnte er dazu verwenden, um bei seinen Fahrten durch die Inselwelt der Orkneys noch genauere Karten zu zeichnen.

Es war gar nicht so verwunderlich, daß Bischof William dergleichen Material besaß, denn seine Flotte, die in seinem Auftrag die Buchten und Meerengen der Orkneys durchstreifte, umfaßte immerhin vier stolze Barken. Und sicherlich befanden sich an Bord seiner Schiffe Kopien von jenen Portolanen und wohl auch ein weiterer Seylstein. Für einen Augenblick vergaß der Earl der Inseln des großen Orc fast, welche unliebsamen Aufgaben ihn die nächsten Tage erwarteten.

*

Die neue Königin des nordischen Großreiches hatte wahrlich mehr zu tun, als sich um das Aufflackern eines Aufstandes auf den Orkneys zu kümmern. Von allen Seiten, besonders von der Hanse und von Albrecht, dem König von Mecklenburg-Schweden, wurde Margarethe hart bedrängt. Sie mußte die Macht, die ihr Mann Haakon ihr überlassen hatte, festigen. Dafür war ihr jedes Mittel recht. Unter anderem, so seltsam das klingen mag, verließ sie sich auf eine gewaltige Kaperflotte.

Immer mehr Reiche des westlichen Abendlandes verlegten sich darauf, die Seeräuberei als ganz selbstverständliches Mittel der Politik einzusetzen. Zwar lauerten englische Kaperfahrer nach wie vor an der Themsemündung den großen, schwerfälligen Handelsschiffen auf, aber im Gegensatz zu früheren Zeiten war ihre Rückendeckung durch die Krone beträchtlich gewachsen.

Dagegen tauchten an Englands Südküste immer noch vereinzelte spanische und französische Seeräuberschiffe auf, die Land und Leute in Aufruhr versetzten.

Mit Ausklang des Herbstes 1381 war die Gesandtschaft des Königreiches Portugal, allen voran Prinz Johann und der Großmeister des Christusordens, in Westminster eingetroffen, um von England militärischen Beistand im Kampf gegen Kastilien zu erbitten. Allerdings war der Zeitpunkt schlecht gewählt, denn durch den verloren Krieg mit Frankreich und zahlreiche Rebellionen des Volkes war die Macht der Monarchie stark angegriffen.

*

Als die Portugiesen auf dem Weg von Dover über Canterbury nach London waren, bot sich ihnen ein grauenerregendes Bild. Überall waren entlang der staubigen Straße Galgen aufgestellt, an denen man die Bauern, oft gleich mehrere an einem Haken, aufgeknüpft hatte. Überall wehte einem der Geruch des Todes um die Nase. Große Aaskrähen hatten sich auf den Köpfen der Gehängten niedergelassen, so, als wollten sie ihren zustehenden Anteil für sich in Anspruch nehmen. Am Wegesrand standen zerlumpte, heruntergekommene Gestalten, die die vorbeiziehenden Ritter um eine milde

Gabe anflehten. Doch sie wurden kaum eines Blickes gewürdigt und mußten eher aufpassen, nicht unter die Hufe der Pferde zu geraten.

Vasco de Scoela schaute ab und zu verächtlich zur Seite, wobei sein Blick über die Köpfe hinweg zu den Galgen schweifte. So sah er einen riesigen, schwarzen Raben, der gerade seinen Schnabel tief in die leere Augenhöhle eines stark verwesten Kopfes steckte. Der Meister vom roten Tatzenkreuz spie aus. „Wären wir doch nur im nächsten Frühjahr gekommen." „Dann würden dort nur noch ein paar Skelette hängen", meinte ein junger portugiesischer Höfling neben ihm.

Als der Ordensritter etwas erwidern wollte, erblickte er zufällig eine junge Frau, die ein kleines Kind im Arm trug. Mein Gott, die ist doch kaum fünfzehn, dachte er sich und hat schon die Augen eines alten Weibes. Vasco de Scoela wühlte in seiner Tasche und schmiß ihr etwas vor die Füße. Allein, er konnte nicht mehr sehen, wie viele gierige Hände nach dem Goldstück grapschten. Die ausgemergelten Gestalten schlugen sich die Köpfe blutig. Das junge Mädchen jedoch, dem das Goldstück gegolten hatte, ging leer aus.

Inzwischen war die portugiesische Gesandtschaft am Hofe des Königs zu London, dem Tower, eingetroffen. Sie wurden von dem jungen Richard empfangen. Der Sohn des schwarzen Prinzen war außerordentlich frohgelaunt und scherzte mit seinen Gästen.

Die Unterhaltung wurde teils in französischer, teils in lateinischer Sprache geführt und diente vor allem der Erneuerung des Kriegsbundes zwischen Portugal und England. Dabei boten die Portugiesen dem finanzgebeutelten englischen Königshaus hohe Geldsummen für die Unterstützung im Kampf gegen Kastilien an. Als größte Finanzgeber erwiesen sich die heiligen Ritter Christi, auf die der portugiesische Thronfolger Johann vor allem setzte. Die Männer bildeten auch den für ihn größten Rückhalt im eigenen Land, ganz im Gegensatz zum Adel, der sich teilweise auf die spanische Seite geschlagen hatte.

Der Herzog von Lancaster hatte sich nach einer anschließenden gemeinsamen Messe in der Kathedrale von Westminster in die Gemächer seines Schlosses zurückgezogen. Jedoch sollte seine Ruhe gestört werden, denn ein Höfling erschien und meldete einen unerwarteten Besucher. Der Name war John von Gaunt hinlänglich bekannt, gehörte er doch einem der Ordensritter der portugiesischen Gesandtschaft, der sich für ausreichende Zahlungen seines Ordens an die englische Krone ausgesprochen hatte. „Nun, edler Don Scoela, was gibt es noch zu erzählen."

„Ich wünsche euch allein zu sprechen." John von Gaunt wunderte sich. Was wollte dieser kraushaarige Portugiese denn noch von ihm. Er vermutete zunächst einmal unsaubere Geldgeschäfte. Alle Portugiesen sind schließlich Geschäftsleute, die schon fast widerlich zu handeln verstehen. Und die vom Orden besonders. Das hatte er heute zu spüren bekommen. Er setze eine sehr unwissende Miene auf, so als verstünde er zunächst einmal überhaupt nichts. „Sollte es etwas Verschwiegenes zwischen uns geben?! Nun, dann laßt es mich wissen, Don Scoela. Ich muß gestehen, daß ihr mich neugierig gemacht habt."

„Es geht um Schottland, Mylord", sagte dieser ohne Umschweife. „Mein Gott, Scoela. Ihr beliebt zu scherzen. Was habt ihr denn mit Schottland zu schaffen?" Nun war der Herzog tatsächlich verwundert, aber das machte ihn nur um so neugieriger.

Vasco de Scoela, der mittlerweile viele Schliche des längst verblichenen Don Ferrando übernommen hatte, merkte das natürlich sofort und beschloß, mit längst vergangenen Geschichten seinem Anliegen Beachtung zu verschaffen. „Es handelt sich um eine sehr alte Sache, müßt ihr wissen. Ich glaube, ich muß dazu etwas weiter ausholen.

Anfang unseres Jahrhunderts wurde, wie euch sicherlich bekannt ist, der Templerorden der Ketzerei angeklagt. Die christlichen Orden haben ihre Positionen im heiligen Land aufgeben müssen und suchten in Europa eine neue Aufgabe. Das Urteil des Papstes ist nun einmal gesprochen und wir können es nicht mehr ändern. Ihr wißt genau wie ich, daß wir dies allein den nimmersatten Franzosen zu verdanken haben. Wir, der Orden der heiligen Ritter Christi von Portugal, sehen uns als legitime Nachfolger des Tempels. Schließlich kämpfen wir gegen die Heiden von Granada. Aber auch in anderen Ländern des christlichen Abendlandes fanden vor allem die französischen Ritter einen sicheren Unterschlupf. Im Zusammenhang mit der Flucht dieser Ritter verschwanden auch große Teile der einst so mächtigen Templerflotte. Bis heute weiß man nicht, wohin. Mit ihrem Verschwinden ging auch der größte Teil eines ungeheuren Schatzes verloren, der sich im Laufe langer Zeit in den Komtureien des Ordens angehäuft hat."

Hier ließ der Portugiese eine Atempause. Vielleicht wollte er auch nur die ersten Reaktionen seines Gegenüber abwarten. John von Gaunt wirkte tatsächlich etwas erstaunt. Da spazierte irgendein Mitglied der portugiesischen Gesandtschaft zu ihm herein und erzählte ihm etwas von märchenhaften Schätzen der Templer. Die Geschichte war hinlänglich an allen europäischen Höfen bekannt. Der Meister vom Tatzenkreuz versuchte, nachdem der Engländer noch keine Regung gezeigt hatte, ihn direkt auf die vermeintliche Antwort zu stoßen.

„Mylord, nun frage ich euch. Könntet ihr mir sagen, wohin diese Schiffe verschwunden sind? Sie können sich ja nicht in Luft aufgelöst haben." In Lancaster sträubte sich noch immer alles gegen jenen Gedanken, den der andere scheinbar zu verfolgen schien. „Was weiß ich. Der Sturm, den Gott zur Erde schickte, hat sie alle verschlungen. Ihr denkt doch nicht etwa an Schottland, Don Scoela." John lachte laut auf. „Die Schotten sind doch nur ein Haufen armseliger widerspenstiger Barbaren. Allein der Gedanke, sie wären im Besitz des Templerschatzes, erscheint mir geradezu absurd. Das Land wird doch von den unversöhnlich gegenüberstehenden Clans geradezu zerrissen. Nur durch die absolute Unfähigkeit eines Heerführers, der leider mein Großvater war, ist es ihnen überhaupt gelungen, damals bei Bannockburn zu siegen."

Der Portugiese schluckte. Sicherlich, es gab keine hinreichenden Beweise für seine Behauptungen. Aber an jeder Geschichte ist doch schließlich auch ein Körnchen

Wahrheit. „Nun kann ich, was das Gold betrifft, meine Hände nicht dafür ins Feuer legen. Sicherlich stünde der schottische Bürger anders da, wenn es so wäre. Das Land ist arm, so sind die Fakten. Aber es gibt auch andere Sachen, die genauso wertvoll sein können wie Gold und Silber. Denn bei dem Schatz befand sich auch etwas anderes. Uralte Pergamentrollen aus dem heiligen Land, die für die Wissenschaft von unschätzbaren Wert sind. Und nicht nur für die Gelehrten. Nein, auch für jeden Menschen, der es versteht, ihren Inhalt für sich zu nutzen. So wiegen manche dieser dünnen Pergamentpapiere mehr als tausend Tonnen Gold.“

Der Herzog, mittlerweile von dem Gerede des Ordensritters völlig benommen, war verblüfft. „Ich fürchte, ich leihe einem Schalk mein Ohr. Ihr sprecht in Rätseln, Südländer. Sagt mir, wie habe ich das zu verstehen?“ Die Augen des kraushaarigen Scoela begannen zu funkeln. „Wenn eine dieser alten Aufzeichnungen euch den Weg zu einer Quelle weisen würde, aus der ihr unerschöpflich Gold entnehmen könnt, dann steigt eure Macht, unvorstellbare Macht, Mylord.“ „Ihr wißt, wo eine Goldader liegt? Nun sprecht.“ John von Gaunt war nervös zum Fenster gegangen, um auf den Hof zu sehen. In seinem Kopf drehte sich alles. Wieso hörte er diesem Spinner noch weiter zu. „Ich weiß, daß sich in Schottland in den Händen von Nachfahren entflohener Templer eine Papyrusrolle befindet, die annähernd zweitausend Jahre alt ist. Dieser alte Papyrus stammt aus Ägypten und er beinhaltet eine Karte, auf der eine unvorstellbar große Landmasse auf der anderen Seite des großen Meeres eingezeichnet ist. Sie soll die exakteste Karte sein, die je von Menschenhand gezeichnet wurde. Das haben Fahrten im Mittelmeer bewiesen. Aber denkt einmal an das bisher unbekannte Land, weit, weit westlich von Europa. Die Sage geht, daß in diesem Land mehr Gold und Silber zu finden sei als sonst irgendwo auf der Welt. Womöglich handelt es sich um das mächtige China, von dessen unvorstellbarem Reichtum das ganze Abendland zu berichten weiß.“

John von Gaunt war ärgerlich. Er hatte, weiß Gott, wirklich mehr zu tun als versunkenen Schätzen und verschollenen Seekarten hinterher zu jagen. Es konnte ja sein, daß der Portugiese Recht hatte, aber dann sollte er ihm zumindest genauere Anhaltspunkte liefern.

„Was ihr erzählt, hört sich an wie ein Hirngespinst. Aber um in Schottland einem Phantom hinterher zu jagen, brauche ich wenigstens ein paar Namen von euch.“ Jetzt war der Ordensritter am Zug. Und so begann Vasco de Scoela seine Trümpfe auf den Tisch zu legen.

„Nur noch wenige Menschen wissen, daß diese Karte je existierte. Seit Anfang unseres Jahrhunderts gilt sie als verschollen und man hat sich mehr oder minder damit abgefunden. Mir selbst erzählte vor gut zwölf Jahren mein alter Meister, kurz bevor er starb, von jener Karte.

Er erfuhr von ihrem Geheimnis von einem Templer, der auf dem Sterbebett lag. Dieser schilderte ihm die unglaubliche Präzision, mit der Küstenlinien und Flußläufe verzeichnet waren. Angeblich ist auf ihr ein großer Erdteil auf der anderen Seite des westlichen Weltmeeres abgebildet. Ich weiß nicht, ob ihr jemals von dem sagenhaften Drogeo gehört habt, Mylord. All die ganzen Jahre vergaß ich nie die letzten Worte meines Meisters.

Nun sind unsere Erfolge auf dem Gebiet der Seefahrt auch ohne jenen alten Papyrus inzwischen durchaus beachtlich. Allein an der afrikanischen Küste gelangten wir weit in die unbekannten südlichen Gefilde. Unsere Schiffe können wesentlich längere Strecken auf hoher See zurücklegen als noch vor hundert Jahren. Aber nach Westen über den riesigen Ozean, ohne zu wissen, wie weit der Weg ins Paradies ist?! Mit Verlaub, Mylord, das wäre Selbstmord.

Don Ferrando erzählte mir damals auch, daß die geheimnisvolle Karte wieder aufgetaucht ist und sich in den Händen eines gewissen David de Morlay, einem Meister der schottischen Johanniter, befindet. Er soll sich in Balantrodoch, dem früheren Hauptsitz der Templer in Schottland, aufhalten und ist angeblich auch ein Mitglied des verborgenen Tempels. Sein Großvater konnte damals aus Frankreich entfliehen, was wohl darauf hindeutet, daß zumindest Teile der Templerflotte nach Schottland entkommen sind.

Damals, wenige Monate vor des Meisters Ableben, kam ein junger Ritter nach Spanien, um im Lande der Mauren bei einem arabischen Schriftgelehrten mehr über das Geheimnis der Karte zu erfahren. Wahrscheinlich ist der Papyrus mit uralten ägyptischen Hieroglyphen versehen, die heute nicht mehr so einfach zu deuten sind. Unsere Leute versuchten, den jungen Mann abzufangen, doch dem Unternehmen war kein Erfolg beschieden. Bei dem schottischen Ritter handelt es sich um den jungen Henry Sinclair, vom Clan der Sinclairs aus Rosslyn. Wenn ich mich recht entsinne, ist dieser Sinclair mittlerweile zum Earl der Orcadianinseln aufgestiegen. Eine beachtliche Karriere.

Er und Morlay hatten sich damals mit dem venezianischen Handelshaus der Gebrüder Beranelli zusammengetan, um, wie ich annehme, ihre Unternehmen zu finanzieren und auf die Handelsschiffe der Venezianer zurückzugreifen zu können. Ich denke, daß die Schotten kein Recht darauf haben, dies zu tun.

Was ist, wenn sie bereits das sagenhafte Drogeo gefunden haben? Wenn sie dort auf Schätze gestoßen sind? Wenn sie Kolonien in jenen fernen Landen begründen?"

„Nicht auszudenken", flüsterte John von Gaunt entsetzt. „Gesetzt den Fall", fuhr der Portugiese fort „sie sind vorerst gescheitert. So werden sie es gewiß wieder versuchen oder zumindest ihre Vorbereitungen treffen. Ihr solltet das ernst nehmen, Mylord. Schottland könnte ein ernsterer Gegner für euch werden, würden sie mit einem Male auf eine sprudelnde Quelle Geldes stoßen. Ihr wißt selber, daß der Krieg Geld kostet. Viel Geld.

Jedenfalls waren es seltsame Umstände, unter denen Don Ferrando von der Existenz der Karte erfahren haben muß, denn, wie es der Zufall wollte, kam Morlay ein alter Widersacher in die Quere, der mit ihm Kontakt aufnahm. Gegen eine fürstliche

Bezahlung hatte er von meinem Meister den Auftrag, Sinclair in Spanien die Karte abzujagen, aber ich nehme an, jener Widersacher Morlays wurde von diesem Ritter getötet. Es scheint als ob dadurch Don Ferrandos Beziehungen nach Schottland vollends abgebrochen sind. In seinen letzten Worten mahnte er mich, euch aufzusuchen. Eingedenk dieser Bitte eines Sterbenden wende ich mich hiermit an den mächtigsten Mann der Inseln. Sicherlich ist es auch in eurem Interesse, daß die Allianz unserer beiden Länder auf einem guten Fundament steht."

John von Gaunt seufzte. Sicher, der Krieg mit Frankreich hatte den Tower schon ein Vermögen gekostet. Und nun drohte dieser Südländer auch noch mit den Schotten. Dabei wollte er den Norden vergessen, um sein Erbe in Spanien anzutreten. Nun ja.

„Ihr meint also, wenn ich euch helfe, in den Besitz dieser Karte zu gelangen, könnte dies unsere Länder zusammenrücken lassen." „Warum nicht." entgegnete der Portugiese. „Wir haben die gleichen politischen Gegner."

Der Herzog runzelte die Stirn. „Ihr unterstützt also meine Ambitionen in Spanien, wie ich euren Worten entnehmen kann. Das ist löblich. Nur eines müßt ihr mir noch verraten, Scoela. Weshalb bezieht ihr mich in eure Pläne mit ein. Bin ich erst einmal im Besitz dieser Karte, muß ich sie doch noch lange nicht an euch weitergegeben. Also worin besteht unser beiderseitiges Nutzenverhältnis?!"

„Wißt ihr, unser Orden hat sich nach den Siegen der Reconquista immer mehr der Seefahrt verschrieben. Wir verfügen in Portugal über sehr leistungsfähige Schiffe, gute Navigatoren, brillantes Seekartenmaterial und vieles mehr, was notwendig ist, um lange Strecken auf hoher See überwinden zu können. Der große Ozean des Okzidents ist nicht der ruhige Kanal, Mylord. Nur mit uns werdet ihr das Geheimnis dieser Karte in bare Münze umsetzen; in Geld, das ihr dringend braucht. Geld für eurer und unser zukünftiges Spanien, das wir euch leihen können." Der Ordensritter wußte genau, daß die Thronansprüche des Lancasters auf Kastilien auf wackligen Füßen standen und er sehr wohl darum würde kämpfen müssen.

„Ihr seid ein schlauer Fuchs, Scoela", antwortete der Engländer. „Ich werde euren Vorschlag überdenken. Ihr erhaltet vor Ablauf des Winters Nachricht von mir."

Mit diesem Angebot konnte der Ordensritter mehr als zufrieden sein und zog sich zurück. Noch am selben Tag ritt der Herzog zur Abtei von Westminster hinüber. Er schritt würdevoll an seinen ruhmreichen Vorfahren vorüber, bis er in einer dunkeln Ecke des Kirchenschiffes vor einem großen, schwarzen Stein zu Stehen kam. Hier im Mittelpunkt des Reiches der Plantagenets befand sich das Herz Schottlands. Der Stein von Scone. Abbild heidnischer Riten, die bei der Krönung ihrer Könige Anwendung finden. Sein Ahn, der große Edward, genannt der Schottenhammer, brachte diesen Stein einst hierher. John von Lancaster überlegte sehr lange und dachte gut über die Worte des Ordenmeisters nach.

Er pfiff leise durch die Zähne und verzog die Mundwinkel zu einem leichten Grinsen. „Ich wüßte schon jemanden."

Die Zähne des Leoparden

Vorsichtig stakten zwei Männer mit langen Rudern das Schiff an die Mauer. Ganz sacht prallte die äußeren Planken an die Steine. „Das wäre geschafft", rief ein Vollbart mit dunkelblauem Wams den anderen zu. Es war Daniel Montgomery aus St. Andrew und Kapitän des Hulk. Er hatte eine weite Fahrt hinter sich, denn unter Deck lagerte Fracht aus Flandern, Holland und Italien.

An der Mole standen mehrere Männer, von denen einige sogleich die vom Schiff hinüber geworfenen Taue verzurrten. Einer aus dieser Gruppe hob den Arm. „Seid gegrüßt in Kirkinvaghe, Sir Montgomery. Habt ihr gute Neuigkeiten für den Earl?" „Das will ich meinen, Arne", erwiderte der Kapitän.

Hinter der Kaimauer, an der der Hulk lag, ragte die gewaltige Burg des Earl der Orkneys in den Himmel. Mit Barken oder kleinen Schniggen wäre es sogar möglich gewesen, bis ins Innere des Kastells zu gelangen. Eine ausgebaute Fahrrinne führte gute fünfzehn Yard hinter die dicken Steinmauern. Dort hätte man die Waren direkt über Kräne in die Speicher heben können. Hinter dem Eingang, der mit Eisengittern versperrt werden konnte, weitete sich der Kanal sogar, damit zwei Barken nebeneinander paßten. Von außen konnte man das nicht sehen. Hatte das Schiff jedoch zu großen Tiefgang und zu hohe Masten, mußte es, so wie dieses, draußen an einer langen Mole ankern, die an die hundert Yard von den Docks in die Bucht hinausragte. Hier lagen auch die größeren Schniggen des Earls auf Reede.

Arne Gaethelred, ein wettergegerbter Endvierziger aus Caithness, wies die Soldaten des Earls an, den Schiffsmännern beim Ausladen der Fässer, Säcke und Holzstapel zu helfen. Der Mann von der anderen Seite des Pentland Firths ging oft dem Verwalter des Speichers zur Hand. Sonst war er Zehnerführer bei den Bogenschützen. Die Burg bot für viele wehrfähige Männer Unterkünfte, sowohl für Fußsoldaten, Bogen- und Armbrustschützen als auch für die Kavallerie.

Hinter dem gewaltigen Steinbau zeichnete sich die Silhouette der Stadt ab. Eine viertel Meile weiter südlich im Inneren von Kirkinvaghe ragte die Kathedrale St. Magnus heraus. Daneben stand der Bischofspalast. Seit Anfang des Jahres regierte hier ein neuer Patriarch, ein entfernter Verwandter Sir Henrys.

Die Burg war ringsum von Wasser umgeben. Die einzige Verbindung zum Land und somit zur Stadt bestand über eine Zugbrücke. Man konnte sie vom Schiff aus nicht sehen. Unterhalb des Wasserspiegels führten Holzröhren, die mit Harz und Pech versiegelt waren, Trinkwasser in die Burg. Dieses stammte aus Sandsteinquellen, die es in der Bucht von Kirkinvaghe häufig gab. Sein einziger Makel war die rote Färbung, die durch die Torfmoorerde hervorgerufen wurde.

„Tragt das Zeug zur Burg hinüber, aber vorsichtig", rief Arne den Männer zu. Während der Verladearbeiten trat aus der Kabine des Achterdecks ein gut gekleideter Mann. Er trug ein dunkelblaues Samtwams und auf dem Haupt eine prächtiges Filzbarett. Als ihn die hellen Strahlen der Sonne trafen, kniff er die Augen zusammen. Mit der linken Hand das Gesicht vor dem gleißenden Licht schützend, glitt sein Blick über das Kastell. Er musterte die starken Türme und die gut durchdachte Hafeneinfahrt für kleine Schiffe.

Arne konnte seine Neugier nicht zügeln. Als seine Augen zufällig die des Kapitäns trafen, nutzte er seine Chance. „Wie ich sehe, habt ihr einen neuen Geschäftspartner, Sir Montgomery." „Das kommt darauf an", entgegnete der Kapitän im perfekten Norn der Orkneys. „Ich glaube aber, daß ich nicht allzuviel mit ihm zu tun haben werde."

Obwohl Daniel Montgomery absichtlich die Inselsprache gewählt hatte, bemerkte der Fremde, daß man sich über ihn unterhielt.

„Finde ich denn den Earl der Orkneys in der Burg", fragte er auf französisch den Kapitän. „Da müßt ihr euch etwas gedulden", rief ihm Arne Gaethelred zu. „Die gesamte Familie ist drüben in St. Magnus zu Messe. Was wollt ihr denn von ihm?" Der Fremde wunderte sich, daß der Mann auf der Mole ihn verstand. Er konnte nicht wissen, daß das Scotts - eine Mischung aus Angelsächsisch, Gälisch und Frankonormannisch - viele Ähnlichkeiten mit dem Französischen aufwies. Außerdem unterhielten sich in Süd- und Ostschottland nicht nur die Adligen in Scotts.

„Frag hier nicht dumm, Arne", warf der Kapitän des Hulk im barschen Ton dazwischen. „Der Earl bat mich, drüben auf dem Festland einen Geschützbauer ausfindig zu machen. Es war nicht leicht gewesen. Gott sei Dank kreuzte in Brügge Meister Bernhard Flaronius meinen Weg. Zwei Jahre ist er bei den venezianischen Meistern in der Lehre gewesen. Wir können wohl davon ausgehen, daß er sein Handwerk versteht."

„Das will ich meinen", ergänzte der Flame. „Nicht alles, was man über diese neuen Wunderwaffen hört, ist gut", gab der Zehnerführer der Bogenschützen zu bedenken. Bernhard Flaronius stellte sich an die Reling und riß das Barett vom Schopfe. „Ja, sicher kommt es immer wieder zu Unfällen, guter Mann. Aber habt ihr noch nie von dem überragenden Sieg des Admirals Carlo Zeno über die Genuesen gehört?" Arne nickte zwar, blieb jedoch abwartend.

„Kanonen waren es, die diese Seeschlacht entschieden haben", fuhr der andere fort. „Weiß Sir Henry davon?" fragte ihn Arne nun.

Da mischte sich der Kapitän der Hulk erneut ein. „Du kannst Fragen stellen, Arne Gaethelred! Was besseres fällt dir wohl nicht ein. Sonst hätte der Prinz von den Inseln kaum ein Interesse an solch neuartigen Waffen." Es war nicht ungewöhnlich, daß Montgomery Sir Henry als Prinz bezeichnete, denn früher residierten norwegische Königssöhne oftmals in Kirkinvaghe.

Der Flame wiegte bedenklich den Kopf. „Wenn euer Herr seine Schiffsflotte damit bestücken will, wird er Schwierigkeiten bekommen." Arne schaute verdutzt. „Schwierigkeiten, wieso? Weil der Rückstoß die Planken zerstört oder weshalb?" „Die Geschütze sind sehr schwer. Die Schiffe müssen massiver gebaut werden. Ich habe das auch schon in Frankreich und Flandern gepredigt. Noch hält das nördliche und westliche Abendland an der Klinkerbauweise fest. Die krawelbeplankten Karacken und Karavellen des Mittelmeeres sind dagegen viel stabiler. Aber auch das wird nicht reichen, denn ein höheres Gewicht erfordert eine Aufstockung der Beseglung."

Der Kapitän des Hulk lachte „Na siehst du, Arne. Wie ich es dir gesagt habe, Sir Flaronius ist ein Meister seines Fachs." „Laß uns den Tag nicht vor dem Abend loben, Montgomery", murmelte der Zehnerführer für die anderen unhörbar.

Plötzlich ertönte Trompetenschall von der zur Stadt gewandten Seite der Burg her. Von der Mole war nichts auszumachen, da die riesige Silhouette des Kastells jeglichen Blick verdeckte. „Die Sinclairs kehren zurück", sagte Arne bedeutungsvoll, worauf der Flame den Hulk über den Laufsteg verließ. „Begleite Sir Flaronius in das Kastell, Arne", brummte Montgomery mürrisch. „Ich habe hier noch genug zu tun."

Sir Henry Sinclair war nicht der einzige, der sich im christlichen Abendland für die Neuerungen auf dem Gebiet der Militärtechnik interessierte. In den letzten hundert Jahren hatte es wahrlich große Fortschritte beim Bau von Geschützen und Feuerwaffen gegeben. War es doch der Seerepublik Venedig nur mit Hilfe von Kanonen möglich gewesen, die Umklammerung ihrer Stadt durch genuesische Schiffe aufzusprengen. Damit hatte der Löwe von San Marcos gleichzeitig den Chioggiakrieg gegen den Konkurrenten Genua entschieden und somit wieder die Oberherrschaft im Mittelmeer erlangt.

Doch auch jener Erfolg konnte nicht darüber hinweg täuschen, daß die strahlenden Sterne der italienischen Seehandelsmächte im Untergehen begriffen waren. Immer mehr veränderten sich die Verhältnisse auf den Meeren östlich der Adria zu ihren Ungunsten. Wie schwarze Wolken am Horizont erschienen die Türken als ständig wachsende Bedrohung des gesamten Balkans. Diese grausamen Horden aus der Steppe, die bis jetzt niemand aufhalten konnte, kündigten an, eines nicht mehr fernen Tages Byzanz, dem Bollwerk der östlichen Christenheit, den Todesstoß zu versetzen. Zu ihrer starken Landarmee bauten sie langsam aber stetig eine Flotte auf, die so manchen venezianischen Kaufmann verunsicherte.

Hinzu kamen die wirtschaftlichen Probleme des Abendlandes, denn der Handel mit dem Orient wurde immer teurer. So kletterten die Preise für Seidenstoffe und Gewürze aus Indien beständig in die Höhe. Für ihre Waren verlangten die Araber meist Gold als Gegenwert, viel Gold. Doch dieses Metall, das erst seit hundert Jahren wieder Zahlungsmittel war, drohte immer knapper zu werden. Jetzt noch bezahlbarer Luxus würde bald unerschwinglich sein. Um aus dieser Klemme zu gelangen, galt es einen anderen Weg zu finden. Das wußte man nicht nur in den Ländern des Mittelmeeres.

*

John von Gaunt, listig und verschlagen wie alle aus dem Geschlecht der Plantagenets, befand sich in der alten und ehrwürdigen Stadt York, um versteckt mit einem Mann zusammenzutreffen, dessen wirklicher Name im Dunkeln lag. Ob ihn überhaupt einer richtig kannte, wird man wohl nie erfahren. Der Herzog wußte nur, daß er im Norden unter dem Pseudonym "der schwarze George" bekannt war und für gutes Entgelt die geheimsten und gefährlichsten Aufträge der Krone übernahm. Jederzeit konnte Englands graue Eminenz auf die Hilfe des schwarzen George zählen. Zwar ließ dieser nur sehr selten etwas von sich hören, aber seine teuflischen Dienste taten meist ihre Wirkung und verfehlten selten ihr Ziel. Sein oft jahrelanges Verschwinden stellte aber auch ein gewisses Problem dar. Oft bestimmte er selbst die Zeit, zu der er seinen Herrn und Meister sehen wollte und böse Zungen behaupteten sogar, daß der schwarze George ein Bastard aus königlichem Hause war. So diente diese verruchte Person der englischen Krone oft im Verborgenen und leistete im Säen von Zwietracht zwischen den einzelnen schottischen Clans hervorragende Arbeit. Dabei ging er stets so geschickt vor, daß niemals auch nur der kleinste Verdacht auf ihn fiel. Man konnte nie vorhersagen, wo er auftauchen würde, um Unheil anzurichten. Heute sollte er jedoch von seinem Dienstherren einen ganz besonderen Auftrag erhalten.

Ganz in der Nähe der großen Kathedrale von York steht eine große uralte Eibe. In früheren Zeitaltern, als die Könige der Briten und Angelsachsen von York über Jahrhunderte hinweg die Inseln beherrschten, stand jene Eibe schon dort. Man erzählt, daß der Platz unter diesem Baum ein heiliger Ort gewesen sei. Doch geraten die Lieder der Alten immer mehr in Vergessenheit und so werden auch bald die Legenden über den Baum verschwinden.

Die Christenheit schrieb den 22. April des Jahres 1382. Der Herzog von Lancaster hatte gemeinsam mit seinem jüngeren Bruder Edmund von Langley, dem Herzog von York, die Morgenmesse in dem riesigen Münster besucht, jedoch ein bißchen früher als die anderen das Gotteshaus verlassen, um im dichten Frühnebel unterzutauchen. Er atmete die kalte feuchte Luft des Morgens ein. Wenn er den richtigen Weg eingeschlagen hätte, müßten im Dunst vor ihm gleich die dunkelgrünen Zweige der alten Eibe auftauchen. Und tatsächlich. Aus dem Nebel traten langsam die riesenhaften Konturen des Baumes hervor. Den Stamm konnten mehrere Männer umfassen. John von Gaunt trat unter die dunklen Äste der Eibe. Durch den starken Nebel konnte man keine anderen Bäume im Umkreis sehen. Hinter den grünen Nadelzweigen, die von oben herabhingen, waren die hellen Nebelschleier aufgebaut wie eine Wand. Diese verhinderte nicht nur die Sicht, nein, auch jegliche Geräusche wurden von ihr geschluckt. Es war so leise, daß der Herzog seinen eigenen Puls pochen hörte. Vielleicht war er auch etwas aufgeregt.

„Ich wünsche einen wunderschönen Tag, Mylord." Erschreckt fuhr der Herzog herum. „Lange ist es her, daß ich euch zum letzten Mal getroffen habe", erwiderte er dem plötzlich aufgetauchten Mann. Viel sah man nicht von ihm, denn es war zum einen sehr finster unter dem grünen Dach der Eibe, zum anderen verdeckten ihn die herabhängenden Zweige. Doch John von Gaunt erkannte ihn sofort an der Stimme. Es war der schwarze George.

„Ich habe gute Neuigkeiten für euch, Mylord." Und er erzählte, wie er mit List und Tücke einige der Clans von Argyll und den westlichen Inseln gegen die Stuarts aufwiegeln konnte. Seine Worte waren Gift, seine Stimme sprühte Tod und seine Pläne waren teuflisch. Seinem Herrn schien's zu gefallen. Die beiden unterhielten sich eine ganze Weile über die Früchte ihrer Ränkespiele. Das Gespräch schien sich dem Ende zuzuneigen, als John von Gaunt den schwarzen George noch einen letzten besonderen Auftrag gab.

„Ich bin ganz Ohr, Mylord. Ich habe euch doch die ganze Zeit angesehen, daß ihr etwas sehr wichtiges auf dem Herzen habt", sagte der finstere Gesell. „Seid still und schwätzt nicht mehr so laut." Die Stimme des Herzogs schien nur noch zu flüstern, so, als wäre er gerade im Begriff, die Krone Englands heimlich zu verschachern. Er blickte sich noch einmal um, so, als wolle er sich vergewissern, daß auch wirklich niemand in der Nähe war, der ihre Worte hätte belauschen können. „Ist euch bekannt, daß in Schottland Nachfahren ehemaliger Tempelritter innerhalb des Johanniterordens leben und arbeiten?" „Bis jetzt berührten die Ritter Christi sehr selten meine Aufgaben. Ich weiß inzwischen, wie ich mit manchen widerspenstigen Clanhäuptlingen umgehen muß, aber in die kirchlichen Orden, seien es die Zisterzienser, die Franziskaner oder der Ritterorden habe ich wenig Einblick. Aber was wollt ihr mit denen?! Soll ich etwa noch lebende Tempelritter für euch in Schottland aufspüren. Ich halte das für einen schlechten Witz." Der Herzog konnte die Bedenken des anderen verstehen, war es doch äußerst ungewöhnlich, was er von ihm wollte. „Ihr sagt es. Der Witz ist allerdings gut. Er ist sogar von vortrefflicher Natur und trägt den Namen David de Morlay. Was sagt ihr nun." Der schwarze George kam sich ein wenig veralbert vor, ließ sich das jedoch nicht anmerken. Wurde John von Lancaster langsam senil?!

„Der Aufenthaltsort dieses Morlay ist das Ordenshaus von Balantrodoch. Früher war es einst der Hauptsitz der Templervereinigung Schottlands. Dieser Mann ist in Besitz einer alten Seekarte und plant, sie in den nächsten Jahren als Grundlage für eine Reise in ein uns bisher unbekanntes Land zu benutzen. Sie ist auf einen Papyrus aufgezeichnet, wie ihn die alten Ägypter verwendet haben. Bringt mir diese Karte oder liefert mir zumindest Anhaltspunkte über das Vorhaben von Morlay. Wenn es sein muß, schafft mir diesen alten Tempelritter her. Erkundet seine unmittelbare Umgebung: wer weiß von der Karte; wer ist an seinen Plänen beteiligt und wer könnte für uns auf dem Weg zu unsrem Ziel nützlich sein.?"

„Welcher Vogel hat euch denn dieses Lied gesungen, Mylord?" John wußte, daß der schwarze George oft eine lose Zunge führte, aber das ging ja wohl zu weit. „Es steht euch nicht an zu fragen, das wißt ihr." sagte er. „Schon gut, schon gut. Aber es kann durchaus einige Zeit dauern, bis ich brauchbare Erkenntnisse liefern kann", versuchte George zu beschwichtigen.

„Ich will euch vorerst keine Frist setzen, seid ihr allerdings bald in der Sache erfolgreich, so werde ich mich nicht kleinlich zeigen." Man merkte dem schwarzen George an der Stimme an, daß ihm diese Suppe nicht schmeckte. Das war auch nur zu verständlich. Im Gegensatz zu den sich ständig befehdenden Clans verfügten die Ritterorden über eine gut organisierte Struktur, in der unwillkommene Fremdkörper sofort erkannt wurden. So sagte er denn zu seinem Auftraggeber. „Ich werde sehen, was ich für euch tun kann. Allzuviel kann ich in dieser Sache jedoch nicht versprechen." „Wann werde ich von euch hören", will jener wissen. „Wenn es an der Zeit ist, Mylord", sagte fast unhörbar der Diener des Todes. John von Gaunt wußte, daß die Unterhaltung nun beendet war und gab George seine letzten Worte mit auf den Weg. „Dann geht ans Werk, mein braver Knecht. Die Krone Englands wird es euch danken."

Als Antwort erhielt er nur noch ein leichtes Rascheln, das der Wind zwischen den Nadeln des Baumes verursachte. Die uralte Eibe schwieg, so wie sie immer geschwiegen hatte.

Der Herzog von Lancaster sah, wie sich langsam die grauen Schleier rund um ihn aufzulösen begannen. Man konnte schon die Umrisse des Münsters sehen. Er krempelte den langen Mantel nach oben und lenkte seine Schritte quer über die große Wiese in die vor ihm liegende Stadt.

*

Nur selten war Harry in den ersten Jahren, seit er das grüne Tal der nördlichen Esk mit der rauhen Seestadt Kirkinvaghe vertauschte, zur Ruhe gekommen. Er hatte bereits die Mitte dreißig überschritten und längst waren ihm die Inseln des großen Orc so etwas wie eine zweite Heimat geworden. Sicherlich wehte einem hier ein rauherer Wind ins Gesicht als im fernen Rosslyn. Oft überzogen wilde Stürme vom großen Meer die kleinen Eilande. Dadurch gestaltete sich das Leben hart und ungemütlich.

Wie vermißte er seine geliebten Jagden auf Wildschweine und Hirsche in den Moorfuß- oder Pentlandbergen; das Streifen durchs dichte Unterholz, durch eine Welt aus Licht und Schatten. Aber wann hätte er auch noch einmal Gelegenheit zur Jagd gehabt?!

Oft kreuzte er mit seinen Schiffen durch das Gewirr der Orkneyinseln. Die Orkneys umfaßten immerhin ein Seegebiet von einhundertsiebzig Meilen Länge und fast fünfzig Meilen Breite. Oft galt es, Schmuggler und Seeräuber zu bekämpfen. Aber auch wenn der Earl Zeuge von Willkür und Selbstjustiz wurde, ging er energisch dagegen vor. Natürlich gelang es nicht immer, einen Streit, der unter den Nachfahren der wilden Wikinger ausgebrochen war, zu schlichten. Doch durch sein selbstsicheres Auftreten und ein bemerkenswertes Gespür für die jeweilige Situation blieb dieser Fall eher die Ausnahme.

Dadurch genoß der Earl der Orkneys bei den einfachen Fischern, Waljägern und Viehzüchtern ein hohes Ansehen und statt die Inselleute auszupressen, war Sir Henry empfänglich für deren Bräuche und half ihnen, Probleme zu bewältigen.

Da er nicht an allen Orten gleichzeitig sein konnte, ernannte er schließlich einige Clanhäuptlinge und ihm gegenüber loyale Männer zu Friedensrichtern, gleich dem englischen Vorbild. Sie wachten auf kleineren Inseln oder weit von Kirkinvaghe entfernten Siedlungen über Recht und Gesetz, wobei sie dem Earl zu ständiger Rechenschaft verpflichtet waren. Es konnte vorkommen, daß Sir Henry unvermittelt an einem Ort auftauchte, um sich entweder von der Arbeit seiner Friedensrichter zu überzeugen, oder auch nur, um die einfachen Menschen aufzusuchen und mit ihnen zu erzählen.

Wo er hinkam, bot sich ihm das gleiche Bild. Kleine Hütten aus Stein inmitten grüner Torf- und Mooswiesen. Über die Dächer wuchsen Rasenwälle als natürlicher Schutz vor Wind und Wetter. Wollte man die Tür einer solchen Hütte öffnen, zog man an einem Fellstreifen gegerbter Haut. Trat Sir Henry ein, wurde er stets herzlich empfangen. Die Kinder rissen die Augen weit auf. Die Hausfrau stellte einen Krug Bier oder Milch vom Sims und bot dem hohen Gast etwas zu essen an. Da es schnell gehen mußte, waren es oft nur ein paar warme Roggenfladen, eine Schüssel Hafergrütze oder frisch gefangene Fische.

Es dauerte nicht lange und Sir Henry kam mit seinem Gastgeber ins Gespräch. Zuerst befragte Sir Henry die Menschen nach ihren alltäglichen Sorgen, nach der Ernte, dem Fischfang und vielen anderen Dingen. Taute der Hausherr nach einiger Zeit auf, war es nicht ungewöhnlich, daß er gar seltsame Geschichten und Märchen zu erzählen begann, die schon seine Ahnen zu berichten wußten.

So erfuhren der hohe Gast aus Kirkinvaghe und seine Begleiter von den Zwergen, die vor den Menschen verborgen, gleichfalls auf den Inseln des großen Orc zu Hause waren. Es hieß, daß sie unter der Erde in großen Höhlen leben würden. Sir Henry wußte, daß es auf einigen Inseln tatsächlich gewaltige Höhlen gab. Er brauchte dabei nur an die unterirdische Halle von Ork Skerry zu denken. Allerdings bezweifelte er stark, daß sie von Zwergen geschaffen wurden.

Einige aus dem einfachen Volk behaupteten jedoch sogar, einige der kleinen Menschen gesehen zu haben, sei es im Schilf oder in schwer zugänglichen Torfmooren. Der Earl wollte wissen, ob es ähnliche Geschichten auch über das große Meer gäbe. „Oh ja" erhielt er dann oft als Anwort und er entfesselte damit eine wahre Erzählflut, die von wunderschönen Meermaiden, die dem Fischer die Sinne verwirrten, bis hin zu den riesigen Seeschlangen, die ganze Schiffe in die Tiefe zogen, reichten. Wenn die Worte seiner Gastgeber den Earl in einen tiefen Bann zogen, dann hatte er nicht mehr das Gefühl, der Earl der Orkneys zu sein, sondern einfach der junge Harry, der hinaus in die Welt wollte.

Er stellte verblüfft fest, daß viele der Fischer, Wal- und Robbenjäger sich schon sehr weit auf den Ozean hinausgewagt hatten. Etliche kannten die Frisland- oder auch Schafsinseln, wie sie die Wikinger früher nannten. Fast alle hatten von jenem wunderbaren Waldland auf der anderen Seite des Ozeans gehört. Kaum einer der Inselleute glaubte an das Märchen, daß dort bereits die Hölle anfinge. Eher hielten sie Waldland für das gelobte Paradies im Westen.

Und während die Männer in der einen Ecke der Hütte erzählten, saß auf der anderen Seite die Hausfrau und spann Flachs. Der Gesang ihres Spinnrades vermischte sich mit dem Heulen des Windes, der von draußen durch alle Ritzen des Hauses pfiff.

Selbstverständlich wußte Harry auch, daß er seinen Gastgebern etwas schuldig war. So erzählte er ihnen viel über die warmen Länder im Süden des Abendlandes, über Frankreich, Italien, Spanien oder die Reiche des Islam. Weit öffneten sich Augen und Münder, als er das prächtige Granada oder das reiche Venedig schilderte; als er von großen Palästen mit weit über hundert Zimmern berichtete.

Es konnte Stunden dauern, daß Harry einer gastlichen Hütte wieder den Rücken kehrte, denn schnell vergaß man über den Worten die Zeit. Doch nicht nur das schwierige, rollende Norn, das die Bewohner der Inseln des großen Orc sprachen, lernte der Earl auf diese Weise perfekt zu gebrauchen, sondern auch an welchem Ende dem einfachen Volk der Schuh drückte.

Da er die Abgaben und Steuerlasten für die Armen senkte, brachte er es zwar nie zu übermäßigem Reichtum, aber das war auch nie sein Ziel gewesen. Seinen Leitspruch *„wenn du mit Güte herrschst, bist du ein Sklave, aber im Geiste ein König"* belächelten in Schottland viele Adlige, vor allem die Stuarts.

Harry wußte, daß nur ein gut florierender Handel den Inseln zum Aufschwung verhelfen konnte. So senkte er die Ausfuhrzölle für Schellfisch, Schweine, Schafe und Häute. Immer wenn er in Schottland weilte, knüpfte er Handelsbeziehungen zu schottischen und deutschen Kaufleuten. Der Handel brauchte Recht und Sicherheit und die konnten ihm auf den Orkneys wieder garantiert werden. Bald schossen die Kontore der Schotten und der Hanse in Kirkinvaghe wie Pilze aus dem Boden.

Die Inseln waren auf viele Erzeugnisse, die aus Schottland, Norwegen und Deutschland kamen, angewiesen, so auf Pech, Teer, Wachs, Salz, Zinnwaren und vor allen Dingen Bauholz und unverarbeiteter Flachs.

 Es war nicht verwunderlich, daß Holz und Flachs ganz oben auf dieser Liste standen, waren sie doch geradezu unentbehrlich. Holz brauchte man beim Bau von Schiffen und auch beim Häuserbau. Und was konnte man nicht alles aus Flachs herstellen? Leinen, Seile, Segel, Netze, Taue, Taschen und viele andere Dinge mehr.

Ja, Holz und Flachs, beides benötigte man für den Schiffsbau. Und obwohl der Earl of Orkney in Häfen des Firth of Fort als Auftraggeber gut bekannt war - nicht zuletzt durch seinen alten Freund William MacLarren - befaßte er sich bald mit Plänen, die Helling von Kirkinvaghe zu vergrößern.

Er brauchte eine größere Flotte. Harry dachte da an ein bis zwei größere Koggen. Keine Klinkerbauweise. Nein, kraweelbeplankt sollten sie sein und die Vorzüge von Hulk, Kogge und nordischen Knorren vereinigen: Kiel, vorgebauter Steven. Er brauchte größere Lagerräume unter Deck. Wehrhafte Vorder- und Achterkastelle. Butzen für viele Krieger und vor allem Unterstände für Kanonen. Und gerade für die schweren Geschütze würden die herkömmlichen einmastigen Koggen schwerlich ausreichen. Deswegen sahen seine Pläne vor, nicht nur, wie es üblich war, den Bugspriet zu takeln, sondern Achtern einen Besanmast aufzustellen. Dort sollten Lateinersegel getakelt werden, die den seitlichen Wind gut ausnutzten. Die wenigen Barken und Schniggen reichten gerade einmal, um die Orkneys zu kontrollieren, aber schon nicht mehr für die ebenfalls zu seiner Herrschaft gehörenden widerspenstigen Shetlands. Und wollte er nicht noch einmal zu einer Reise über den Ozean aufbrechen, um Drogeo, das sagenhafte Waldland, zu finden?!

Bis dahin würde es wohl noch einige Zeit dauern, denn das Schicksal bescherte dem Earl auch so manchen Rückschlag. So starb im Jahre 1383 sein alter Freund Bill Wilson, den er auf Hoy als Friedensrichter eingesetzt hatte. Den ehemaligen Herrn über Ork Skerry hätte er auf jener Fahrt sicherlich gut gebrauchen können.

Ein neues Problem sollte Harry bald in seiner alten Heimat erwarten. Obwohl er der Earl der Inseln des großen Orc war, trug er auch weiterhin die Verantwortung für Mittellothian. Zweimal im Jahr weilten Janet und er in Rosslyn Castle inmitten der grünen Berge. Man munkelte bereits unter den Grenzländern, daß bald ein Krieg bevorstünde, doch Harry nahm diese Reden nicht so ernst. Doch er sollte sich täuschen. Er, der im Frieden aufgewachsen war, sollte das Gesicht des Krieges bald kennen und verachten lernen.

*

Die Frist eines vierzehnjährigen Waffenstillstandes zwischen England und Schottland ging mit Anfang des Frühjahrs 1384 zu Ende. Die Zwistigkeiten brachen zunächst wieder zwischen den Borderlords aus. Sofort nach Ablauf der Frist nahmen die Schotten in einem Blitzstreich Lochmaben Castle und vertrieben die Engländer aus Annandale.

Dies sollte sich im folgenden Jahr fürchterlich rächen, denn die Stuarts gerieten in die Fänge der großen Politik. Sie erhielten nicht ungewollt Unterstützung von Englands altem Erbfeind Frankreich. Im Mai 1385 landete eine riesige Flotte mit weit über tausend französischen Rittern in Leith. Nur einen Monat später fiel die frankoschottische Armee in Northumberland ein. Sie eroberten Wark und zwei andere Burgen. Northumberland war seit jeher ein Zankapfel zwischen dem Norden und dem Süden und warum sollte man die alten Traditionen nicht aufleben lassen.

Als jedoch Richard II. sich mit einer großen Armee, die vom Herzog von Lancaster geführt wurde, dem Norden näherte, wichen die schottischen Heerführer einer offenen Feldschlacht aus.

Als daraufhin die französischen Ritter, von diesem Verhalten im höchsten Maße angewidert, in die Heimat zurücksegelten, lag Schottland ohne Schutz dem Feind zu Füßen. Die Schotten, wohl wissend, daß sie nur im Kleinkrieg Erfolg haben konnten, zogen sich in die Berge und Wälder zurück. Die Bedingungen waren mehr als ungünstig. Für die Franzosen wenig verständlich, aber nördlich des Tweed verstand man sich bestens, auf diese Art zu kämpfen.

Schon der Befreierkönig war jahrelang mit dieser Taktik erfolgreich, bis ihn die Fäden der Geschichte zu einer offenen Schlacht gegenüber seinen englischen Widersachern zwangen. So heißt es in seinem Testament:

„Zu Fuß soll Schottlands Kriegsmacht sein,
Mit Berg und Moor als Deckung.
Wälder, nicht Mauern seien unser Schutz,
So daß der Feind uns nicht erhascht.
Vorräte versteckt an sicherem Ort
Und vor euch her verbrennt das Land.
Dann ziehet eilends euch zurück,
Auf daß der Feind nur Ödland find'.
Mit Lauern und Wachen in der Nacht
Und lauten Lärm von den Bergen her
Stürzt euch auf sie mit starkem Sturm
Und jagt sie mit dem Schwert davon.
Das ist der Rat und letzte Gruß
Eures guten König Robert Bruce."

Eingedenk dieser Zeilen verschwanden also Schottlands Söhne in den Wäldern südlich des Firth of Forth. Ungeschützt lag das stolze Edinburgh und ein leises Ahnen von seinem Fall ging von Mund zu Mund. Der junge achtzehnjährige englische König überschritt indes ohne größeren Widerstand die Grenze am Tweed.

*

Den Sinclairs und vielen anderen Schotten mißfiel die Vorgehensweise der französischen Verbündeten und auch der Stuarts, doch als Patrioten waren sie jetzt verpflichtet, dem Land zu helfen. Mit jedem Tag wurde die Situation ernster, sowohl zu Lande als auch zur See. In den gälischen Hochlanden und auf den Orkneyinseln folgte man dem Hilferuf der Landsleute im Süden.

Die Schiffsflotte des Earl der Orkneys wurde noch vor dem Firth of Forth von einem Verband englischer Koggen angegriffen. Ein sehr schlechtes Wetter lag über dem Eingang der Bucht und bei starkem Regen gewahrte man den Feind erst im letzten Augenblick. Die Kaperfahrer sollten die Zufahrt zum Firth of Forth blockieren, um somit jede Hilfeleistung von außen abzuwehren, bis Richard eine mögliche Schlacht zu seinen Gunsten entschieden hatte.

Da die französische Flotte bereits gen Süden entschwunden war, rechneten die Engländer kaum noch mit größeren Seegefechten seitens der Schotten und wähnten sich sicher. Allerdings schienen sie nicht gerade über die Unerschrockenheit der kleinen Seestreitmacht von den Orkneys unterrichtet zu sein und sie unterschätzten, sehr zu ihrem Nachteil, die Erfahrung ihres Gegners. Auf den Barken und Schniggen des Earls fuhren viele tüchtige, im Kampf mit Seeräubern erprobte Orkneywikinger mit. Sir Henry, den aus Lothian geflohene Kaufleute gewarnt hatten, wußte, was ihn erwartete

---

* aus Bruce' Testament

und so nutzte er den Vorteil der Überraschung. Deswegen verhielten sich die Mannschaften leise und ihre Armbrüste, Schleudern und Harpunen lagen bereit. Allerdings noch keine Kanonen.

Als die ersten drei englischen Schiffe - keine zweihundert Yards von ihnen entfernt - aus der grauen Regenwand auftauchten, ergoß sich auf ihre Decks ein Hagel von Pfeilen, Armbrustbolzen und Steinen. Sofort ertönten die Positionshörner der Engländer als ein Zeichen des ausgebrochenen Kampfes.

Die gefürchteten englischen Langbogenschützen schickten nun ihrerseits durch einen Pfeilregen so manchen Schotten oder Orkneywikinger in den Tod. Aber das half ihnen nicht mehr, denn als die kräftigen und furchteinflößenden Walfänger und Walroßjäger ihre Enterdraggen warfen und sich an deren Tauen auf Deck der ersten Schiffe des Gegners schwangen, hatte jener ausgespielt. Den großen Streitäxten, die wild und todbringend durch die Luft wirbelten, den blitzenden Schwertern und den grimmigen wutverzerrten Gesichtern hatten die Söldner der englischen Krone kaum etwas entgegenzusetzen.

Der Earl wußte, daß es vermessen wäre, an diesem Tag das Schicksal ein zweites Mal herauszufordern. Sicherlich hatten die Positionshörner alle Kaperfahrer im Umkreis von ein paar Meilen gewarnt. Der Überraschungseffekt hatte gerade einmal ausgereicht, um die ersten beiden Koggen innerhalb kürzester Zeit mit Mann und Maus zu versenken und eine dritte zu erobern. Er hielt seine Flotte immer auf Sichtweite zum nördlichen Ufer der Bucht. Die Lotsen hatten ständig zu tun, denn es gab immer wieder gefährliche Sandbänke.

Als der Regen etwas nachließ, konnte Sir Henry zwei weitere feindliche Kaperfahrer unmittelbar vor den Bugspitzen ausmachen. Nun kam die Stunde der Pfeilschleudern. Der Prinz von den Inseln wußte, daß die Engländer mit dem gefürchteten Langbogen schießen würden und damit seine Soldaten beträchtlich auslichten konnten.

Er wartete nicht ab, bis sie auf diese Distanz herankamen. Die mächtigen Pfeile von der Größe einer Harpune besaßen nämlich eine größere Reichweite und darauf setzte Sir Henry. Die langen Stahlgeschoße wurden an der Spitze mit öl- und teergetränkten Lappen umwickelt und auf seinen Befehl hin entzündet. Die Steuermänner mußten genau den Augenblick des Einschlags abpassen und dann beidrehen.

Und tatsächlich. Zwar löschte der Regen alsbald das Feuer, doch die dicken Qualmwolken und die aufgekommene Verwirrung hielten die Engländer davon ab, ihre Feinde zu verfolgen. Um nicht noch höhere Verluste zu erleiden, ließen sie diese ziehen. Außerdem kannten sie das schwierige Fahrwasser des nördliche Ufers nicht. Es war also geschafft. Die kleine Flotte der Orkneys hatte den Belagerungsring durchbrochen.

*

Fünf Tage zuvor war das Heer Richard II. vor den Toren Edinburghs eingetroffen. Die Gegenwehr, die ihnen bis jetzt entgegenschlug, war kaum nennenswert gewesen. Auch einige in der Not aufgestellte Einheiten zur Rettung des Herzens von Lothian waren zahlenmäßig hoffnungslos dem Feind unterlegen.

Bei dem Gemetzel auf den Mauern und in den Straßen von Edinburgh fielen auch James, Harrys Cousin und viele andere tapfere schottische Recken. Als die Barken und Schniggen des Earl der Orkneys Leith erreichten, kamen sie bereits zu spät, denn Richard befand sich längst auf dem Rückzug. Viele Boote, brechend voll mit Menschen, tummelten sich auf den Wassern des Firth of Forth. Es waren Einwohner der Stadt, die sich auf See in Sicherheit gebracht hatten.

Von ihnen erfuhren Sir Henry und seine Leute, welches Schicksal der stolzen Stadt widerfahren war. Die Männer und Frauen berichteten grauenvolle, ja unfaßbare Dinge. Die englischen Heerscharen hätten Edinburgh verwüstet und viele Tote würden in den Straßen liegen. Einige Straßenzüge, ja selbst die Kathedrale wären in Feuer aufgegangen. Selbst bis nach Leith waren die Engländer vorgedrungen.

Als Harry über die teilweise verkohlten Bohlen der Helling schritt, sah er das ganze Ausmaß der Zerstörung. Im alten Hafen war alles zertrümmert. Aus einigen Häusern quoll noch der Rauch. Und dann die Toten. Das häßlichste Gesicht des Krieges. Entweder lagen sie auf dem Bauch, die Hände seltsam in die Erde gekrallt oder auf dem Rücken, den Blick mahnend zum Himmel gerichtet. Oft mit schweren Wunden bedeckt, sowohl vom Feuer als auch vom Eisen rührend, , bis hin zur Unkenntlichkeit verstümmelt. Gesichter ohne Namen. Vielleicht gehörten sie früher einmal einem Segeltuchmacher, einem Zimmermann, einem Fischweib oder einem lustigen Straßenjungen.

Das englische Heer hatte seinen Blutrausch wegen der Verweigerung der offenen Feldschlacht durch die Schotten in Edinburgh ausgekostet. Von der Hütte des alten Niall ragten nur noch ein paar verkohlte Balkenreste empor. Harry fragte die Überlebenden des Massakers. Bei Erstürmung Leiths durch die Engländer wären sie auf erbitterten Widerstand gestoßen. Allerdings kämpften die Verteidiger ohne die geringste Aussicht auf Erfolg. Der alte Niall gehörte zu denjenigen, die nicht übers Wasser fliehen wollten. Bis zuletzt hätte er sich wie ein schottischer Löwe mit einer schartigen Axt gegen die Angreifer verteidigt. Doch am Ende war er der Übermacht nicht gewachsen.

So sehr Harry suchte, die Leiche des alten Schiffbauers und Freundes fand er nicht. Noch an den Docks teilte er seine Leute ein. Die eine Hälfte sollte ihn nach Rosslyn begleiten, während die andere bei den Schiffen bleiben sollte, auch mit der Absicht, das zerstörte Leith vor plündernden englischen Seeräubern zu schützen.

Später, als die Schar von den Orkneys nach Edinburgh gelangte, fand sie die Berichte der Geflohenen aufs Schlimmste bestätigt. Von der großen Kathedrale, die dem heiligen Ägidus gewidmet ist, waren nur noch das Eingangsportal und Teile des Chors erhalten. Auch die Mission der Johanniter lag still und verlassen. Wahrscheinlich waren Errol Eisenhand und seine Männer zum Sitz des Großpriors in Balantrodoch geflohen.

Man erzählte sich später, daß vor den Toren der Stadt kurz vor Zerstörung durch die Engländer eine weinende Hirschkuh erschienen war. Darin erkannte man die Schutzheilige Edinburghs, die die Bürger vor dem Schicksal warnen wollte, das sie erwartete. Tausende pilgerten daraufhin noch lange nach jenen verhängnisvollen Tagen zu den heiligen Reliquien des Ägidus, einem mit Diamanten beringten Armknochen, der jenem Mönch aus der Provence gehört haben soll.

So manches starke Herz aus Harrys wilder Schar rührte es, wie man die Schwerverwundeten in die Trümmer der Kathedrale trug, um ihre Schmerzen zu lindern und alles für ihre Rettung zu tun oder allzu oft auch nur, um ihnen noch das letzte irdische Geleit zu geben.

Weiter zogen die Krieger des Earls der Orkneyinseln in Richtung Stadtrand. Dabei fiel ihr Blick unwillkürlich auf den großen Berg, der sich über der Stadt erhob. Nur die Burg, wie es schien, hatte dem Ansturm der Engländer standgehalten. Von weitem erkannte Harry, daß die kleine Kapelle strahlend wie eh und je über dem schwarzen Basaltfelsen thronte. Wie eigenartig es inmitten dieser Trümmerlandschaft wirkte. Dort war im Jahre 1093 Königin Margarethe gestorben. Im Jahre 1251 wurde sie heilig gesprochen und zur Schutzpatronin Schottlands ernannt. An sie erinnert jenes geheiligte Kruzifix, das aus dem Kreuze Jesu gefertigt sein sollte und den Namen Holyrood trug.

Der Earl der Orkneys konnte nicht wissen, daß es weder der Standhaftigkeit der Schotten noch einem Zufall überlassen geblieben war, daß die Kapelle unversehrt auf ihrem Flecke stand. Kein anderer als der Herzog von Lancaster, der mächtigste Mann von England, hinderte seinen jungen König, die mörderisch brennende Hand an diese heilige Stätte zu legen.

Ohne länger zu verweilen zog die kleine Streitmacht von den Orkneys weiter nach Süden über die Hügelketten der Pentlandberge. Die Gehöfte nahe der Stadt Edinburgh waren meist zerstört, die Bewohner wohl in die Wälder geflüchtet. Bei der in einem Seitental liegenden Kirche St. Katherine trafen sie auf versprengte Gruppen schottischer Krieger. Vielen trugen schwere Wunden, die sie bis ans Lebensende an den ungleichen Kampf um die Stadt Edinburgh erinnern würden.

„Wo ist Schottlands Armee? Wo sind die Stuarts?" Diese Fragen stellte Sir Henry Sinclair immer wieder. Jedoch er bekam nur als Antwort, daß der Earl of Carrick und der rote Douglas sich mit ihren Truppen in den Wäldern verschanzt hätten. Niemand könne genau sagen, wo sie sich momentan befänden. Der Prinz von den Inseln bot den wackeren Verteidigern der Stadt am Firth of Forth an, ihn und seine Männer nach Rosslyn zu begleiten. Dort wollte er ein Heer aufstellen, das dem Earl of Carrick zu Hilfe kommen sollte. Doch nur wenige nahmen an und so mancher fragte Sir Henry im Zorn, warum der Stuart keinen Entsatz geschickt hätte. Der Earl wußte darauf auch keine Antwort.

Als der Abend kam, tat sich vor den Männern der Orkneys das Tal der nördlichen Esk auf. Rötlich glänzte die Burg im Schein der untergehenden Sonne. Tiefer Frieden schien hier zu herrschen.

Wenige hundert Yards vor der Zugbrücke gab Sir Henry dem Dudelsackpfeifer das Signal. Der blies daraufhin die alte Weise des Clans, die aus den Zeiten von Harrys Urgroßvater stammten. Es dauerte nur wenige Augenblicke und er erhielt Antwort vom hohen Turm der Burg. Und weithin erscholl im grünen Tale der Esk die Musik der zwei Dudelsäcke, in die bald noch drei weitere einstimmten. Und in den Hütten der Bauern unten in Rosslyn und Kirkton wußte man: der Herr über Mittellothian ist zurückgekehrt.

Auf der Burg war man überglücklich über das Eintreffen des Clanhäuptlings und seiner Streitmacht, die zweihundert Männer und zwanzig Pferde umfaßte. Weitere zweihundert hatte der Earl unter dem Kommando Arne Gaethelreds in Leith bei den Schiffen zurückgelassen.

Sir Henry ließ sich durch seinen Oheim Thomas und seine Mutter über die momentane Lage unterrichten.

Gut eine Woche war nun bereits ins Land geflossen, seit der Plantagenet die Perle Lothians zerstört habe. Wie durch ein Wunder war Rosslyn durch die englische Hauptstreitmacht unberührt geblieben. Dabei hatten die Truppen Richards nur wenige Meilen westwärts das Tal der nördlichen Esk überquert. Der englische König war froh, die ihm nicht geheuren Pentlandberge schnell hinter sich zu lassen, um dann seine ganze Wut gegen die Stadt am Firth of Forth zu richten.

Weiter östlich waren die Einheiten des Earls von Northumberland bis vor die Tore von Musselburg gelangt, allerdings heftig dezimiert durch die ständigen Attacken des roten Douglas. Auf den Flußwiesen um Rosslyn fanden nur ein paar kleinere Gefechte mit versprengten Haufen englischer Söldner statt, aber die Engländer schienen nicht ernsthaft daran interessiert zu sein, die Stammburg der Sinclairs zu berennen oder gar zu schleifen. Richard II. und sein Oheim John von Gaunt wußten genau, daß eine Eroberung der wichtigsten Burg Lothians nichts weiter als hohe Verluste gebracht hätte.

Die Nachrichten, die am nächsten Tag in Rosslyn Castle eintrafen, zeichneten ein verworrenes Bild der Lage. Die Engländer lägen unten am Tweed im Feldlager. Kleinere Einheiten unter der Führung des Herzogs von Lancaster wären bereits nach Carlisle weitergezogen. Doch es schien kein Zweifel zu bestehen, daß auch der junge König sich wieder über die Grenze zurückzuziehen gedachte, denn je länger der Feldzug dauern würde, um so mehr belastete er unnötig die ständig leere Staatskasse. Natürlich ärgerte es den Leoparden maßlos, daß der feige schottische Wolf sich in der Wäldern verkroch, anstatt ihm im offenen Kampf gegenüberzutreten.

Die Krieger des Earl of Carrick, des Earl of Fife und des roten Douglas lagen in den Bergen nördlich des Tweed auf der Lauer und verfolgten jede Bewegung des Feindes. Mal griffen sie bei Nacht die Versorgungszelte des Earls von Northumberland an, dann fingen sie bei Tag einen Kurier des englischen Königs ab. Das war die Taktik der

Grenzlandkämpfer, die schon eine jahrhundertelange Tradition hatte. Auch Harrys alter Freund William MacLarren lag irgendwo dort draußen bei den Männern, die Sir James Douglas, der Herr von Tantallon Castle, befehligte. Man rechnete täglich mit seiner Rückkehr ins Tal der nördlichen Esk.

Harry beteiligte sich nicht an diesem Versteckspiel. Er fand es nützlicher, seine Leute für den Wiederaufbau zerstörter Siedlungen im Herrschaftsbereich seiner Burg einzusetzen. Als er nach zwei Tagen nach Balantrodoch reiten wollte, kam ihm sein alter Lehrer und Freund zuvor. Auf einem mausgrauen Wallach sitzend, klopfte der weißhaarige Greis an das Tor von Rosslyn Castle. Müde und abgespannt sah er aus, so als ob er seit geraumer Zeit an Gottes freier Natur genächtigt hatte, jedoch überglücklich, Harry gesund zu sehen. Er trug ein derbes Wollwams und darüber einen langen Fellumhang, der am Hals mit einer Spange befestigt war. Nichts deutete darauf hin, daß er ein Ritter des Ordens war.

„Wie ich sehe, hast du es geschafft, die Linien der englischen Kriegsschiffe zu durchbrechen", sagte er als erstes zu Harry. „Hast du je daran gezweifelt, David", erwiderte ihm der Earl. „Aber es hätte auch anders ausgehen können. Wir waren im Vorteil durch die schlechte Sicht, die der Regen verursachte. Nun sind ich und ein großer Teil meiner Männer hier. Du brauchst dir also keine Sorgen zu machen."

Als sich die beiden in einer kleinen Kammer unter dem Dach des Wohnhauses gegenübersaßen, fragte Harry David Morlay: „Du kommst nicht aus Balantrodoch?" Der alte Templer hüstelte etwas. „Dir scheint mein Zustand nicht entgangen zu sein."

Harry fuhr auf. „Sag, was ist geschehen? Haben die Engländer das Ordenshaus zerstört?"

„Nein, Gott sei Dank ist ihnen das nicht gelungen. Als der verruchte Northumberland eine Abteilung gegen die Ordensburg aussandte, geriet sie am Paß des grauen Wolfes in einen Hinterhalt unserer Ritter. Dank der Hilfe, die uns der rote Douglas sandte, entkam keiner dieser englischen Hunde. Du wirst sicherlich schon wissen, daß Northumberland und der Plantagenet am Tweed auf der anderen Seite der Moorfußberge liegen. Es ist wohl nur noch eine Frage der Zeit, bis sie verschwinden."

„Hoffentlich bald", entgegnete Harry bedenklich. „Dieser unglückselige Krieg frißt Schottland auf. Der Engländer muß schlimm im Tal des Tweed gewütet haben. Wie ich hörte, verschonten sie nicht einmal die heilige Abtei von Melrose." Da hob der alte Morlay die zittrige Hand. „Recht hast du. Aber ich muß dir noch etwas anderes erzählen. Als sich die Engländer in Carlisle sammelten, ritt ich nach Edinburgh, um Errol und die anderen Brüder zu warnen. Einige Tage später tauchte Andrew, einer der dienenden Brüder, in der Stadt auf und berichtete der versammelten Hospitalmission einen entsetzlichen Vorfall. Einige marodierende Abteilungen der Engländer hätten im Schutze der Nacht den Sitz des Großpriors der Johanniter von Schottland angegriffen. Zwar wurden die Angreifer abgewehrt, aber etliche dienende Brüder, Knappen und zwei Ritter waren erschlagen worden. Und von Eustache von Dunbar fehlt jede Spur.

Als ich nach Balantrodoch zurückkehrte, mußte ich feststellen, daß meine Kammer völlig verwüstet war und ich werde das dumme Gefühl nicht los, daß dieser Anschlag eine gezielte Aktion war." „Weswegen? Wollte jemand dich töten?" fragte Harry entsetzt. „Sicher nicht nur das. Ich denke, diese Schurken haben das hier gesucht." Dabei griff der Alte mit einer Hand unter sein Wams und zog eine mit Fell umspannte Hülse hervor. Harry kannte ihren Inhalt genau. „Der Papyrus", entfuhr es seinem Munde, „unsere Karte." „Jawohl. Und dabei hatte ich langsam daran geglaubt, daß seit Gowerths Tod keiner mehr Interesse an diesem Stück Geschichte hat." „Wie du siehst, ist es anders", erwiderte der Earl der Orkneys. „Es war also kein Hirngespinst. MacWquire und Goewerth hatten Hintermänner. Sie müssen sehr geschickt und vorsichtig zu Werke gegangen sein. Erst jetzt, unter dem Deckmantel der englischen Invasion, wagten sie einen erneuten Versuch."

Allerdings konnten die beiden Freunde sich keinen weiteren Reim auf die ganze Geschichte machen.

David de Morlay war lange, bevor man den Angriff der englische Truppen meldete, aus Balantrodoch nach Edinburgh geritten. In einer stürmischen Regennacht verließ er das Ordenshaus auf seinem mausgrauen Wallach in nördlicher Richtung. Er konnte nicht wissen, daß er um ein Haar einer Schar von finsteren Männern ins Netz gegangen wäre, Wegelagerern der schlimmsten Sorte. Sie beobachteten schon seit geraumer Zeit, die scheinbar sicheren Mauern von Balantrodoch. In dieser Nacht jedoch waren sie unaufmerksam, weil ein sonst sehr seltener weißer Wolf in der Nähe ihres Lagers vorbeischlich. Vergeblich versuchten ihn die Männer zu treffen, jedoch ihre Pfeile wurden wie von einem unsichtbaren Zauber abgelenkt. Ihr Anführer erbleichte darauf und sagte, daß dies nichts Gutes bedeuten könne. Als er die Kunde von den herannahenden englischen Truppen erhielt, befahl er einen nächtlichen Überfall auf die Ordensfestung.

*

Auf einer Wiese in den Bergen südwestlich von Edinburgh stand eine kleine Gruppe von Reitern, nicht weit von einem geplünderten Dorf. An ihnen vorbei marschierten die so gefürchteten englischen Bogenschützen, die sich in vielen Schlachten als der größte Trumpf der Krone erwiesen hatten.

An den farbenprächtigen Rüstungen der Reiter konnte man erkennen, daß es sich um sehr hohe Herren handeln mußte.

„Ihr habt gar wacker gekämpft, Oheim", sagte einer der Lanzenreiter, der sich deutlich von den anderen durch eine Krone, die seinen Helm zierte, abhob. Auf seinem Schild prangten die drei Plantagenetleoparden. Der Angesprochene, ein älterer Ritter, ließ seine Blicke nach Norden schweifen. Überall konnte man die Rauchschwaden am Himmel sehen, die von den brennenden Dörfern und Höfen an den Ufern des Tweed zeugten. Ganz hinten am Horizont sah man einen roten Schein. Dort brannte die alte Abtei von

Kelso. Die hohen Herren hatten sich selbstverständlich nicht mit an den Plünderungen beteiligt, das war etwas für die gemeinen Soldaten.

Edmund von Langley, seines Zeichens Herzog von York, sah zu seinem Neffen und König Richard hinüber. „Es waren harte Tage für uns. Aber mir hat es Freude gemacht, endlich wieder das schon eingerostete Schwert im Kampf zu führen. Ich glaube, die schottischen Löwen waren sich nicht bewußt, daß die Krallen des englischen Leoparden immer noch scharf sind", sagte der Herzog von York „Ich habe keine Löwen gesehen, Oheim. Was meint ihr, Salisbury?" entgegnete der König. „Mit Verlaub, Mylord, warum haben wir dann nicht ihren Führer gefangen?" fragte der Graf etwas spitz zurück.

„Weil es die feige Ratte", er meinte damit den Earl of Carrick, „vorzog, sich lieber zu verstecken, als eine offene Feldschlacht mit uns zu wagen. Dabei hätte ich ihn im Zweikampf gefordert", tobte Richard, obwohl er wußte, daß seine Stellung dies nicht zuließ. Wie alle Plantagenets besaß auch er jene Neigung zum Jähzorn, was ihm und seiner Umgebung durchaus gefährlich werden konnte. Durch die energischen Bewegungen begann das Pferd unter seinem Körper unruhig zu werden. Der junge König hatte alle Mühe, sein feuriges Roß zu zügeln. Wild schlug es mit den Vorderhufen in die Luft.

„Ich glaube, die Lektion haben diese widerspenstigen Schotten verdient. Sie werden uns nicht so schnell vergessen." „Wenden wir uns England zu, mein König", rief ihm der Herzog von York noch zu, während er mit seinem Pferd davonsprengte. Dem jungen Mann war nicht gerade wohl zumute, wenn er an sein eigenes Königreich dachte. Dort fühlte er sich nur von Intriganten umgeben. Aber er würde diese feisten Säcke schon zwingen, ihm zu gehorchen. Mit gemischten Gefühlen blickte er nach Süden.

*

In einem schlichten, hoch gemauerten Raum saß ein etwas älterer Mann mit gut gestutztem Bart an einem großen Holztisch und studierte irgendwelche Pergamentrollen. Das lange Sitzen schien ihm Schmerzen zu bereiten, so daß er aufstand und zum Fenster hinüber ging, um es zu öffnen. Der frische Luftzug tat ihm wohl. Um die Verspannungen im Rücken zu lösen, begann er, sich ein wenig die Schultern zu massieren, soweit er dazu in der Lage war. Langsam begann er im Raum auf- und abzugehen, so, als wolle er seine Gedanken etwas zerstreuen.

John von Gaunt, der Oheim des Königs, war nun nicht mehr dessen Vormund, galt aber bei dem englischem Volk nach wie vor als erster Mann im Staat. Doch die Bürde der Jahre schien ihm mit der Zeit immer schwerer zu werden und die Schatten des Alters waren seinem Gesicht deutlich abzulesen. Es waren keine guten Zeiten für das Königtum. Im Krieg mit Frankreich war seit dem Tod des schwarzen Prinzen eine glückliche Wende nicht abzusehen. Der Vorschuß einer gewissen Sympathie beim eigenen Volk war schon lange dahingeschmolzen. Die Herren des Adels, die Bürger in den Städten und die Bauern rebellierten nach wie vor.

Und was tat König Richard? Er selbst, John von Gaunt, mußte den jungen Heißsporn zügeln. Wenigstens sollte er Rücksicht auf Klöster und Kirchen nehmen, sie nicht niederbrennen. Er erinnerte sich noch gut, welch deutliche Worte er seinem Zögling gegenüber fand, als dieser an die Kapelle der heiligen Margarethe Hand anlegen wollte. Schließlich sah sich der Herzog veranlaßt, dem König nach Carlisle vorauszueilen. Er warnte diesen noch, nicht zuviel Zeit im Reiche nördlich des Tweed zu verbringen, da die Schotten es doch ohnehin vorzogen, sich gleich Wölfen in den Wäldern zu verstecken. Jede Verlängerung des Feldzuges käme mehr einer Flucht vor den eigenen Problemen und denen Englands gleich, denn der Herzog bezweifelte einen Erfolg mit der Sprache der Waffen.

Nein, den Schotten konnte man nur auf eine einzige Weise begegnen. Und er wußte schon wie. Verrat! Zwietracht und Haß mußte man zwischen den so gegensätzlichen Stuartanhängern und den gälischen Clanhäuptlingen aus dem westlichen Hochland schüren. Der Alte seufzte und ein kalter Schauer rann ihm durch die Glieder. Es war wirklich langsam Zeit, wieder ins warme London zurückzureisen.

John hielt sich nicht gerade gerne im Norden seines Reiches auf. An Schottland dachte er meist mit Widerwillen. Wofür hatte der mächtigste Mann Englands ein Heer ihm treu ergebener Handlanger, die in allen Teilen der Insel für ihn seine Netze webten?! Darunter befanden sich auch manch finstere Gesellen aus dem Reiche nördlich des Tweed wie der schwarze George, die selbst ihr Herr am liebsten aus seinem Gedächtnis verbannte. Männer wie George säten Zwietracht zwischen den Clans, wo sie nur konnten, wohl auch manchmal mit eindeutigen Angeboten seitens der englischen Krone. Viele wackere Schotten fielen auf jene Verlockungen Englands herein, erkannten nicht die List und die Fallen, die man ihnen stellte. In Wahrheit jedoch benutzte sie John von Gaunt nur als Figuren auf seinem großen gewaltigen Schachbrett, das über das gesamte westliche Abendland reichte.

Nachdem er dreimal hin und hergelaufen war, blieb er abermals am Fenster stehen und schaute hinaus. Trübe Wolken hingen über der Stadt. Carlisle war seit jeher der Aufmarschplatz für Kriege gegen die nördlichen Nachbarn. Dabei soll, so erzählt die Sage, hier früher einmal die Königsburg eines alten Keltenreiches gestanden haben. Vielleicht sogar das Reich des König Arthus. John von Gaunt verzog das Gesicht. Er konnte sich noch gut an die Tage seiner Jugend erinnern, in denen sein ruhmvoller Vater Edward III. prächtige Tafelrundenturniere veranstaltet hatte in Anlehnung an jenen keltischen König. Damals glaubte auch er noch an Ritterehre und Ruhm auf dem Schlachtfeld. Gemeinsam an der Seite seines Bruders, des schwarzen Prinzen, schlugen sie die Franzosen zu Tausenden in die Flucht.

Und heute gehörten ihnen gerade einmal eine Hand voll Seestädte auf dem Kontinent. Was war nur von jenen Tagen übriggeblieben?! Richard wurde nur als ein schwacher Abglanz seines Vaters angesehen. Zuviel forderten die Welt und England von einem Throninhaber, der erst achtzehn war. Der Herzog von Lancaster wußte, daß die

Verantwortung für das Staatswohl hauptsächlich auf seinen Schultern ruhte und lange Zeit noch ruhen würde. Bei allen dunklen Machenschaften und Intrigen, die John plante und ausführte, hatte er wie jeder andere die Erweiterung seiner Macht im Auge. Man mußte ihm allerdings zu Gute halten, daß sein zweites Auge sich stets auf ein starkes und wirtschaftlich blühendes England richtete.

Er verstand sein Geschäft glänzend, das Geschäft der hohen Politik. Hatte er nicht die Waffenstillstände mit Frankreich und Schottland ausgehandelt, damals als sein alternder Vater Edward III. sich längst in seiner Senilität in den Tower zurückzog, als sein Bruder, der schwarze Prinz, im Sterben lag!

Ja, John von Gaunt wußte, was es heißt, Verantwortung zu tragen. Verantwortung für England. Richard, der Sohn des schwarzen Prinzen, könnte ein starker König sein, hatte er nicht zuletzt bei dem Aufstand der Bauern unter Wat Tyler vor vier Jahren außerordentliches Geschick bewiesen. Jedoch konnte man in England nicht gerade von rosigen Zeiten sprechen und seine Unbeherrschtheit gereichte hierbei nicht zum Vorteil. In wenigen Tagen würde auch er von jenem unglückseligen Schottlandfeldzug zurückkommen, der weiter nichts eingebracht hatte, als daß den Stuarts, Douglas und wie sie alle hießen, ihre Schranken gezeigt wurden. Verflucht seien diese Barbaren des Nordens. Nicht schon genug, daß die keltischen Waliser und Iren ständig rebellierten.

Es pochte laut an die Tür. „Herein." sagte der in Gedanken versunkene alte Mann. Es trat ein Diener ins Zimmer und bat den Herzog um Verzeihung wegen der späten Störung. „Schon gut." brummte dieser. „Fasele nicht so lange, sondern sage mir, was es gibt." Der Diener hatte sich schnell gefangen und nannte dem Herzog den Grund für sein Eintreten.

„Ein Mann wartet unten, um zu euch durchgelassen zu werden, Mylord." John von Gaunt zog die Stirnfalten zusammen. „Soso, ein Mann. Wie sieht er aus und was will er?" Der Diener zuckte zusammen, aber beeilte sich die Frage seines Herren zu beantworten. „Er kommt aus Schottland und hat eine Nachricht für euch."

Der Herzog unterbrach ihn hastig. „Kommt er von Richard?" „Nein, er sagt, daß er nicht im Auftrag des Königs hier ist. Ich glaube, er ist ein Schotte." Das schien der ganzen Sache eine völlig neue Wendung zu geben. Der Herzog von Lancaster, der ein Meister des Mienenspiels war, tat völlig gelangweilt, obwohl diese Nachricht in ihm tausendmal mehr Neugier erweckte, als irgendeine Botschaft von den Schlachtfeldern Richards. „Bringe den Mann herein", wies er den Diener an und wandte sich ab.

Ein kühler Hauch wehte durch die hohen Mauern der Burg, so daß John etwas fröstelte. Er schloß das Fenster wieder, allein das Frösteln blieb. Vielleicht lag es auch nur an der Kälte, die von seinem Herzen ausging. Von kurzen Schauern geschüttelt, drehte er sich wieder zur Tür. Da stand er bereits, der vermeintliche schottische Bote. Die Tür mußte offengestanden haben, jedenfalls war er sehr leise ins Zimmer gelangt. Der Herzog überlegte. Irgendwo hatte er diesen Mann doch schon einmal gesehen. Das struppige braune Haar und die so markante Augenklappe. Seine Ahnung, die ihn die ganze Zeit verfolgte, schien immer mehr Gewißheit zu werden.

„Bringt ihr mir Kunde von einem Freund oder einem Feind der Krone von England?" Es war mehr oder weniger eine Floskel, mit der John von Gaunt das Fragespiel eröffnete. „Mit Verlaub, Mylord, ich überbringe euch einen ehrwürdigen Gruß von einem Mann, der mich bat, dies Schreiben hier euch zu überreichen." Mit einer tiefen Verbeugung überreichte der Bote die Schriftrolle.

Eine leise Ahnung überkam den Anderen. „Wißt ihr, was in dem Schreiben steht?" fragte er den Boten. „Das tut mit leid, aber sein Inhalt ist streng geheim", erwiderte dieser. Der Herzog war ein wenig enttäuscht. Der Schotte schien ihm nicht viel Auskunft geben zu wollen. Andererseits war er froh, daß der Mantel der Verschwiegenheit über jenem Brief lag.

Er öffnete ihn und las. Seine Augen wurden größer und größer. Als er geendet hatte, sprach er zu dem wartenden Boten: „Ihr sollt mich zur schottischen Grenze bringen." Der Gefragte nickte. „Das ist mein Auftrag, Mylord, Wir sollten keine Zeit verlieren."

Der Herzog von Lancaster befahl, sein Pferd zu satteln. Seinen Dienern mahnte er die größte Verschwiegenheit bei der Strafe des Todes an. Fünf auserwählte, ihm treu ergebene Männer, wurden bestimmt, mit ihnen zu reiten. Es war noch gar nicht solange her, daß er das Kettenhemd und seine Waffen trug. Die bleiche Dämmerung hatte sich schon auf Carlisle hernieder gesenkt und bald würden die Schatten der Nacht die Stadt in Besitz nehmen.

Kurz nach Einbruch der Dunkelheit verließ die kleine Gruppe von Reitern, bewaffnet mit Schwert und Langbogen das schützende Nordtor der Stadt und verschwand im tiefen Waldesdickicht. Niemand kannte ihr Ziel. Auch hatte niemand den hohen Herrn erkannt, der in ihrer Mitte ritt. So, als wäre der Teufel hinter ihnen her, sprengten sie mit ihren Pferden zur schottischen Grenze. Wie blind folgten sie dem Schotten, der vorweg ritt, denn die Nacht war rabenschwarz, so daß der Weg nur mühsam zu erkennen war.

Die finsteren Wolken erlaubten es nicht, daß das Licht des Mondes, geschweige das eines der vielen Sterne am Firmament hinab zur Erde schien. Dunkel und gespenstisch war es auf der Straße von Carlisle nach Norden, und die in der Gegend wohnenden Bauern hörten in ihren Stuben nur das laute Hufgetrappel der Reiter, die in dieser unglückseligen Nacht noch unterwegs waren. Das ist die wilde Jagd der Seelenlosen, die keine Ruhe auf Erden finden können, sagte ihnen der alte Ben, ein Köhler aus den umliegenden Eichenwäldern. So Unrecht hatte er damit gar nicht.

Unweit der schottischen Grenze verlangsamte der Reiter, der an der Spitze ritt, sein Tempo. Es konnte also nicht mehr weit bis zu dem geheimnisvollen Treffpunkt sein. Schließlich bog der Schotte mit seinem Pferd rechts vom Weg ab und lenkte die Männer in den Wald hinein. Von nun an bewegten sich die Reiter nur noch im Schrittempo vorwärts.

Bald wurde das Dickicht so unwegsam, daß sie von den Pferden absteigen mußten. Mühsam kämpften sie sich durch das Gestrüpp. „Dort, ein kleines Licht zwischen den Baumstämmen, das ist unser Ziel", sagte der Führer. Sie waren keine fünfzig Schritte vorangekommen, als der Schotte einem der Männer gebot, ihm allein zu folgen. Die anderen blieben bei den Pferden zurück, während die beiden auf eine kleine Holzhütte zugingen, die verdeckt unter dem Blätterdach einer Eiche stand.

Dreimal klopfte der Mann mit der Augenklappe an die schmale Tür. Es wurde von innen geöffnet

„Ich danke dir, Edmund. Du kannst uns nun allein lassen", befahl der schwarze George, denn niemand anderes als der finstere Geselle des Teufels saß in jener Hütte. „Ich heiße euch willkommen, Mylord. Ich hatte euch versprochen, daß wir uns wiedersehen. Es war sehr schwer, Morlay auf die Spur zu kommen", sagte er. Der Herzog, der seine Hoffnungen schon fast begraben hatte, war jetzt um so neugieriger auf das, was ihm dieser verruchte Schurke mitteilen würde. Und genau das war der Trick des schwarzen George.

„Offengestanden, ich habe schon lange nicht mehr an dieses Märchen geglaubt. Ich hoffe, ihr habt gewichtige Gründe für dieses Theaterspiel." „Ich denke schon, Mylord. Nehmt Platz."

Viel war nicht in der kleinen Holzhütte untergebracht, so stand ein kleiner Steinkamin in der Ecke, in dem ein wohliges Feuer knisterte. Davor befanden sich zwei Bänke und ein kleiner Tisch, hinter dem ein paar Laubsäcke lagen, die wahrscheinlich als Bettstatt dienten. George stand auf und schloß das einzige Fenster im Raum.

Nachdem sich beide gesetzt hatten, kam er zum Punkt. „Der Aufenthalt der englischen Armee in Schottland bot für mich endlich die Gelegenheit, zum entscheidenden Schlag auszuholen. Mit ein paar Reisigen überfiel ich bei Nacht und Nebel das Ordenshaus von Balantrodoch. In der allgemeinen Verwirrung konnten wir die wichtigsten Schriftrollen aus dem Zimmer von Morlay an uns nehmen. Doch nur kurz währte die Überraschung. Wir mußten fliehen, wobei es uns gelang, eine Geisel in unsere Gewalt zu bringen. Er heißt Eustache von Dunbar und ist ein junger Ordensritter, der sehr gut mit Morlay bekannt ist und uns eventuell noch nützlich sein könnte. Sein Versuch, uns den Eintritt zu der Kammer des Alten zu verwehren, war wenig Glück beschieden.

Noch ahnt er nicht, was wir von ihm wollen. Er hält uns für marodierende Söldner, die ziellos das Land verwüsten. Morlay selber war zur Zeit unserer nächtlichen Attacke überhaupt nicht in Balantrodoch. Er muß erst wenige Tage zuvor geflohen sein, denn ich hatte die Mauern des Ordens wochenlang unter Beobachtung, wobei er ständig anwesend war. Es ist wie verhext. Mal heißt es, David de Morlay sei untergetaucht, verschwunden, dann erfährt man plötzlich, daß er sich wegen Geschäften monatelang in Irland herumgetrieben hat. Der Fuchs scheint jede Falle auf Meilen entfernt zu riechen. Da Balantrodoch strategisch günstig liegt und die von Northumberland ausgesandten Abteilungen von Douglas und den Ordensrittern geschlagen wurden, blieb uns auch die

Möglichkeit, dieses Nest noch einmal gründlich von unten nach oben auszukehren, verwehrt. Trotzdem sind uns jede Menge Schriftrollen neben diesem Ritter in die Hände gefallen. Vielleicht ist auch eure Seekarte darunter. Ich habe sie jedenfalls, bei dem kurzen Blick, den ich mir schon verschaffte, nicht entdeckt."

Und dann erzählte der schwarze George dem Herzog eine ganze Menge über verschwiegene Aktivitäten der Templer in Schottland. Als John von Gaunt ihm die Frage auf Anzeichen nach irgendeinem Schatz stellte, mußte er leider verneinen. Schließlich kamen sie wieder zum Anfang ihrer Unterhaltung zurück. „Gut, ich werde diesen Mann verhören, aber wann bringt ihr mir Morlay, mein Freund?"

Der andere antwortete mit einer Gegenfrage. „Es hat sich all die ganzen Jahre wenig getan. Glaubt ihr immer noch, daß Morlay im Besitz einer solchen Karte ist?"

„Ich bin mir nicht sicher", entgegnete der Herzog. „Doch wenn, dann hatten sie bis jetzt die Zeit zum Freund." „Nach dem Augenschein zu urteilen, ist Morlay weitaus älter, als ihr es seid. Ihr müßt mir schon erklären, warum er ausgerechnet die Zeit zum Freund hat?"

„Morlay ist doch nicht der einzige. Denkt an die Tempelritter in seiner Umgebung. So ein Unternehmen braucht Zeit. Ihr müßt gute Schiffe bauen; ihr benötigt erfahrene Kapitäne, Steuermänner und Mannschaften. Denn keiner weiß, wie weit der Weg übers Meer wirklich ist."

„Es scheint jedenfalls sehr weit zu sein, wenn Morlay bisher davor zurückschreckte. Vielleicht bietet ja die Karte nicht auf alle Fragen eine Antwort. Schickt doch einfach Schiffe mit unbekanntem Ziel in Richtung Westen."

Der Herzog schüttelte seufzend den Kopf. „Ihr seid verrückt. Soll ich die besten Männer meiner Flotte um einer fixen Idee willen opfern. Die Zeit ist denkbar schlecht für solche Scherze. Nicht gut steht es um England. Der Einfall nach Schottland war eher eine der königlichen Launen, als daß er uns zum Vorteil gereicht. Der Pöbel regt sich überall im Land. Dann der Ärger mit den Lollarden. Schwere Zeiten für uns Plantagenets und Pech vor allem für Richard."

„Sei es wie es sei. Ich habe versucht, mein bestes zu tun, Mylord. Versuchen sie diesen Eustache zum Reden zu bringen. Aber ich sage ihnen, diese Christenritter sind Qualen und Schmerzen gewöhnt. Ihr müßt schon die außergewöhnliche Folter anwenden, um ihn zum Sprechen zu bewegen."

John von Gaunt griff mit der Hand in die Innenseite des Mantels und holte einen prall mit Goldstücken gefüllten Lederbeutel hervor. „Nimm dies fürs erste, aber halte dich in der nächsten Zeit zu meiner Verfügung." Der andere verbeugte sich tief.

*

Es dauerte noch fast zwei Wochen, bis der englische König wieder in Carlisle eintraf. Er präsentierte sich natürlich dem Volk als strahlender Sieger. Die Schotten seien zerstreut und zerschlagen, hieß es. Ihr feiger König habe es vorgezogen, in Anbetracht seiner erlauchten Majestät in den Norden zu flüchten. In eisernen Käfigen wurden schottische

Adlige, Männer wie Frauen, durch die Straßen gefahren. Vielen der Gefangenen wurden die Köpfe abgehauen, um sie auf die Tore der Stadtmauern zu spießen. Richard zeigte sich als ein grausamer Feind. Den Bürgern imponierte solches Gehabe schon längst nicht mehr. Im Gegenteil, es schreckte sie ab. Verhalten war denn auch der Jubel beim Empfang des Monarchen.

Auch John von Gaunt hatte wenig Gelegenheit, sich mit seinem Ziehsohn zu befassen. Um so mehr Aufmerksamkeit widmete er den Schriftrollen, die er dem Erfolg des schwarzen George verdankte. Aber so sehr er auch die Karten untersuchte, er fand nichts was für ihn brauchbar gewesen wäre; keine Spur von dem alten Papyrus, von dem der Portugiese gesprochen hatte.

Auch der gefangene Tempelritter war bisher nicht zum Sprechen zu bewegen gewesen. Es war bekannt, daß sie auf der Folter große Schmerzen wegstecken konnten. Doch John von Gaunt war nicht der Mann, der auf halbem Wege stehenblieb. Würde der junge Mann sterben, bevor er sprechen würde, dann müßte er George erneut in den Norden schicken.

Wie alle Festungen, so hatte auch die Festung von Carlisle ein Verlies. Ein Verlies dunkel, verschwiegen und tief unter der Erde. Hier wurden die zahllosen Schreie der Gefolterten und Gemarterten, der Vergessenen und Verhungerten in den starken Mauern für die Ewigkeit festgebannt. Wer in ihnen verschwand, merkte binnen eines Augenblickes, daß es kein Ort Gottes sein könne. Oft war es ein fröhliches Schottenherz, das hier zum letzten mal schlagen sollte.

Laut hallten die Schritte eines Mannes auf der langen Treppe von oben in die Tiefen der Hölle hinab. Er hatte sich einen langen Mantel übergeworfen und jedesmal, wenn die Treppe eine Biegung machte, traf der flackernde Schein einer roten Fackel sein Gesicht. Aber es war niemand da, der es sehen konnte und der wußte, was dieser Mann in dem finsteren Kerker suchte.

Bald hatte er sein Ziel erreicht. „Ihr seid es, Mylord." „Schließ schon auf", erhielt der Wächter als Antwort von dem Mann in Schwarz. Dieser schritt den sich auftuenden Gang entlang, ohne auch nur eine Regung bei dem Schreien und Stöhnen der armen Seelen zu zeigen, die in den dunklen Löchern rechts und links dahinmoderten. Vor einer Tür hielt er plötzlich an und klopfte laut gegen das schimmlige Holz. Knarrend wurde das Tor zur Hölle geöffnet. Es stank in dem Raum nach einer Mischung von Schweiß, fauligem Wasser und menschlichem Unrat. An den Wänden hingen allerlei Eisenzangen und andere Folterinstrumente. Auf dem durchnäßten Stroh, das überall in den Ecken lag, konnte man die Ratten beobachten, die ungestört herumliefen.

An einer Wand hing an einer Seilwinde lose und zusammengesunken ein Mensch. Die Arme des in die Fänge einer entsetzlichen Maschinerie geratenen Mannes wirkten etwas seltsam zu dem verdrehten Körper. Kein Wunder, man hatte sie ihm bereits ausgekugelt. Die Qualen der bisherigen Tortur waren dem Gefangenen deutlich anzumerken. Er war schon lange nicht mehr bei Bewußtsein.

Die finstere Gestalt mit dem langen schwarzen Mantel trat ein. „Verdammt, stinkt das hier." Der breitschultrige Unhold und Folterknecht, der John von Gaunt geöffnet hatte, grinste nur.

„Hat er irgend etwas gesagt?" Der Gefragte schüttelte den Kopf. „Mach unseren tapferen Ritter wieder munter." Beflissentlich stürzte der gehorsame Fleischberg in die Ecke, wo ein Faß mit brackigem Wasser bereitstand. Er schöpfte einen Eimer heraus und kippte das Wasser über das an der Winde hängende Opfer. Dabei grinste er abermals über die völlig von Narben entstellte Visage.

Der Bedauernswerte begann langsam Regungen zu zeigen, die andeuteten, daß er überhaupt noch lebte. Die verquollenen Augen fingen an sich zu öffnen, um das schwache Licht des Kellerraumes wahrzunehmen.

Er sah vor sich ein bekanntes Gesicht, das ihn sofort daran erinnerte, daß er sich in den Fängen des verhaßtesten Mannes auf den Inseln befand. „Dunbar, könnt ihr mich hören? Dunbar!" Kurz konnte der Gefangene das Gold aufblitzen sehen, mit dem das kostbare Wams verziert war, das der schwarze Mantel verbarg. Wie von sehr weit her drangen die Fragen des alten Mannes an sein Ohr.

„Was wißt ihr über die Karte, wo ist sie? Wie kommen wir an Morlay heran? Was hat Morlay vor?" Es waren immer wieder dieselben Fragen.

Eustache von Dunbar schüttelte den Kopf als Zeichen seiner Verneinung. „Los, zieh ihn nach oben." Sofort drehte der Folterknecht die Seilwinde, so daß der arme Eustache wieder zu den Ufern der Schmerzen zurückkehrte. Aber noch unterdrückte er seine Schreie. Nur ein leises Stöhnen preßte er zwischen seinen Zähnen hervor.

„Zieh ihn noch höher." Der jungen Templer verdrehte die Augen, so stark waren die Schmerzen, jedoch er schrie nicht.

Der Herzog von Lancaster verzog kaum eine Miene. Es war ihm egal, welche Qualen ein Mensch leiden mußte. „Wo ist die Karte?" brüllte er sein Opfer an. Er erhielt keine Antwort, was ihn nur noch wütender machte.

„Meine Geduld ist zu Ende. Wir werden die Folter fortsetzen." Laut rastete der Knecht die Winde in der oberen Stellung ein und schritt nach hinten in den Raum. Dort stand ein kleiner Eisenrost auf dem ein paar glühende Kohlen lagen. Ein gurgelndes, grunzendes Geräusch entwich dem Dicken, als er eine von den großen Eisenzangen, die an der Mauer hingen, auswählte.

Mit geübtem Griff langte seine Hand nach einem durchschnittlich großen Instrument. Er warf sie mit den Zangenenden zwischen die Kohlen, daß die Funken nur so auseinanderstoben. „Gefällt dir das?" sagte der Herzog zu dem armen Eustache. Aber jener starrte nur, ihn keines Blickes würdigend, vollkommen in sich versunken gerade aus. In seinen Gedanken war er weit hinter diesen Mauern, an bessere Tage denkend. Was sollte er auch die Blicke auf seine Peiniger lenken, er wußte doch nur zu gut, daß seine Hoffnungen, lebend den Engländern zu entkommen, gleich Null waren. Wenn er wenigstens diese Torturen aushalten würde, ohne auch nur etwas zu verraten. Er wünschte, daß Gott ihm die Kraft dazu geben könnte.

Inzwischen begannen die Zangenspitzen langsam ihre Farbe zu verändern. Der Folterknecht zuckte mit den Achseln. Wahrscheinlich reichte die Glut nicht aus, um das Eisen weißglühend zu machen.

„Es ist genug. Beginne jetzt", herrschte der Mann in dem langen schwarzen Mantel sein willfähriges Werkzeug an. Mehr brauchte der Herr seinem Diener nicht zu sagen. Sofort war der Unhold zur Stelle und näherte sich mit der Zange seinem Opfer. Beim bloßen Anblick verlor Eustache das Bewußtsein.

John von Gaunt schüttelte den Kopf. „So kommen wir nicht weiter." Der Folterknecht schüttete dem Festgeketteten einen Eimer Wasser ins Gesicht.

„Wo ist die Karte!" donnerte der Herzog, als er bemerkte, daß der Ordensritter sich regte. Blitzartig schossen dem jungen Mann die Gedanken durch den Kopf. Wenn sie ihn doch nur nicht mehr foltern würden. Warum sollte er John von Gaunt nicht anlügen und behaupten, daß Morlay die Karte dem Earl der Orkneys gegeben hatte. Schwerlich würde der Engländer Norwegen den Krieg erklären können. Und so beging er im Angesicht der ihm drohenden Marter einen Verrat. „Sinclair, Sie ist bei Sinclair." Eustaches Kopf sackte weg.

„Laß ihn wieder runter", fuhr John von Gaunt den Knecht an. Der reagierte, da er an der Winde stand, sofort. Allein kam für den jungen Templer jede Hilfe zu spät. Nur noch schwach glimmte das Leben in dem gepeinigten Körper. Nun gesellte sich dazu die Schmach, der Folter nicht widerstanden und somit den heiligen Eid der Gefährten gebrochen zu haben. So starb Eustache von Dunbar in der düsteren Folterzelle. Keiner sollte je wieder etwas von ihm hören.

Der alte Herzog jedoch beachtete ihn zunächst gar nicht, sondern überlegte, welche neuen Gesichtspunkte sich aus den letzten Worten des Templers ergeben könnten. Sinclair - warum war er nicht gleich darauf gekommen. Der alte Morlay hat das Geheimnis der Karte nicht mehr als sicher angesehen, da gab er sie Sinclair. Wahrscheinlich hält der Earl der Orkneys sie in seiner gut ausgebauten Burg in Kirkinvaghe versteckt.

Der Folterknecht schaute etwas wehleidig auf sein Opfer, so als wolle er sagen. „Er ist tot, Mylord. Was soll mit ihm geschehen?" John von Gaunt wußte, warum er kein Wort zu ihm sagte. Weil er es nicht konnte. Zu einem willenlosen Werkzeug hatte ihn sein Herr schon vor langer Zeit gemacht. Jemand, der dazu bestimmt war, Geständnisse abzupressen, die nie ans Tageslicht kommen durften. Als er lächelte und dabei den Mund ein wenig öffnete, konnte man sehen, daß man diese arme Kreatur nur zu dem gemacht hatte, was sie jetzt war. Auf Befehl des Herzogs von Lancaster war ihm die Zunge abgeschnitten worden.

John von Gaunt verließ die düstere Zelle und stieg wieder nach oben zurück in die Welt, um die Fäden seiner finsteren Pläne weiterzuspinnen. Längst hatte er den Tod jenes jungen Mannes vergessen. Er war nur ein kleiner Baustein auf dem Weg zu seinem Ziel. Nun wußte er, welchen Auftrag er dem schwarzen George erteilen würde.

*

Im Jahre 1386 fiel Anfang November bereits der erste Schnee. Der nun schon fast siebzig Jahre alte David Morlay hatte Angst. Angst davor, daß es jemanden gab, der ihm den Papyrus abjagen wollte. Er war sich ganz sicher, daß der Überraschungsangriff in jener Nacht nur dem Zweck diente, ihn und die Karte zu finden. Wahrscheinlich war Eustache von Dunbar aus demselben Grund verschwunden. Seit über zwei Jahren herrschte nun wieder Krieg mit den Engländern und irgend jemand nutzte den Deckmantel dieses Krieges. Sicher, seit jenem verhängnisvollen Feldzug des Leoparden war der Kampf wieder auf die alltäglichen Grenzgefechte abgeflacht, aber deshalb nicht weniger ernst zu nehmen. So weit lag Balantrodoch von der Grenze nicht entfernt.

Längst hätte er Harry oder Errol Eisenhand die Karte geben sollen. In Kirkinvaghe wäre sie gut aufgehoben und sicher. Ob er wohl jemals noch den Traum einer großen Seereise über den Ozean wahr machen könnte? Er wußte es nicht. Wenn der Earl der Orkneys im Frühjahr nach Rosslyn kommen würde, sollte er den Papyrus bekommen.

Da geschah es, daß dem alten Templer, als er gerade einmal wieder in den Badezuber steigen wollte, der Schreck in die Glieder fuhr. Was war das dort an seinem linken Bein. Es schien nichts besonderes zu sein, diese kleine schwarze Stelle. Ja, es tat nicht einmal weh und trotzdem beunruhigte ihn diese Unreinheit seines Körpers. Er verfolgte es noch eine Weile, bis er sich sicher war.

Otterburn

Es war ein kleines Zimmer, die Wände sorgsam mit Holz vertäfelt und mit Stoffbahnen bespannt. Ein großer Kachelofen an einer Wand, geheizt über den angrenzenden Raum, sollte eine behagliche Gemütlichkeit erzeugen. Trotzdem war es nicht besonders warm in dem kleinen Zimmer. Draußen tobte einer der eisigen Winterstürme des Nordens übers flache Land. Auf einem Holzstuhl, der mit dicken Fellen bespannt war, saß eine in Nerzfelle gekleidete Frau. Sie hatte dunkelblondes, gewelltes Haar, zusammengehalten durch ein funkelndes Diadem. Unter dem Fellmantel lugten die Spitzen eines purpurnen Samtkleides hervor. Keine Frage, die etwa dreißigjährige Frau war von hohem Adel.

Margarethe, Königin von Norwegen und Dänemark, unterhielt sich mit einem ihrer Lehnsmänner. Sie hatte ein gutes Verhältnis zu dem Mann aus Kirkinvaghe. Schon vom ersten Tag an - sie war damals fast noch ein Kind - hatte sie Vertrauen zu diesem ehrlichen, stets loyalen, aber auch durchsetzungsfähigen Ritter aus Schottland. Als er vor nun schon über zwanzig Jahren das erste Mal in Kopenhagen war, verguckten sich etliche Damen des Hofes in den jungen Erben der Orkneys. Auch Margarethe. Die politischen Interessen hätten es jedoch niemals zugelassen, ihn bei späteren Treffen in

Kopenhagen oder Marstrand näher kennenzulernen. Längst war sie die Frau Haakons, des Norwegers, geworden und der stand dem Erben der Orkneyinseln stets mißtrauisch gegenüber. Ein späterer Versuch ihres Mannes, Sir Henry mit ihrer Schwester Florentia zu verkuppeln, scheiterte an deren frühem Tod. Gott sei Dank, so blieb dem Schotten damals dieses, dem Adel so oft vorherbestimmte Schicksal erspart. Nun war Haakon seit acht Jahren tot und der Earl der Orkneys hatte seine Königin nicht ein einziges mal enttäuscht.

„Ich lasse euch ungern gehen, Sinclair", sagte die hohe Herrin zu Sir Henry, der auf einer kleinen Bank neben ihrem Stuhl saß. „Ich weiß, Mylady. Aber es ist die Pflicht, die mich ruft", antwortete ihr der Earl. Margarethe fuhr mit den Fingern über die warmen Kacheln. Wohlig fuhr die Wärme in ihre Fingerspitzen. „Wenn sie nur alle so denken würden. Aber im Osten lauert ein großer Krieg auf uns. Dem widerspenstigen Mecklenburger wird es ganz und gar nicht schmecken, daß ich mich mit den Schweden verbündet habe." „Er wird auf sein königliches Recht pochen." „Da kann er toben, solange er will. Was wollt ihr eigentlich, Sinclair."

Die Königin wandte ihren Blick direkt auf das Gesicht des Schotten und verdrehte die Augen. „Es waren die Schweden, die sich an mich wandten. Bo Johnson hätte es niemals geduldet, daß der Deutsche seine Macht beschneidet und nun sträuben sich seine Erben gegen Albrechts Gier." „Ist Albrecht so eine Plage für das Land?" „Ihr spielt auf seine zweifache Verpflichtung an, Sinclair. Bedenkt, daß der Mecklenburger in Schweden verhaßt ist, während ihr auf den Orkneys geliebt werdet. Glaubt nicht, daß Albrecht die einfachen Fischer aufsucht, so wie ihr. Er ist ein Tyrann, ihr ein Missionar." „Ihr beschämt mich, Mylady." „Was soll diese Bescheidenheit, Sinclair. Ihr seid ein Nachfahre uralten Wikingeradels und außerdem führt ihr die Klinge recht gut. Einen prächtigen Feldherrn würdet ihr abgeben, Sinclair. Ihr wißt, daß ihr dem Heerbann der Norweger Gehorsam schuldet."

„Meine Königin, jederzeit könnt ihr über mich verfügen. Allerdings bezweifle ich, daß ich ein guter Stratege auf dem Schlachtfeld bin. Die Klinge zu führen ist das eine, aber mir mangelt es an Erfahrung im Krieg." „Keine Sorge, Sinclair. Es gibt genügend wackere Kriegsmannen in Schweden, die darauf brennen, dem Mecklenburger das Fürchten zu lehren. Und außerdem: Wer soll denn meine Stütze im westlichen Meer sein, wenn nicht ihr. Nein, Sinclair, ihr müßt zurück."

Harry wollte sich erheben, um sich von der Königin zu verabschieden. Da fiel ihm noch etwas ein, was er Margarethe zu fragen gedachte. Sie bemerkte die Gedankengänge des Schotten recht schnell.

„Was habt ihr noch auf dem Herzen, Sinclair. Sprecht." „Wenn es mir gestattet ist, Mylady, möchte ich euch fragen, welche Verbindungen ihr zu den Grönländern oder noch weiteren westlichen Kolonien habt?"

Margarethe hob warnend die Hand vors Gesicht. „Hütet euch Sinclair, hütet euch vor den Fahrwassern des Teufels. Alles was ich von den Grönländern weiß ist, daß es

verkrüppelte, verwachsene Gestalten sind. Ein Schatten der stolzen Wikinger, die sie einstmals gewesen. Drei Jahre ist es nun her, daß ich in Drontheim fünf Männer empfing, die der weißen Hölle am Ende der Welt entkommen sind. Ich werde diesen jammervollen Anblick so schnell nicht vergessen können. Laßt mich eines sagen, Sinclair. Ich weiß, daß ihr ein wagemutiger Seefahrer seid und es euch gelüstet, den Entdecker zu spielen. Das war Paul Knudson vor über fünfundzwanzig Jahren auch. Eine Hand voll Männer waren es, die mit ihm zurückkehrten. Eine Handvoll; zerzaust, zerlumpt und ihre Zähne ein Opfer des Skorbuts. Und seine Greuelmärchen, die er über die Grönländer erzählte, waren noch harmlos gegenüber jenen apokalyptischen Hirngespinsten, die ich vor fünf Jahren zu hören bekam."
Harry blieb nach außen gelassen, obwohl es ihn ärgerte, daß die Königin so redete. Wie konnte Margarethe nur so uninteressiert an der Entdeckung der neuen Welt sein.
„Bedenkt, was es bedeuten würde, wenn wir das sagenhafte Waldland am anderen Ende des Ozeans finden." „Das sagenhafte Waldland, Sinclair?! Ich hätte euch niemals für einen solchen Träumer gehalten. Leif Erikson hat dieses Land gefunden, Paul Knudson hat es gefunden. Und was ist aus ihren Träumen geworden? Sie haben die Kämpfe gegen die wilden Waldmenschen verloren, gegen die Skrälinger. Unsere Männer haben den Kampf verloren. Den Namen Grönland braucht ihr in meinem Beisein gar nicht mehr zu erwähnen. Ich erwäge nämlich, die restlichen Siedlungen dort aufzulösen, soweit dies noch möglich ist. Oder schaut nach Island, dem stolzen Thule. Aufsässig und widerspenstig sind sie, die Menschen auf der fernen Insel."
„Der Mensch muß Träume haben. Die Träume nach fernen Küsten haben die Wikinger groß gemacht, Mylady, nicht die Kämpfe im Ostseeraum."
„Große Worte, Sinclair. Große Worte. Ich hätte euch für klüger gehalten. Für mich spielt hier die Politik. Ich habe den Schweden gegenüber Verpflichtungen, an die muß ich mich halten. Albrecht läßt Kirchen und Klöster plündern, um seine Feldzüge gegen mich zu finanzieren. Er stellt Heere auf, die selbst Dänemark gefährlich werden könnten und ihr träumt von der neuen Welt. Sinclair, seid euch im Klaren, daß ich euch erst auf solche Reisen schicke, wenn ihr in eurem eigenen Haus ausgekehrt habt." „Ihr spielt auf die Shetlands an, Mylady."
„Es freut mich, daß ihr selbst darauf gekommen seid." „Verzeiht, meine Königin, aber solange dieses Haus an anderen Ecken brennt, kann ich mich nicht um die Shetlands kümmern."
„Ihr meint den Krieg mit England. Soviel ich weiß, sind die edlen Stuarts nicht so ganz unschuldig am Ausbruch dieses Brandherdes."
„Ihr wißt, daß ich ein Gegner dieses Krieges war. Von Anfang an. Von uns Schotten kann dabei keiner gewinnen. Sicherlich gibt es immer wieder einige, die denken, daß Cumberland und Northumberland zurückgewonnen werden können. Doch wenn die Engländer den Tweed überschreiten und unser Land verheeren, dann ist es meine Pflicht wie die eines jeden guten Schotten, sie wieder hinauszujagen."

„Es gefällt mir ganz und gar nicht, Sinclair, daß dieser unglückselige Krieg eure Aufmerksamkeit von meinem Lehen fernhält." Margarethe kniff die Lippen zusammen. „Vielleicht sollte ich mit John von Gaunt sprechen. Ich halte ihn für klug genug, um einzulenken. Was ich allerdings bei euren uneinsichtigen Landsleuten fast für unmöglich halte."

„Aber, Mylady, habt ihr die vielen Schmähungen vergessen, die unsere Land von den Plantagenets erlitten hat." „Hört auf, Sinclair." Die Königin winkte ab. „Ihr Schotten seid genauso dickköpfig wie die Schweden. Die glauben fast, daß ich sie aus guter christlicher Nächstenliebe vor dem Mecklenburger schütze. Dabei führten unsere Großväter noch Krieg gegeneinander. Aber ein Großteil scheint nun begriffen zu haben, daß nur eine geeinigte nordische Union den Deutschen die Stirn bieten kann."

„Eure Völker haben eine andere Geschichte. Die britische Insel war schon immer gespalten." „Ihr müßt es ja wissen, Sinclair. Aber laßt euch gesagt sein. Bevor ihr mir nicht die Steuerabgaben der Shetlands gebracht habt, untersage ich euch eure kühnen Hirngespinste. Beschränkt das Talent eurer Seefahrerkunst auf die Inseln am Ende der Westsee."

„Seid versichert, daß ich die Shetlandinseln mit den Orkneys einigen werde. Doch dann müßt ihr mich freigeben, Mylady. Seit meiner Kindheit verfolge ich diesen Traum, dem Lauf der Sonne nach Westen zu folgen. Und ich glaube - wenn ich mir die Bemerkung erlauben darf - daß ihr unrecht habt. Nicht, daß dort ein Paradies auf uns wartet, nein. Aber eine Welt voll Neuem. Viele unserer Bauern, denen die Scholle zu klein wird ,könnten in diese neue Welt auswandern."

„Und so enden wie die Grönländer? Beweist es, Sinclair. Aber erst, wenn es an der Zeit ist."

*

Sir Henry war nicht ohne Grund im Januar des Jahres 1388 über die eisige germanische See - oder Westsee, wie sie die Dänen nannten - nach Kopenhagen gekommen. Königin Margarethe hatte die Mächtigen ihres Reiches nach Dänemark beordert, um sich zur unumschränkten Regentin auf Lebenszeit bestätigen zu lassen. Seit ihr kleiner Sohn Olaf im letzten Jahr gestorben war, gab es keinen Erben mehr für das Königreich Norwegen. Da adoptierte Margarethe einfach ihren fünfjährigen Großneffen Bogislaw aus Pommern. Und da Bogislaw als Name für einen nordischen König wohl schwerlich in Frage kam, änderte sie diesen kurzerhand in Erik. Am zweiten Februar unterzeichneten Vinold, der Erzbischof von Drontheim, James, der Bischof von Bergen, Augustin, der Bischof von Oslo, Olaf der Bischof von Stavanger und Sir Henry, der Earl der Orkneys, die Krönungsurkunde für den neuen König Norwegens.
Die Probleme, die Margarethe im Westen ihres nordischen Großreiches hatte, waren gering im Vergleich zu denen im Ostseeraum. Für den von ihr hochgeschätzten Earl

von den Inseln am Ausgang der Westsee erlaubte sie sich deshalb, nur wenig Zeit zu opfern.

Der schwedische Adel befand sich in ihrem Schloß und zähe Verhandlungen erforderten ihr ganzes Geschick. Der vor zwei Jahren gestorbene Reichsdrost Bo Johnson hatte ein schwieriges Erbe hinterlassen. Anstatt seine Ländereien seinen Nachkommen oder dem Mecklenburger zu überlassen, teilten sich nun die zehn größten Familien den Besitz Johnsons. Um diesen zu sichern, wandten sie sich schutzsuchend an die Königin von Dänemark und Norwegen. Angesichts dieser Tatsache ist es nur zu verständlich, daß Margarethe gelassen über widerspenstige Inselvölker jenseits der Westsee hinwegsah. Schweden, das an Wäldern reiche Schweden lockte sie. Ohne Schweden war die nordische Union unvollständig und darum sagte sie den hilfesuchenden Rittern jedwede Unterstützung zu.

Zähneknirschend hob Albrecht, König von Mecklenburg und Schweden, ein Heer aus, um die abtrünnigen Ritter in die Knie zu zwingen. Margarethe handelte unverzüglich. Im März 1388 unterzeichnete sie einen Beistandspakt für den schwedischen Klerus und Adel. Birger Ulfson, der Sohn der heiligen Brigitta, der die Verhandlungen auf schwedischer Seite führte, sicherte der Dänin die Krone seines Landes zu. Swarte Skaaning erhielt den Oberbefehl über die Unionstruppen mit der Aufgabe, zunächst das Schloß des Mecklenburgers in Schweden erobern.

Zu diesem Zeitpunkt befanden sich die Koggen und Barken des Earl der Orkneys längst wieder auf der stürmischen, von eiskalten Nordwinden gepeitschten Westsee. Eines wußte Sir Henry nun seit seinem letzten Gespräch mit seiner Lehnsherrin. Von ihr konnte er keinerlei Unterstützung für eine Expedition nach Drogeo erwarten. Wenigstens hatte sie bei seiner Abreise zugesichert, sich als Vermittler im Krieg zwischen England und Schottland einzuschalten.

*

So um die Zeit, wo die Tage wieder länger wurden und Tausende von Seevögeln auf den Klippen der Orkneys mit der Brut begannen, traf in Kirkinvaghe eine verhängnisvolle Nachricht ein. Sir Henrys Schwester Margarethe - Isabella Sinclair war inzwischen gestorben - teilte ihm mit, daß zu beiden Seiten des Tweed wieder größere Heere zum Kampf rüsten würden. Harry ahnte nichts Gutes, als er den Brief las. Nichts wäre schlimmer als die Zerstörung weiter Gebiete südlich des Firth of Forth wie vor drei Jahren. Und ob das Tal der nördlichen Esk diesmal so ungeschoren wie beim letzten Mal davonkommen würde, wagte er zu bezweifeln.

Jedenfalls mußte er nach Musselburgh fahren, um in Mittellothian einen Heerbann aufzustellen. Wie er dem Brief entnehmen konnte, schien der aufgeflammte Streit diesmal aus einer persönlichen Fehde zwischen dem roten Douglas und dem Earl von Northumberland herzurühren. Margarethe ließ ihn jedenfalls wissen, daß Sir James Douglas sie gebeten hätte, ihren Bruder zur Unterstützung zu bewegen. Harry wußte, daß die Schotten jeden Mann benötigten, um gegen den verhaßten Henry Percy, den Sohn des mächtigen Earl von Northumberland, im Kampf zu bestehen. Trotzdem beschlich ihn ein ungutes Gefühl bei dieser Bitte. Er wußte nicht warum, aber es war so. Schließlich bestanden seine Aufgaben nicht darin, die Lords des Grenzlandes in ihren Fehden zu unterstützen.

Es wurde wirklich Zeit, daß man mit den Engländern einen Frieden aushandelte. In diesem Fall schien es nun allerdings zu spät dafür. Harry kannte die unversöhnlichen

Dickschädel auf beiden Seiten. James Douglas war ein abgemildertes Abbild seines 1384 verstorbenen Vaters Sir William. Er neigte nicht so leicht zum Jähzorn und war nicht so gewalttätig wie dieser. Nach dem Tod des Vaters war der Clan in die roten und in die schwarzen Douglas zerfallen. James, der rote Douglas, erbte das Tantallon Castle am Meer und galt als der mächtigste Feudalherr des Grenzlandes.

Mitte Juni nahm der Earl der Orkneys mit insgesamt drei Schiffen und zweihundert Soldaten Kurs auf den Firth of Forth. Zwei Wochen brauchte er in Rosslyn, um eine wehrfähige Truppe von tausenddreihundert Männern aufzustellen.

Inmitten der Vorbereitung auf den Kampf mit den Engländern trafen sich auf einer der Flußwiesen, dort wo die nördliche und südliche Esk ineinander fließen, vier Jugendfreunde, um sich ein letztes Mal vor dem bevorstehenden Feldzug zu sprechen. John und Duncan waren bereits am vereinbarten Treffpunkt eingetroffen. Die beiden Freibauern saßen im hohen Gras im Schatten eines mächtigen Eichbaumes. Gestandene Männer waren sie geworden, filzige, schon von etlichen grauen Haaren durchzogene Bärte bedeckten ihr Kinn. Festgebunden an einem starken Ast standen ihre kleinen Ponys. Zwei prächtige mausgraue Stuten mit einem schwarzen Strich auf dem Rücken. Der Platz war gut gewählt. Hinter Weiden- und Erlengestrüpp führte eine kleine Furt durch den rauschenden Fluß. Dahinter lag der Weg von Rosslyn nach Musselburgh am Rande des Waldes. Man konnte das Versteck vom anderen Ufer nicht einsehen. John und Duncan warteten darauf, daß der Earl der Orkneys und William MacLarren auftauchten.

Es war ein herrlicher Sommertag. Der große John, dessen Beine sich noch im Schein der Sonne befanden, döste leicht. Die Blüten auf den Uferwiesen erfüllten die Luft mit ihrem schweren Duft. Gleichmäßig drang das Geräusch des dahinfließenden Wassers zu ihnen herüber. Nur ab und zu wurde es durch das Summen eines Insektes oder das Zwitschern eines Waldvogels unterbrochen.

Plötzlich fuhren die beiden Männer hoch, die Hände griffen nach ihren Bogen. Vom Fluß her war Pferdegewieher zu vernehmen. Duncan richtete sich auf. „Sieh nur, da kommen Harry und Will", sagte er. John erkannte die beiden und schmunzelte „Ich glaube, sie hätten keine Stunde länger brauchen dürfen. Wenn die Sonne vollends hinter den dichten Laub der Eiche verschwunden wäre, hätte ich unser Bierfaß angestochen." Schon waren die beiden Reiter heran. Fremde hätten schwerlich den gut versteckten Platz unter der Eiche gefunden. Harry warf John einen Packsack aus Hirschleder vor die Füße, während er sich aus dem Sattel seines Rosses gleiten ließ. „Es sind ein gutes Stück Schinkenspeck und zwei Brotlaibe darinnen. Ich dachte mir, daß du es aufteilst, ehe du einschläfst." „Gönnt mir mein alter Freund die Ruhe im Schatten einer grünen Eiche nicht?!"

„Ihr beide hattet Zeit genug zum Ruhen, John." „Wann kommt sonst unsereiner dazu. Wir sind Bauern wie unsere Väter und Vorväter. Da heißt es von früh bis abend schaffen. Und folgen wir dem Heerbann, bleibt zu Haus die Arbeit liegen. Vergiß das nicht, Harry."

Der Herr des Tales setzte sich ins Gras und wischte sich den Schweiß aus der Stirn. Die Armbrust , die er in der linken Hand trug, legte er neben sich. „Ich weiß. Ihr seid ärgerlich, weil Douglas uns diese Geschichte eingebrockt hat. Aber glaubt mir, ich bin es auch."

Will trat heran. Er hatte die beiden Pferde an einer etwas abseits stehenden Esche festgemacht. „Kann dein Sohn nicht schon allein auf deine Rinder aufpassen, John", sagte er zu dem sitzenden Hünen.

„Für zwei, drei Wochen schon", entgegnete Leeword und alle wußten wohl, was er damit meinte. „Die Kräfte sind diesmal anders verteilt als vor drei Jahren", beschwichtigte Harry. „Der Plantagenet ist viel zu sehr mit seinen eigenen Problemen beschäftigt als Northumberland zur Seite zu stehen."

„Kann Douglas die Fehde denn nicht ohne uns gegen seinen Todfeind ausfechten," murrte Duncan.

Will, der gerade seine Lederschuhe aufschnürte, pflichtete dem Freibauern bei. „Es wäre nur allzu verständlich. In Lothian waren Sir William und seine Söhne noch nie beliebt."

Harry schüttelte den Kopf. „Nun, wo wir die Chance hätten, durch einen schnellen Sieg über Northumberland den Krieg zu beenden, führt ihr solche Reden. Erst gestern erreichte mich ein Bote aus Perth, daß auch der Earl of Fife eine Armee gegen die Engländer führen will."

„Die Stuarts", riefen da Will und Duncan erstaunt aus einem Munde. „Jawohl, der schottische Löwe", bestätigte ihnen Harry.

„Laßt uns erst mal etwas essen, ehe wir dem schottischen Löwen folgen." John Leeword hielt den Freunden Brotkanten und Speck hin. Dann ergriff er einen Holzkeil und schlug ihn mit dem breiten Rücken seiner Axt in das Bierfaß. Krachend splitterte das Holz. Der Hüne lächelte über den gelungenen Schlag. „Reicht schnell eure Trinkhörner herüber, daß nicht soviel von dem köstlichen Gebräu verloren geht."

Etwas überstürzt drängten sich die Freunde um das Bierfaß, während John ihre Hörner füllte. „Weißt du, Harry, daß mir wesentlich wohler bei dem Gedanken ist, daß der Stuart uns zu Hilfe kommt." Er lehnte sich bequem zurück und stützte sich dabei auf seine Unterarme. Harry , der auch wieder Platz genommen hatte, schmunzelte. „Versteht ihr mich nun. Während wir die Möglichkeit haben, die nordenglischen Earls in einer Schlacht vernichtend zu schlagen, versucht meine Lehnsherrin Margarethe mit den Plantagenets einen Frieden herbeizuführen. Die norwegische Königin hat mir - nicht ohne Eigennutz - angeboten, bei Friedensgesprächen zu vermitteln. Lange schon drängt sie mich, die Shetlands zu besetzen. Doch fehlt es mir an ausreichend Schiffen und Soldaten. Es kann für uns nur von Vorteil sein, daß Norwegen und England gemeinsame Interessen verbinden. Immerhin unterstützen beide den römischen Papst.

Wenn wir gegen Northumberland und seinen Sohn gewinnen, kann das für unsere Position in späteren Verhandlungen nur günstig sein."

„Du bist ein Teufelskerl, Harry" bemerkte der große John. „Weißt du, manchmal machst du mir regelrecht Angst. Du scheinst in Norwegen ein halber König zu sein und wir nur einfache Bauern. Ich würde mich nicht wundern, wenn du eines Tages die ganze feine Sippschaft auf ein Bier in meine bescheidene Hütte schleppst." Und darauf trank der Freibauer mit einem Zug sein Horn aus. Wenn einer von ihnen viel vertragen konnte, dann war es John.

Harry erwiderte nichts. Schließlich wußten alle hier, daß der Earl der Orkneys kaum einen Unterschied nach Herkunft und Stand machte. Seine besten Freunde besaß er nach wie vor im einfachen Volk. Das war früher so gewesen, als er mit ihnen auf der Golden Ross an Schottlands Küsten entlang segelte oder mit dem alten Niall Boote baute. Und es war auch jetzt noch so bei seinen Kreuzfahrten durch die Sunds der Orkneyinseln, wo er regelmäßig die armen Fischer und Bauern aufsuchte. Dort herrschte keine Arroganz und Verlogenheit, die ihm zuwider war.

Die Männer kauten genüßlich Brot und Speck. Dazu schlürfte man das dünne Bier, das John Leeword mitgebracht hatte. Hier unten im Tal unter dem Schatten der Eiche, die das Licht der Sonne nur spärlich durch die dichtbelaubten Zweige ließ, spürte man die Hitze des Tages kaum.

„Hast du immer noch vor, ans Ende der Welt zu segeln", fragte Duncan vorsichtig. Harry, der gerade ein Stück Brot abgebrochen hatte, hielt inne. Mit großen Augen sah er den Freibauern an. „Hast du je daran gezweifelt, Duncan. Ich habe dir einst vor langer Zeit meine Gründe genannt, die es nicht zuließen und wohl immer noch nicht zulassen, daß ich meinen Traum verwirklichen kann. Doch steh ich ihm schon viel näher als damals."

Doch Duncan blieb skeptisch. „Hast du keine Angst, daß dieses Streben nur Unheil bringt? Sicherlich wird Gott dich nicht ein zweites Mal warnen."

„Du bist kein Träumer, Duncan", unterbrach ihn Will kopfschüttelnd. „Über deinen Hof wirst du nie hinauskommen, abgesehen davon, daß wir die Engländer vielleicht bis nach York jagen. Oft wenn ich Harry in den letzten Jahren getroffen habe, sprachen wir auch über jenes wundersame Land am anderen Ende des Meeres, über Drogeo." „Deine Worte sind ketzerisch, William MacLarren und doch bin ich es, der von uns beiden den Wagemut gegenüber neuen Welten verloren zu haben scheint." Er wandte sich dem Herrn des Tales zu. „Verzeih, Harry, ich habe dir einst mein Wort gegeben, dich auf dieser Reise zu begleiten, solltest du mich noch benötigen. Eher haue ich mir die Hand ab, als nicht mehr dazu zu stehen."

Der große John lächelte. Sein Blick glitt hinüber zu seinem Pony, das friedlich das Gras vor der Eiche weidete. „Ich habe nicht einen Tag daran gezweifelt, daß wir eines Tages noch auf große Fahrt gehen werden. Wir sind noch lange keine Greise. Du redest viel, wenn der Tag lang ist, Duncan und nicht immer ist's klug, was du schwätzt." Es war angenehm warm an der Wange. Er hob den Kopf und blinzelte in die Sonne, die ein Loch zwischen den Zweigen der Eiche gefunden hatte.

„Sollten Duncan und ich diesen Feldzug überleben, folgen wir dir überall hin, Henry Sinclair. Und sei es bis ans Ende der Welt."

*

Verdammt, bei diesem Krach konnte doch keiner schlafen. Ununterbrochen wurde das Erdreich von heftigen Stößen erschüttert. Der kleine schwarze Maulwurf ärgerte sich, weil es anscheinend jemand wagte, ihn in seiner Ruhe zu stören. Er hatte sich einen schlechten Platz ausgesucht, so nah am Wegesrand. Doch wie sollte der schwarzpelzige, unter der Erde lebende Geselle wissen, daß es Schottlands Söhne waren, die in den Kampf zogen.

Ein langer Zug war es, der den Weg aus den Moorfußbergen hinab kam. Es gab etliche unter den Männern, die auf Ponys ritten oder sie als Packtiere mitführten. Der größte Teil jedoch war zu Fuß. Die Farben und Karomuster auf ihren Wollwämsen und Kilts verrieten, daß sie aus Mittellothian stammten. Ihre Füße kleideten geschnürte Lederschuhe oder einfacher Bast. Als Waffen führten sie Äxte und Keulen mit. Mancher hatte auch einen Langbogen über seine Schulter geworfen, der sich dort friedlich den Platz mit einem Packsack und dem Schild aus Eichenholz teilte. Der Schild würde ihr einziger Schutz in der Schlacht sein, denn nur wenige besaßen ein Lederkoller, nicht einer ein Kettenhemd.

Anders sah es da schon bei den Rittern aus, die auf stolzen, gesattelten Rössern dahintrabten. Sie befanden sich an der Spitze des Zuges. Der Anführer saß auf einem falbenfarbenen Hengst. Man erkannte ihn an dem Wappen, das er auf seinem Umhang trug. Sir Henry Sinclair, der Herr der Orkneys und Mittellothians. Der Umhang verbarg nur einen leichten Brustpanzer und ein Kettenhemd. In seinem Gefolge befanden sich Sir Richard Halyburton, ein Neffe Janets, Sir Edmund Ruthven, Sir Archibald Ramsay und etliche weitere Adlige Lothians, aber auch Gwendolf Hellebrogge, Sveighir Wackerbart, Arne Gaethelred und andere Wikinger von den Inseln des großen Orc.

Direkt neben ihm ritt sein alter Freund und Weggefährte William MacLarren auf einem braunen Wallach und unterhielt sich mit ihm. John und Duncan waren irgendwo weiter hinten. Sie gingen zu Fuß, denn Johns Pony konnte nicht, wenn es auch noch so kräftig war, den gewaltigen Hünen über längere Strecken tragen. Will und John, darauf konnte sich Harry verlassen, würden in der Schlachtenreihe keinen Zollbreit von seiner Seite weichen.

Vor der Schar breitete sich das weite Tal des Tweed aus; die Grenzlandregion. In der Ferne erhoben sich die Türme von Dryburghabbey. Wie in Melrose und Kelso und Jedburgh hatten die Engländer auch dieses Kloster geplündert und teilweise zerstört. So mancher Fluch gegen die Engländer fiel unter den Männern, so manche Faust ballte sich gegen Süden.

In zwei Tagen erreichten Sir Henry und seine Männer das Heer des Douglas, das in den Bergen nahe Jedburgh lagerte. Sir James, der ungefähr im selben Alter wie der Earl der Orkneys war, empfing seinen Bundesgenossen über alle Maßen freundlich. Er wußte, welche Meinungsverschiedenheiten einen tiefen Graben zwischen den Douglas und den Sinclairs zogen, doch er war klug genug, keinen Streit aufkommen zu lassen.

Zuerst erkundigte sich Sir Henry nach Robert Stuart, führte dieser schließlich die größere Armee der Schotten ins Feld. Der Earl of Fife galt wohl als der glänzendste Feldherr nördlich des Tweed. Leider war es dem späteren Herzog von Albany als Zweitgeborener verwehrt, König von Schottland zu werden.

Der rote Douglas erwiderte ihm, daß die Truppen des Stuarts sich drei Tagesmärsche westlich von Jedburgh befänden. Es könnte also durchaus vorher zu einer Begegnung mit dem Sohn Northumberlands kommen.

Harry, der wußte, daß James Douglas als einer der unversöhnlichsten Gegner gegenüber dem englischen Adel und insbesondere den Northumberlands galt, ahnte nichts Gutes. Ihm standen zwar die besten und tapfersten Ritter des Grenzlands und Lothians zur Seite, aber würde dies ausreichen gegen die Streitmacht des nordenglischen Adels? James Douglas und Henry Percy, den man auch Hotspur rief, führten ihren erbitterten Streit nun schon über etliche Jahre hinweg. Ihre persönliche Feindschaft ging weit über das Maß der üblichen Grenzplänkeleien hinaus. Noch am nächsten Tag befahl der Herr des Tantallon Castles den Aufbruch.

Henry Percy, der Heißsporn, befand sich in einer verteufelten Lage. Informanten hatten ihm schon vor einigen Wochen zugetragen, daß der Earl of Fife Douglas zu Hilfe eilte. Er mußte Douglas schlagen, bevor sich die zwei schottischen Heere vereinigen würden.

Dabei vertraute der Engländer auf seine übermächtige Streitmacht. In schnellen Eilmärschen verließ er Newcastle in Richtung Norden. Bald erreichte seine Armee die ersten Ausläufer der Grenzlandberge. Wälder und Moore lösten die Felder und Schafweiden der Ebene ab. Hier in der Nähe des Dorfes Otterburn am Fluß Twyne ließ Hotspur ein Lager aufschlagen. Am nächsten Tag wollte er in aller Frühe Reiter aussenden, die in Erfahrung bringen sollten, wo sich seine Gegner befänden.

Wie sollte er wissen, daß sich sein Todfeind ganz in der Nähe aufhielt. Als in der Frühe des nächsten Tages die Morgennebel stiegen und sich die von Hotspur bestimmten Männer auf den Weg machten, waren die schottischen Späher längst mit einer wichtigen Nachricht auf dem Rückweg zu Douglas' Lager.

Dieser ahnte bereits, daß das Heer Percys sich auf dem Weg zur Grenze befand und entgegen aller Warnungen hatte er die Berge überschritten und zog im Tal des Twyne nach Süden. Späher, die auf kleinen Ponys einsame Wildpfade nutzten, schickte er seinem Heer voraus. Douglas' Rechnung schien aufzugehen.

Seine Späher erreichten zwar nicht das Lager der Engländer, doch begegneten sie im Wald Sendboten des Earl of Fife, die zufällig - da sie den vorschnellen Douglas in Otterburn vermuteten - das Lager der Engländer am Twyne entdeckten.

Zum Mittagsmahl des 6. August 1388 überbrachte man Douglas die Kunde von seinem Feind, der arglos ganz in der Nähe ein Zeltlager errichtet hätte. Der Clanführer, der wußte, daß es jetzt zu spät war, auf den Earl of Fife zu warten, entschied, sofort zu handeln und seinen Vorteil zu nutzen.

Seine Armee verließ den Hauptweg im Tal des Twyne und verschwand rechter Hand in den Wäldern. Einige zurückbleibende Krieger lauerten den englischen Kundschaftern auf und machten wenig Federlesens mit ihnen.

Auf vorher ausgekundeten Pfaden bewegten sich die Schotten lautlos durch die Wälder und das Unterholz, um den Feind zu überraschen. Es gab viele unter den Männer, die durch die jahrelangen Grenzgefechte diese Schleichwege bestens kannten. Ziel des Earl of Douglas war es, die Engländer vom Westen her angreifen zu können, denn dann hätte der Feind die Sonne gegen sich.

Hotspur ging in die Falle und bevor seine ausgesandten Kundschafter zurückkehrten, betraten auf einmal die Schotten, aus dem Wald kommend, die Lichtung vor dem englischen Lager. Dort machte man lange Gesichter; das Heer befand sich in keinerlei Kampfformation, ja, Northumberland war kalt erwischt worden. Die Zelte waren aufgeschlagen, seine Soldaten, die sich dem Bier und Würfelspiel hingegeben hatten, stürzten eiligst zu ihren Waffen.

Da standen sie auf einmal drüben unter den Bäumen. In dem gleißenden Licht konnte man nicht erkennen, wie viele es waren. Der Waldrand erschien als eine einheitliche dunkle, bedrohliche Fläche gegenüber dem hellen Himmel. Wie es James Douglas vorausgesehen hatte, blendete die Engländer die tiefstehende Sonne des Abends.

Ehe sie überhaupt begriffen, was geschehen war, brachen die schottischen Reiter über sie herein. Ein barbarisches Gemetzel hob an und die Eschenlanzen der ersten Reihen hielten reiche Ernte. Ihnen folgten Ritter mit Schwertern, Äxten und Streitkolben gleichfalls zu Pferde.

Von den seitlichen Waldrändern stürmte nach dem ersten Aufprall das schottische Fußvolk herbei. Die Engländer schickten inzwischen den ersten Regen von Pfeilen über den Gegner. Allerdings zielten sie, behindert durch die Sonne, schlecht und trafen nur wenige. Douglas' Armbrust- und Bogenschützen antworteten mit bei weitem größeren Erfolg.

Als größter Nachteil erwies sich für den Heißsporn, daß er seine gepanzerten Ritter nicht entfalten konnte. Auf dem Schlachtfeld wurden seine Fußtruppen hingemetzelt und seine Reiter gelangten nur mühsam an den Feind heran. Doch noch gab er die Schlacht nicht verloren. Persönlich trieb er mit einer großen Anzahl seiner Ritter einen Keil in die vorderste Linie. Er wollte zu Douglas. Aber im Getümmel verlor er ihn immer wieder aus den Augen. Außerdem durfte er den Blick für seine Armee nicht verlieren. Würden jetzt die Truppen des Earl of Fife erscheinen, hätte er die Schlacht verloren.

Der Heißsporn spürte jedoch, daß sie auch ohne ein weiteres Kontingent der Schotten für ihn verloren war. Und dies machte den Sohn des Earl von Northumberland nur noch wütender. Da, plötzlich, nur wenige Yards entfernt, tauchte der rote Teufel auf. Hotspur stieß einen Angreifer, der mit der Keule nach seinem Pferd zielte, nieder und drängte zu Douglas.

Da ertönte vom Rande des Schlachtfeldes eine Melodie aus mehreren Dudelsäcken, dazwischen der laute Ruf eines Olifanten, wie ihn die Normannen früherer Tage verwendeten. Der Engländer drehte sich um, sein Blick fiel auf die Hügelkuppen. Oh Gott, das war ja fast hinter seinen eigenen Reihen. Da kamen sie gerannt, die wilden schottischen Krieger mit ihren karierten Kilts, große Äxte und Keulen schwingend. Eine Salve von Pfeilen und Armbrustbolzen überstrich die Reste seiner Nachhut. Die gefürchteten englischen Bogenschützen konnten so nicht zum Zuge kommen, wollten sie nicht die eigenen Leute töten. Jetzt fielen sie reihenweise.

Dies alles sah Henry Percy und nahm es mit Ohnmacht zur Kenntnis. Natürlich nahm er an, daß der Earl of Fife in die Schlacht eingegriffen hätte. Viele der Engländer versuchten zu fliehen. Doch nur wenigen gelang dies, denn die über die Kuppen flutenden Schotten schnitten ihnen den Weg ab.

Hotspur biß die Zähne zusammen und fluchte. „Der Stuart, verdammt. Das wirst du mir büßen, Douglas." Wie hatte er sich nur so überrumpeln lassen können? Er wußte, daß nun die Schlacht verloren war, doch er wollte wenigsten seinen ärgsten Widersacher töten.

Was Hotspur allerdings nicht wußte war, daß der Earl of Fife sich zwei Tagemärsche entfernt von Otterburn aufhielt. Auch war es kein Heer von mehreren tausend Männern, das dort über die Hügel kam. Aber die Schar Sir Henry Sinclairs reichte aus, um die Engländer völlig den Kopf verlieren zu lassen. Was war geschehen?

Sir Henry und der rote Douglas hatten vorher ausgemacht, daß der Earl der Orkneys sich am Anfang der Schlacht mit seinen Männern zurückhalten sollte, um dann in einem günstigen Augenblick auf der rechten Flanke vorzustoßen. Harry entschied sich, wie seine ganze Schar, zu Fuß zu kämpfen. Die, die Pferde mitführten, machten sie in einem Buchenhain hinter einer Hügelkuppe fest. Der Earl bestimmte die jüngsten der Männer, bei den Tieren zu bleiben.

Von der Kuppe aus verfolgten sie die entsetzliche Wirkung von Douglas Reiterei und den Sturm des nachfolgenden Heeres. Als Harry Hotspur in der Nähe seines Feldherrn erblickte und darauf nichts Gutes ahnte, gab er das Signal. Begleitet von den Tönen der Dudelsäcke Lothians und den Olifanten der Orkneys stürmten seine Männer auf das Schlachtfeld.

Der Earl der Orkneys verzichtete auf den als Fußkämpfer nur hinderlichen Brustpanzer und vertraute auf den Schutz seines Kettenhemdes. Hals und Nacken wurden von der Brünne bedeckt, die sich nahtlos an einen leichten Helm anschloß. Die Engländer sahen mit Entsetzen, wie sie von ihren Gegnern in die Zange genommen wurden. Gleich einer Feuerwalze brachen die Männer aus Lothian und von den Inseln über sie herein. Allen voran Sir Henry, der wie ein Berserker eine Bresche in die Reihen der Feinde schlug.

Will bewegte sich ihm zur Rechten und der gewaltige John schützte ihn zur Linken. Nur wenige Längen neben ihnen hieben sich Gwendolf Hellebrogge und Sir Archibald Ramsay mit ihren großen Doppeläxten den Weg frei.

Ohne auf kleinere Wunden zu achten, schlugen die Gegner mit ihren Schwertern, Hellebarden, Streitäxten und Keulen aufeinander ein; ein einziges Gehaue und Gesteche; Mann gegen Mann. Die einem kämpften mit dem Mut der Verzweiflung, die anderen mit Blick auf einen greifbaren Sieg. Doch so sehr die Engländer sich zur Wehr setzten, nach dem Eingreifen von Sinclairs Männern waren die Würfel gefallen.

Northumberland mußte mit ansehen, wie seine Soldaten, die sich vor ihm fest in Douglas Heer verkeilt hatten, nun auch noch auf der linken Seite von den Schotten attackiert wurden. Nun war jeder sich selbst der Nächste. Henry Percy preßte die Schenkel in die Flanken seines Schlachtrosses. Die Schlacht war für die Engländer endgültig verloren; die Katastrophe besiegelt.

In dem allgemeinen Getümmel bemerkte es Harry gar nicht, daß die englischen Ritter dem Gemetzel entflohen und somit das eigene Fußvolk seinem Schicksal überließen. Wie sollte er auch. Ständig mußte er neue vor ihm auftauchende Gegner bezwingen und so manches mal verdankte es Harry seiner Schnelligkeit, seinem Reaktionsvermögen und seiner sicheren Hand, daß er einen Zweikampf überlebte.

Doch in seinem Eifer geriet er schließlich zu weit vor, außerhalb der Deckung seiner Freunde. So sah er sich bald ringsum von Angreifern umgeben, von denen nun vier oder fünf auf ihn einstürzten.

Er wandte sich zunächst dem zu, der direkt vor ihn stand. Bevor jener mit seiner Hellebarde Harry treffen konnte, hatte dieser ihn schon unterlaufen und schnellte mit dem Schwert nach vorn. Tief drang der Stahl dem Mann in die Brust, doch sein Todesschrei ging im allgemeinen Schlachtenlärm unter.

Kraftlos prallte die Hellebarde an Harrys Schild ab. Dem Ritter blieb keine Zeit, die Klinge wieder aus dem Opfer herauszuziehen, denn zu seiner ungeschützten Rechten bemerkte er nur noch das in der Abendsonne rotgolden leuchtende tödliche Blatt einer Streitaxt hernieder sausen. Ruckartig ließ er den Griff des Schwertes los und drehte sich seitlich nach unten weg. Dabei erwischte er sogar noch glücklicherweise mit der rechten Hand die Hellebarde. Der Hieb pfiff messerscharf an seiner Schulter vorbei und schlug daneben in die Erde ein.

Schon wollte der Earl von den Orkneys sich aufrappeln, als er über sich ein hämisch grinsendes Gesicht erblickte. Der Engländer trug einen langen Spieß, den er seinem Gegner in der Leib zu stoßen beabsichtigte. Harry, der am Boden lag, befand sich dadurch in einer denkbar schlechten Verteidigungsposition. Als sein Feind zustieß, gelang es ihm gerade noch, diesem den Schild leicht angewinkelt entgegen zu halten, so daß der Speer abgelenkt wurde. Wenigstens war Harry für jenen Augenblick dem Tod entgangen. Doch diesmal kam er nicht so glimpflich davon. Der Spieß bohrte sich durch das Kettenhemd, schrammte ihm die Seite auf und bohrte sich schließlich in die zertretene Erde. Auf diese Art und Weise von seinem Gegner festgenagelt, wußte er, das war das Ende. Da spürte der Earl von den Orkneys wie sich die Finger um den Schaft der Hellebarde krallten.

Feist grinste der Mann über ihm und zog einen langen Dolch, um seinem scheinbar wehrlosen Opfer die Kehle durchzuschneiden. Doch der Kerl mit der Axt schien dem Waffengefährten die Beute nicht zu gönnen und hob erneut aus mit wütendem Antlitz, weil er den Gegner beim ersten Hieb verfehlt hatte.

Harry, der sich nun den schnellen Tod wünschte, gab ihm den Vorzug und fing den Mann mit dem Dolch mit der Hellebarde ab. Der Stich ging genau durch dessen Lunge und der Engländer erbrach einen Blutschwall. Kraftlos fiel der Dolch herab.

Um diesmal aber dem Hieb der Axt auszuweichen, dafür war es nun zu spät, denn sie sauste bereits herab. Harry sah genau hin, denn er wollte mit offenen Augen sterben.

Die Axt drehte sich, das Blatt schmettert ihm mit der flachen Seite gegen die Brust. Der Hieb war kraftlos geführt, was ihn bei dem englischen Hünen verwunderte. Der Hüne stand unverändert, ja reglos da, fast in derselben Position wie vor zwei Augenblicken und das seltsamste war, daß er keinen Kopf mehr trug. Nur einen Augenblick später fiel der Feind wie ein nasser Sack zu Boden.

Dahinter kam ein Ritter, in der Linken ein bluttriefendes Schwert schwingend, zum Vorschein. Über dem Kettenhemd trug er ein schlichtes schwarzes Leinenoberkleid.

Er reichte Harry die Hand und zog ihn hoch, mit der anderen wehrte er bereits den nächsten Gegner ab. Er schien Furcht bei den Engländern zu erzielen. Doch so schnell, wie er im Gewühl aufgetaucht war, so schnell war er wieder verschwunden.

Harry zog sein Schwert unter den Toten hervor. Mittlerweile waren auch John und Will wieder bei ihm. Die Engländer schienen an Boden zu verlieren. Immer mehr versuchten ihr Heil in der Flucht, soweit ihnen nicht der Weg dazu versperrt war, denn an einigen Stellen hatten sich Douglas und Sinclairs Männer bereits vereinigt. Die Reste des einst so stolzen Heeres Northumberlands befanden sich in Auflösung. Die Niederlage vor Augen, ergriff nun auch der letzte noch lebende Engländer die Flucht nach Süden so wie Hotspur und seine gepanzerten Ritter, die auf ihren Schlachtrossen längst davongaloppiert waren.

*

Die Schlacht war beendet. Nur wenige Stunden hatte das Gemetzel gedauert. Die Sonne war schon im Westen verschwunden. Es begann zu dunkeln. Auf der großen Wiese nahe des Dorfes Otterburn am Twyne lagen unzählige Gefallene, Schotten und Engländer. Im Leben waren sie Todfeinde gewesen, nun lagen sie friedlich nebeneinander. Die Dämmerung wurde erfüllt von lauten Schreien, von dem schweren Stöhnen und Röcheln der Verwundeten.

Harry schritt über das Schlachtfeld hin zu Douglas Reihen. Er suchte verzweifelt den schwarzen Ritter, dem er sein Leben an diesem Abend verdankte. Das Hauptheer hatte sich schutzsuchend in den Wald zurückgezogen. Dort, unter Eichen und Buchen brannten bereits die großen Lagerfeuer. Die Männer waren dabei, die Vorräte aus Hotspurs Lager, das dieser zurücklassen mußte, unter sich aufzuteilen.

An dem großen Feuer in der Mitte sah Harry die Ritter des Feldherrn versammelt um einen Verwundeten herumstehen. Es war also doch wahr. Er hatte schon gehört, daß James Douglas in dieser Schlacht eine schwere Verwundung erlitten hatte. Er beschleunigte seine Schritte.

„Wie geht es euch, Sir Henry?" Harry drehte sich um. Der schwarze Ritter! Er saß abseits auf einer Wurzel und ließ sich gerade von einem Knappen den Arm verbinden. Sein schwarzes Leinenkleid war über und über mit Blut besudelt und es war unmöglich festzustellen, ob es von seinen eigenen Wunden oder denen seiner Feinde stammte.

„Ich wollt euch danken, unbekannter Ritter", sagte der Earl und trat an ihn heran. „Ihr habt mir heute das Leben gerettet." Der Sitzende lächelte gequält. „Schnell steht und fällt das Glück in einer Schlacht. Ihr hättet es genauso gut zu einem späteren Zeitpunkt wieder verlieren können." „Sprecht nicht so", unterbrach ihn Harry „Dank Douglas' Geschick waren wir heute Sieger."

Der Verband war fertig. Mit einer heftigen Bewegung schickte der Ritter den Knappen weg. „Ob ihn sein Geschick so viel genutzt hat? Hotspur ist entkommen und ihn hat es schlimm erwischt."

Harry sah hinüber, wo die Ritter um ihrem Feldherrn standen. Ein Feldscher schien die Wunde - wohl ein Stich in die Seite - zu waschen. Der Lord vom Tantallon Castle gab durch die zusammengebissenen Zähne einen gepreßten Laut von sich. Harry drehte sich wieder dem schwarzen Ritter zu.

„Wie geht es Douglas?", fragte er ihn. „Ist seine Wunde tödlich?" „Der Feldherr hat viel Blut verloren", antwortete der andere gedehnt. „Ich weiß nicht, ob sein Leben ihm treu bleibt. Es ist zu früh, darum zu wissen."

Harry wollte sich abwenden, um die wenigen Schritte bis zu Douglas' Lager zu gehen. Da hielt ihn der schwarze Ritter zurück. „Jetzt nicht, Sir Henry. Es stehen ihm schon genug seiner Männer zur Seite. Meint ihr, daß es dem stolzen Herrn des Tantallon Castles angenehm ist, daß ihr ihn jetzt so seht."

Harry hielt inne. „Nun gut, vielleicht habt ihr recht. Dann sagt mir wenigsten jetzt euren Namen, damit ich euch danken kann. Mich kennt ihr ja bereits."

Der schwarze Ritter lachte und fuhr sich mit der Hand über das blutverkrustete Kinn. „Wer kennt nicht den Schotten, der einer norwegischen Königin dient. Ihr habt mehr Einfluß, als ihr Glauben machen wollt. Also hört, Sir Henry. Man nennt mich Philip mit Namen. Den meines Clans darf ich nicht erwähnen, da ich von ihm verstoßen bin. Also sprecht nicht von Dank, Mylord. Ich muß viel Schuld gegenüber der Welt sühnen."

„Heut habt ihr wohl mehr als gesühnt." „Was tut ihr zur Zeit. Ich habe euch nicht unter Douglas' Männern gesehen."

Philip grinste. „Ich gehöre zum Häuflein der Reisigen, die Sir Murray mit in die Schlacht führte. Mein Herr steht dort drüben bei Douglas, wie ihr unschwer erkennen könnt. Doch vor Murray war ich auch schon bei anderen Lords des Grenzlandes verdingt. Mal hier, mal da biete ich einem Herren meine Dienste an." „Wollt ihr nicht in meine Dienste treten, Philip?"

„Sir Henry. Ich lebe nun schon Zeit meines Lebens im südlichen Schottland." Der schwarze Ritter kniff die Augen zusammen und blickte Harry fest an. „Die rauhen Orkneys waren zwar nie das Ziel meiner Träume, aber wenn ihr ein gutes Kostgeld bietet, Mylord, sage ich nicht nein."

Harry hatte sich zwar eine andere Antwort gewünscht, aber er sagte nichts. Da klopfte ihm jemand auf die Schulter. Es war William MacLarren. Sein Gesicht sah ernst aus.

„Hohe Verluste?" fragte ihn Harry. „Wohl weit über hundert Männer. Wie geht es Douglas?" „Wir werden ihn morgen aufsuchen, Will. Er wird die Nacht ohnehin nur wenig Ruhe finden." Dann wandte er sich ein letztes Mal an Philip.

„Man erwartet mich hinter den Hügeln. Wenn ihr es ernst meint, sucht mich in Rosslyn Castle auf. Ich halte das Angebot weiterhin aufrecht. Doch jetzt muß ich zu meinen Männern zurück." Will und Harry verließen Douglas' Lager. Der schwarze Ritter blieb im Schein der Feuer zurück.

Die beiden Freunde schritten am Rande des Schlachtfeldes zu den Hügeln hinüber, wo die Schar des Earls von den Orkneys lagerte. Im Dunkel der Nacht sah man hier und da dunkle Gestalten über die mit Toten übersäte Wiese schleichen. Sie nahmen sich das Recht des Siegers, die Gefallenen - gleich welcher Seite sie einst angehört hatten - auszuplündern. Galt es doch, hier ein gutes Schwert zu erbeuten und dort ein brauchbares Kettenhemd. Den Toten würde es im Himmel oder in der Hölle sowieso wenig nützen.

Harry wandte sich angewidert ab. Sicherlich befanden sich auch einige seiner Leute darunter. Die Sommernacht war warm. Ein angenehmer Wind wehte von Südwest herauf. Doch dazwischen bemerkte man schon den Geruch warmen Blutes, das die Erde bedeckte. Spätestens morgen würde es über dem ganzen Schlachtfeld nach Tod und Verwesung stinken.

Sie erreichten die Hügel. Einige der tapferen Krieger, die um die Feuer saßen, erhoben sich und schlugen auf ihre Schilde und präsentierten stolz ein Banner Northumberlands. Harry winkte ab. „Wir taten es nicht um der Beute willen, Männer, sondern um die Engländer zum Frieden zu zwingen."

An einem der hinteren Feuer hatte sich ein gewaltiger Hüne erhoben. Der Earl erkannte ihn sofort. John Leeword machte einen müden und abgespannten Eindruck. Seine Miene war nicht die eines Siegers. Als Will und Harry ihn erreicht hatten, sahen sie, was geschehen war.

Duncan lag am Boden und keuchte schwer. In seiner Lunge steckte ein Pfeil. „Er hat verdammt viel Blut verloren", flüsterte John. Harry ging in die Knie und beugte sich zu dem Verwundeten hinab. „Ich sehe verdammt noch mal nicht gut aus, Harry." Duncan rang sich ein mühsames Lächeln ab. „Du wirst doch jetzt nicht schlappmachen wollen,

alter Junge", entgegnete ihm der Earl. „Hätte ich nicht diesen räudigen Hund verfolgt. Wie konnte ich wissen, daß ein zweiter mit gespanntem Bogen im Gebüsch lauerte. Längst hatten wir die Schlacht gewonnen."
Harry blickte zu John und Will hinauf. John schüttelte den Kopf. „Ich habe es schon versucht, Harry. Die Spitze des Pfeils ist mit einem Widerhaken versehen." „Gott scheint es so bestimmt zu haben", stöhnte Duncan schwer. Aus seinem Mund rann ein dünner Blutfaden. „Mein verfluchter Leichtsinn. Nun müßt ihr doch auf mich verzichten. Dabei hätte ich sie gerne noch gesehen, die neue Welt, von der du immer erzählt hast, Harry."
Dann versuchte sich Duncan aufzurichten; seine Hände krallten sich in den Boden. „Harry... Harry, du mußt mir versprechen, daß du Andrew... Du weißt doch, mein Jüngster. Er wird sowieso sein Glück in der Welt machen müssen. Versprich mir, daß du ihn mitnimmst." Der Earl nickte.
Duncan lächelte nur einen kurzen Augenblick, dann verzog er wieder das Gesicht vor Schmerzen und röchelte. Dieses Lächeln sollten in jener Nacht noch öfter über sein Antlitz gleiten, bis er still und leise von dannen ging.

*

Gleich am nächsten Morgen befahl Sir Henry seinen Männern den Rückzug in die Heimat. Einige murrten zwar, aber der Earl duldete keinen Widerspruch. Douglas' Armee würde sicher noch über eine gute Woche das englische Grenzland verheeren; das Vieh stehlen, die Frauen vergewaltigen, die Klöster brandschatzen.
Doch warum mußte man immer Gleiches mit Gleichem vergelten. Sicher sagte die Schrift: Auge um Auge, Zahn um Zahn. Aber wen traf es letztendlich: immer nur die Falschen. Plünderungen und das Niedermetzeln von wehrlosen Frauen und Kindern hätte den Namen seines Clans auf Ärgste beschmutzt. Harry wußte, daß jene, die sich in der Schlacht zurückgehalten hatten, beim Morden und Plündern immer die ersten waren. „Es ist der Toten genug", herrschte er seine Männer an. Ein Blick auf Duncan sagte ihm, daß er Recht hatte.
So trennten sich Douglas und Sinclair. Der Earl der Orkneys war von den schottischen Lords der einzige, der mit seinen Männer in Richtung Norden zog. Viele ihrer Gefallenen führten sie mit, um sie in schottischer Erde zu bestatten. Gleich hinter der Grenze bei der Abtei von Jedburgh begruben sie unter dem Segen der heiligen Mutter Kirche Duncan MacWebber und viele andere ihrer Landsleute. Diesmal spielten die Dudelsackpfeifer ein Lied der Trauer und des Abschieds. In sein Gebet schloß der Earl der Orkneys ein, daß die Vermittlungen seiner Königin Margarethe nun endlich einen Frieden mit England bringen sollten.

*

Es vergingen nur wenige Wochen - Sir Henry bereitete die Abreise nach Kirkinvaghe vor - da erschien vor den Toren von Rosslyn Castle der schwarze Ritter.

107

Er hatte sich also doch entschlossen, in die Dienste des Earls zu treten und so nahm Harry Philip mit auf die Orkneys. Dort teilte er ihn einem Kommando zu, das an der Westküste Pomonas Schlupflöcher von Schmugglern und Seeräubern aushob.

Janet machte keinen Hehl daraus, daß sie ein tiefes Mißtrauen gegen den schwarzen Ritter hegte. Sie warnte ihren Mann, nicht allzuviel Vertrauen zu Philip zu haben, auch wenn er ihm hundert Mal das Leben gerettet hätte.

Abschied von Balantrodoch

An einem der kalten Wintertage zu Beginn des Jahres 1389 trieb ein kleines Segelboot in die Bucht von Kirkinvaghe. Es krachte laut, als die zarte Eisdecke, die sich durch die bittere Kälte der letzten Wochen in Ufernähe gebildet hatte, splitterte. Niemand beachtete es, denn die Männer und Frauen der Orkneys waren zu Haus um ihre Torffeuer versammelt und vertrieben sich mit Geschichten die Zeit des kalten Winters. Leer und verlassen lagen einige größere Schiffe auf Reede. Hauptsächlich bevölkerten jedoch viele kleine Fischerkähne den Hafen.

Mit klammen und steifgefrorenen Fingern knüpfte der Schiffer die Leine um einen der vielen kleinen Holzspeller, die an den Docks standen. Langsam schritt er über die Bohlen der Docks, vorbei am Haus der Hafenmeisterei. Der Mann schien sein Ziel zu kennen, obwohl er dem Äußeren nach nicht von den Inseln war. Er hielt des öfteren inne, denn von Zeit zu Zeit fegte ein schwerer Windstoß von der Bucht herüber, der ein Weitergehen kaum erlaubte.

Der Mann war mittelgroß und kräftig. Einige graue Strähnen, die unter der Kapuze hervorlugten, bezeugten, daß er längst nicht mehr zur Jugend zählte. Ein einfacher Fischer konnte er nicht sein, denn die Konturen eines Schwertes unter dem Mantel verrieten wohl mehr den Krieger. Durch die eisige Kälte waren seine starken Hände zwar gerötet und geschwollen, trotzdem wußten sie sicherlich das Handwerk der Waffen auszuführen.

Das verfrorene Gesicht strahlte auch bei dieser bitteren Kälte eine gewisse Energie aus, ein wohlgeflegter Bart umrahmte das Antlitz. Immer wieder lief ihm jedoch die Nase, so daß er mehr als einmal gezwungen war, sich mit der Hand den Rotz abzuwischen. Er machte keinerlei Anstalten, in die Stadt abzubiegen, sondern strebte zielgerichtet die gewaltige Wasserburg des Earls der Inseln an, die am Rande des Hafens lag.

Die Zugbrücke war heruntergelassen, auf den hohen Ecktürmen waren keinerlei Wachen zu sehen. Wahrscheinlich hatten sie sich alle verkrochen. Auf den ersten Eindruck schien die Burg wie auch die Stadt ausgestorben. Über dem großen Tor prangte das in Sandstein gemeißelte Wappen Sir Henrys. Es zeigte die Barke als Symbol der Inseln und das gewellte Kreuz, das Zeichen des Clans von Rosslyn. Der Wassergraben zwischen der Burg und dem Ufer war gefroren. Doch ob das Eis halten würde? Der Ankömmling bückte sich und ergriff einen großen Kiesel.

In den Gängen, Räumen und Gemächern der Burg hörte man unentwegt das Fauchen des starken Wintersturmes durch die Mauerritzen und Fensterschlitze. Wie ausgestorben war es zwischen den Mauern des Kastells, hatten sich doch die Bewohner in die wenigen beheizbaren Räume zurückgezogen.

In einem der dunklen Gänge schnüffelte eine Ratte nach etwas Eßbarem herum. Sie zitterte und man konnte nicht sagen, ob die bittere Kälte oder ihr ängstliches Herz daran schuld war. Für Ratten waren die kalten, unwirtlichen Orkneyinseln wahrlich kein Paradies. Deswegen gelang es ihnen auch nicht besonders, sich zu vermehren. Jede Ratte konnte von Glück reden, wenn sie wieder ein Schiff in den Süden erwischte, mit dem sie oder ihre Ahnen einst gekommen waren. Damit mußte sie jedoch bis ins Frühjahr warten. Die Dunkelheit störte das Tierchen dagegen wenig.

Der Burgherr konnte es sich nicht leisten, das wenige Holz zum Beleuchten der Gänge zu nutzen. Ein paar Späne dienten lediglich dazu, den Kamin anzuheizen. Nachgelegt wurden dann nur noch die schwer entflammbaren Torfstücke.

Ein lautes Geräusch vom Hoftor her erscholl durch die Gänge und Räume der Burg. Es klang, als hätte jemand einen Stein gegen das Holz geworfen. Eilig verschwand die Ratte in ihrem Schlupfloch. Gerade noch rechtzeitig, denn bald kamen Schritte von der Kemenate her.

*

In dem mittelgroßen und nicht sehr hohen Raum saßen ein gutes Dutzend Personen zusammen. Zwei Frauen, die eine mit einem kleinen Säugling auf dem Schoß, der Rest waren Männer. In einer Ecke saß der Earl an einem Tisch und schnitzte an einem Gegenstand aus Elfenbein herum. Als zwei bewaffnete Männer in die Tür traten, um einen Gast zu melden, nickte er nur kurz und legte sein Schnitzwerkzeug beiseite.

Bald darauf trat der Fremde in den Raum und wurde von Sir Henry aufs Herzlichste willkommen geheißen. Die beiden schienen sich gut zu kennen. „Sprecht, Errol", sagte der Earl zu dem Neuankömmling, „was führt euch um Gottes Willen mitten in diesem bitteren Winter auf unsere baumlosen Eilande?"

„Dringend ist's, weswegen ich euch aufsuche, Sir Henry." „Schlechte oder gute Neuigkeiten?" „Ich fürchte, schlechte." „Ich glaube, dann solltet ihr euch erst einmal stärken, ehe wir darüber sprechen."

Errol Eisenhand nickte. Die Diener brachten etwas Brot, Dörrfisch und einen Krug Bier. Als der Templer seinen zweiten Schluck zu sich genommen hatte, konnte Harry nicht mehr länger an sich halten. „Nun gut, laßt es heraus, steht Schottland in Flammen?"

„Nein, nein, über dem ganzen Land liegt tiefster winterlicher Frieden. Auch weht aus der Burg zu Rosslyn nichts, was euch bedrücken sollte. Nein, ich bin hier wegen Morlay."
Harry erschrak. „David, was ist mit ihm?" „David de Morlay weilt nicht mehr in Balantrodoch." Der Ordensritter nahm einen weiteren Schluck, so als müsse er sich Mut

antrinken, um in seiner Rede fortzufahren. „Er ist von uns fortgegangen. Ich meine damit von uns allen."

„Was meint ihr damit, Errol?" entgegnete Harry kopfschüttelnd. „Ist er tot?" „Ja und doch wieder nein. Eine Krankheit, die ihn befallen hat, wird ihn niemals mehr zu uns zurückbringen. Dies ist gewiß, denn für diese furchtbare Krankheit gibt es keine Heilung. Mein Gott, man spürt regelrecht, wie in den Mauern des Ordenshauses sein freier Geist fehlt." Errol trank noch einen Schluck.

„Nun redet doch endlich, zum Teufel. Was hat er? Etwa die Pest." „Sir Henry, dann wäre er schon längst gestorben. Das wißt ihr ebenso gut wie ich. Nein, er wird das gleiche Schicksal erleiden wie unser großer König Robert Bruce."

„Lepra?" Harry war entsetzt. „Jawohl, Lepra." Langsam entwich das letzte bißchen Farbe dem Gesicht des Earls. „Wo ist er jetzt?" fragte er Errol. „Er sagte, daß er sich auf das Kloster von Melrose zurückziehen wolle", entgegnete ihm der Templer.

„Dann laßt uns sofort aufbrechen."

*

Zu einer recht ungewöhnlichen Zeit segelte die Schnigge Richtung Süden. Nur wenige Fischer sah man auf den Wellen der germanischen See ihrem Handwerk nachgehen. Es wurde kaum gesprochen an Bord. Der, der gerade Wache hatte, war froh, wenn sie wieder vorüber und er am Torffeuer Platz nehmen konnte, um sich aufzuwärmen. Allein dem Nordwind verdankten sie, daß man zügig vorankam.

Über dem Firth of Forth herrschte klares Winterwetter. Die Männer an Bord der Schnigge konnten bis zur Felseninsel Bass Rock hinüberschauen. Weithin sichtbar war auch das große Tantallon Castle des roten Douglas. Weiter westlich schloß sich die verschneite Küste Lothians an: die Türme von Dirleton Castle, der Burg von Harrys Schwiegervater, die sich anschließenden Fischerdörfer und schließlich die Silhouette Musselburghs.

In Rosslyn zeigte man sich überrascht, den Earl zu solch ungewohnter Jahreszeit zu sehen. Harry beruhigte die Gemüter seiner Verwandten und gab ihnen zu verstehen, daß sein Besuch keinerlei politischen Beweggründen entsprungen wäre. Keine zwei Tage hielt es ihn auf seiner Burg fest, zu sehr drängte es ihn, den Alten noch ein letztes Mal zu sehen. Noch in aller Frühe brachen er und Errol zum Ordenshaus im Tal der südlichen Esk auf.

Gegen Mittag erreichten sie Balantrodoch. Fremde, dem Earl unbekannte Gesichter öffneten ihnen. Errol Eisenhand hatte bereits angedeutet, daß sich nur noch wenige Johanniter in Schottland befänden. Der Präzeptor, etliche Ritter und Knappen waren dem Ruf ihres Großmeisters nach Rhodos gefolgt, um den Stammsitz des Ordens gegen die Türken zu verteidigen.

Sir Albert MacGovern, ein grauhaariger Endvierziger, der in Abwesenheit Lord Setons die Geschäfte übernommen hatte, empfing die beiden Männer freundlich. Doch als diese mit ihren Fragen auf Morlay kamen, reagierte er einsilbig und ausweichend. Der Earl der

Orkneys wünschte daher, sofort nach Melrose zur Abtei der Zisterzienser aufzubrechen, da sich dort der alte Templer aufhalten sollte. Als Errol Eisenhand Anstalten machte, ihn zu begleiten, wies der andere ab.

Auf diesem Weg, so sagte er, könne ihm niemand folgen. So verließ er Balantrodoch und ritt in die Moorfußberge hinauf, während Errol in Balantrodoch zurück blieb. Der Templer wollte dort auf Sir Henrys Rückkehr warten. Der hatte inzwischen längst die steilen Kämme des Gebirges hinter sich gelassen. Hier fiel dichter, schwerer, nasser Schnee auf der Südseite der Moorfußberge.

Der Schnee blieb kaum liegen, nur die Wege verwandelten sich zunehmend in eine einzige Masse aus Schlamm und Moder. Harrys Pferd war zwar klein, aber sehr robust und obwohl es oft mehr als einen Fuß tief im Dreck versank, kämpfte es sich eisern vorwärts. Dampfwolken entstiegen seinen Nüstern und vernebelten die kalte Luft.

Es dunkelte langsam und es wurde für den Reiter anstrengender, auf den Weg zu achten. Gespenstisch, wie Skelette, wirkten die kahlen Bäume und ein Blick nach rechts und links in den Wald endete schon nach wenigen Yards in tiefer Finsternis. Unendlich lang schien Harry der Weg bis nach Melrose zu sein. Die wenigen Dörfer, durch die er ritt, lagen friedlich am Wegesrand und er konnte von Glück reden, daß der Schnee, als die Nacht kam, liegenblieb.

Der Ritter rechnete damit, im Morgengrauen Melrose zu erreichen. Doch bald wußte er, daß er bis dahin nicht mehr durchhalten würde. Auch brauchte sein Pony dringend eine Pause. Allerdings wären es bis zum nächsten Dorf noch gute zwei Stunden.

Da erspähte er mit seinen Augen die Umrisse eines Blockhauses etwas abseits des Weges. Es machte den Eindruck einer alten Scheune. Er stieg aus dem Sattel und schritt mit dem Pony am Zügel näher.

Es war nicht viel mehr als eine verlassene und verfallene Hütte, vielleicht die eines Mönches. Jedenfalls war das Dach noch dicht, so daß er wenigstens im Trockenen war.

Die Tür öffnete sich knarrend. Die Holzlatten an den Wänden waren zum Teil herausgebrochen oder weggemodert. Ja, man hätte an allen möglichen Stellen in die Hütte einsteigen können.

Harry zog sein Pferd, das ihm bereitwillig folgte, in das Innere der Hütte hinein. Wenn es schon draußen relativ dunkel war, hier drinnen herrschte sprichwörtlich stockdunkle Finsternis.

Vorsichtig untersuchte der Ritter den Fußboden. Ein bißchen Spreu und trockenes Laub lag in einer der Ecken. Dies würde sein Nachtlager sein.

Um nun zum Aufwärmen ein Feuer zu entzünden, fehlte Harry die Kraft. Jetzt noch im Wald draußen trockenes Holz zu finden, dafür war es wohl zu spät. Er ergriff etwas Stroh und rieb das vom Schnee durchnäßte Fell seines Ponys ab. Anschließend fütterte er das Pferd und konnte sich dann endlich sich selbst zuwenden.

Viel war es nicht gerade, was der Packsack noch hergab. Ein kleiner Laib Brot und ein paar getrocknete Früchte. Dazu eine Flasche voll mit Dünnbier. Damit mußte er zureichen. Während er aß, begannen sich seine Augen immer besser der Umgebung anzupassen. In der Hütte gab es nur wenig, was nicht bereits dem Verfall preisgegeben war. Eine zerschlagene Bank lugte unter einem Laubberg an der Wand hervor. Durch die offenen Stellen an den Wänden fiel der Schnee hinein. Immer dickere Flocken fielen draußen hernieder. Harry mummelte sich tief zwischen Stroh und Laub und versuchte, eine Mütze Schlaf zu erhaschen.

Hier saß er nun; das Stroh war klamm und hätte er nicht etwas Dünnbier getrunken, wäre er wohl niemals eingeschlafen. Nur wenige Stunden würden ihm in dieser Kälte vergönnt sein. Noch vor dem Morgengrauen zog der Earl der Orkneys weiter.

*

„Wie kommt es, daß ihr um diese Jahreszeit unterwegs seid, guter Mann?" fragte der Mönch den Reiter vor dem Tore. „Weil ich meiner inneren Stimme folgte, die mir sagte, daß ein guter Freund mich noch einmal zu sehen wünscht, bevor er von dieser Welt scheidet", antwortete dieser ihm müde. Der Mönch wunderte sich, aber er schloß trotzdem hinter dem Reiter die Pforte. „Sucht ihr euren Freund in diesen Mauern?"

„Fürwahr, man sagte mir, er wäre aus Balantrodoch hierher gekommen." Harry war inzwischen abgestiegen und klopfte sich den Schnee aus den Kleidern.

Jetzt ging dem Mönch ein Licht auf. Natürlich, der alte Ordensritter auf dem Südflügel. In den Kammern dort brachten sie meist die Kranken und Sterbenden unter. „Bei der Heiligen Mutter, ihr meint Morlay", sagte er ganz entgeistert. „Gewiß", erwiderte ihm Harry, „aber was ist mit euch? Warum schaut ihr so erschreckt; ist er etwa tot?" „Nein, das ist's nicht. Aber sein Zustand ist sehr ernst. Wenn die Eichen ausschlagen, wird er auf die Insel der Toten gehen, um dort zu sterben." „Ich habe es fast erwartet, deswegen bin ich hier", erwiderte ihm der Earl ernst.

Harry übergab die Zügel seines Pferdes einem herbeieilenden Novizen. Dann schritt er mit dem Mönch über die Schwelle ins Innere der Abtei. Vor ihnen breitete sich ein langer Gang aus. Es war hier kaum wärmer als draußen. Hier und da sah man noch Ruß an den Steinen; eine Erinnerung an die englische Invasion vor vier Jahren.

„Ihr müßt der Herr von Rosslyn sein und stammt von der anderen Seite der Moorfußberge", fragte der Mönch Harry. Als dieser nur stumm nickte, fuhr der Mönch fort. „Wir sind gleich da. Da vorne ist schon der Seitengang, der hinüber in den Südflügel führt."

Sie bogen tatsächlich nach rechts ab. Danach ging es über eine schmale Steintreppe hinüber zu den Kammern der Kranken. „Seht ihr, Sir." Der Mönch zeigte auf eine der ersten Türen des neuen Ganges. „Dort ist es. Verhaltet euch leise, vielleicht schläft der Alte. Immerhin ist's noch früh am Tag." Darauf drehte der Mönch auf dem Absatz rum.

Harry ging langsamen Schrittes zu jener Tür. Er klopfte. „Herein", tönte ihm die bekannte Stimme entgegen. Nur klang sie jetzt unglaublich müde und ermattet. Harry öffnete.

Der Templer saß, in dicke Decken eingehüllt, vor einem kleinem Eckkamin, in dem Buchenscheite brannten. Das Zimmer war sehr spartanisch eingerichtet. Ein kleiner Tisch, zwei Stühle, eine Truhe aus Eichenholz und ein Bett, das war alles. An der nackten Mauer hing ein Kruzifix. David hatte so gut wie nichts aus Balantrodoch mitgenommen. Er selbst machte einen stark in sich gekehrten Eindruck. Zuerst fiel dem jungen Earl nichts an Morlay auf. Doch dann, als dieser ihm sein Gesicht zuwandte, sah er die ersten Zeichen der Krankheit.

David Morlay wollte die Hände zu einer Geste der Abwehr erheben, aber es war schon zu spät. Harry schritt schnellen Schrittes durch die kleine Kammer und klopfte seinem alten Lehrer auf die Schultern. „Ich war wohl ziemlich lange weg." sagte er nach einer Weile, denn der alte Templer fand zunächst keine Worte. Beide blickten gebannt in das knisternde Feuer und der Jüngere bemerkte nicht, wie dem alten Mann ein paar Tränen über die Wangen rannen.

Ja, Leben und Tod liegen enger zusammen als man denkt. Schließlich hub Morlay doch an zu sprechen.

„Zuerst hatte ich die ganze Welt aus meinem Gedächtnis verbannt. Aber ich war mir fast sicher, daß du kommst. Errol ist augenscheinlich gleich aufgebrochen, obwohl ich ihn mahnte, dich nicht sofort aufzusuchen, sondern bis zum Frühjahr zu warten. Jetzt bin ich froh, daß er so schnell nach Kirkinvaghe geeilt ist." David ließ eine kleine Pause, aber Harry antwortete nicht.

„Du weißt, daß nun alle Verantwortung für unsere Expedition in deine Hände übergeht. Ich kann Gott danken, daß ich so alt geworden bin. Es wird nun Zeit für mich zu gehen. Versprich mir nur..." Er unterbrach sich und hustete laut. Es klang nicht gut. „Versprich mir, daß ihr im nächsten Jahrzehnt nach Westen aufbrechen werdet." Harry nickte. „Wir werden segeln und dieses Mal nicht über Grönland." „Obwohl du weißt, daß die Strecke auf hoher See somit beträchtlich länger wird", fragte ihn Morlay besorgt. Harry zuckte mit den Schultern. „Ja, aber eine andere Wahl haben wir wohl kaum. Und...", er hielt kurz inne, „wir werden Drogeo finden. Das verspreche ich dir."

Die Worte klangen klar und überzeugend. Harry hatte in den vergangenen Jahren die Suche nach Drogeo immer mehr verdrängt. Jetzt rückte die große Mission seines Lebens wieder in den Mittelpunkt. Der nun schon weit über sechzig Jahre alte Morlay schaute stolz auf seinen ehemaligen Schützling.

Aber bevor sie darüber sprachen, wollte der Earl noch etwas wissen. „Der Mönch, der mich zu dir ließ, sagte, daß du zur Insel der Toten gehst. Wird es so schnell gehen?" Morlay schluckte. Er gab nicht sofort Antwort. „Ja, es ist wahr." Die Worte kamen nur zögerlich über seine Lippen. „Frage mich nicht weiter danach. Und bitte besuche mich nicht mehr auf jener Insel. Ich habe mich entschlossen, dort meinen Frieden zu finden. Wie lange es dauern wird, kann ich nicht sagen. Laß es damit genug sein."

„Dann soll dies wirklich ein Abschied für immer sein?" flüsterte Harry entsetzt. „Wir sehen uns also zum letzten Male?" Betrübt senkte er den Kopf.

„Sir Henry Sinclair, Lord über Rosslyn und Mittellothian, Earl der Orkneys, auch bekannt als Prinz von den Inseln des großen Orc. Viel mußtet du in deinem Leben sehen und verkraften. Keiner hat dich je gefragt, ob du dazu in der Lage warst. Du wirst auch darüber hinwegkommen. Meine Uhr ist nun schon lange abgelaufen. Mein Herz ruft nach Ruhe; meine Seele nach Frieden." Fürwahr, so sprach ein Mann, der mit dem Tod nicht mehr hadern mußte.

Harry wußte selbst am besten, wie recht der alte Templer hatte. Die langen Reisen über die Meere und die Länder des Abendlandes, der lange und beschwerliche Weg bis zum Earl der Orkneys, der Krieg gegen England, der viele bekannte Söhne Schottlands in den Tod riß, dies alles hatte ihn gewaltig verändert. Nicht zu vergessen den Tod, den er auf dem Schlachtfeld von Otterburn schon vor Augen hatte.

Suchte er aber einmal Rat und Hilfe, so fand er sie oft bei dem alten Morlay. Doch nun würde sein alter Lehrer, bei dem er immer willkommen gewesen war und ohne den sich sein Schicksal wohl sicher nicht so entwickelt hätte, leise und heimlich von dieser Welt verschwinden. Er, der über die Zusammenhänge aller Dinge, über die Geheimnisse der Zeitalter und vieles andere mehr bestens Bescheid wußte. Er, bei dem einst alle Fäden zusammenliefen, der es verstand, eine große Gemeinschaft von Gefährten zusammenzuschmieden; Gefährten, die ein gemeinsames Ziel verfolgten, auf das er sie einschwor.

Die Überquerung des großen abendländischen Ozeans mit dem Ziel, im Westen ein unbekanntes Land zu entdecken; ein Land, das vielen Seefahrern unter dem Namen Drogeo bekannt war. Und hatte es nicht immer wieder Anzeichen für die Richtigkeit seiner Theorie gegeben?! Die Fahrten der Wikinger vor über dreihundertfünfzig Jahren, Bills wundersame Geschichte und nicht zuletzt die rätselvolle Karte, die wie ein Buch immer wieder neue Seiten zeigte. Der größte Wunsch Morlays war es einst gewesen, daß Harry in seine Fußstapfen treten, ein Diener Gottes und Meister des Tempels werden würde. Sicherlich konnte man in dem Earl der Orkneys eine der treusten Stützen sehen, die Gott auf Erden besaß.

David de Morlay erkannte rechtzeitig, daß der junge Sinclair für das zweite, den Orden, nicht geschaffen war und er akzeptierte es. Zumal Harry die Interessen seines Clans weiterführen mußte und somit nicht der Welt als Mönch entsagen konnte. Er war deshalb kein schlechterer Christ als die Ritter Gottes.

Die unterschiedlichen Lebenswege David de Morlays und Earl Henry Sinclairs beeinträchtigten nicht im geringsten Maße ihre fast lebenslange Freundschaft. Nun allerdings schien der Tod zwischen sie zu treten. Schnell und unerbittlich.

Die Vorbereitungen für die große Fahrt nach Drogeo würde Harry nun ganz allein treffen müssen. Er stand jetzt für den Zusammenhalt der Gefährten von einst; die verbliebenen Templer, Will und die anderen; er stand dafür, daß der Clan der Sinclairs und die Gemeinschaft der heiligen Ritter weiterhin miteinander arbeiten würden. Männer wie Errol Eisenhand und Robert Ruthven waren wohl eine Garantie dafür.

Doch keiner von ihnen würde jemals Morlays Platz einnehmen können. Keiner! Die wirklich großen Entscheidungen müßte Harry nun ganz allein fällen. Noch waren seine Positionen im Inselreich nicht gefestigt. Die Shetlands zeigten sich nach wie vor widerspenstig. Es war lediglich eine Frage der Zeit, bis es dort zu einer Entscheidung kommen würde.

Aber dazu brauchte Harry eine Flotte. Eine wirklich schlagkräftige Flotte. Eine Flotte, die er auch nutzen könnte, um nach Drogeo zu segeln. Doch ohne die große Erfahrung Morlays?

„Du wirst auch darüber hinwegkommen", sagte ihm der alte Templer, der ahnte, worüber der Earl der Inseln nachdachte. Harry hob den Kopf und schaute zum Tisch. Mit der Hand versuchte er die Kante des Tisches zu ergreifen; allein er ließ es sein, als er das Zittern verspürte, das durch seinen Körper bis in die Fingerspitzen kroch.

„Hast du schon etwas gegessen", fragte David Morlay seinen Gast. Harry verneinte dies. Er hatte bis zu diesem Augenblick noch keinerlei Hunger verspürt, aber jetzt meldete sich der knurrende Bauch mit aller Macht. David stand auf und ging zur Tür. Er öffnete sie und rief nach einem der Mönche.

Nach einer Weile stellte ein junger Novize eine Schüssel Hafergrütze und einen Krug Bier auf den Tisch. „Hier haben sie nur einfaches Essen, aber es wird dir schmecken", sagte der Templer zu dem anderen, der sich heißhungrig über die warme Mahlzeit hermachte. Schnell war die Schüssel leer und Harry trank einen großen Schluck Bier hinterher. David de Morlay hingegen hatte seinen Blick wieder dem Feuer zugewandt.

„Wer vertritt dann noch die Ideen des Tempels in Schottland, wenn du nicht mehr bist?" Morlay glaubte, sich verhört zu haben. Aber irgendwann müßte er dem Earl sowieso alles erzählen.

„Die Ideen des Tempels? Ach Harry, wenn du wüßtet. Wir sterben langsam aus. Einst wurden die Orden gegründet, um das Grab Christi mit dem Schwert zu verteidigen. Sie beschützten die Pilger, sie pflegten die Kranken und sie kämpften gegen die Ungläubigen. Lang ist's her, Harry. Schließlich verloren wir nach und nach unsere Positionen im Lande Outremer. Der Orden des heiligen Tempels zu Jerusalem war zum Schluß nur noch ein Sammelbecken für Strauchritter und Abenteurer."

„Aber bist du nicht ein Ritter des Tempels?" „Ja und nein. Ja, weil meine Vorfahren aus Frankreich zu ihren Brüdern nach Schottland geflohen sind. Doch unsere lose Bindung, die wir zu den Johannitern eingegangen sind, hat man uns auf dem Festland nicht verziehen. Der Tempel wurde damals in alle Teile des Abendlandes verstreut. In Portugal entstand der Christusorden - man brauchte die Ritter dringend im Kampf gegen die Mauren. In Deutschland traten die Templer zu den Deutschrittern über, im übrigen Abendland zu den Johannitern. Jedoch das Herz des Tempels schlägt nach wie vor in Frankreich, wenn auch im Untergrund. Dort haben die Großmeister ihren Sitz. Der langjährige Seneschall von Frankreich war einer von ihnen." „Bertrand du Guesclin?"

„Jawohl, kein anderer als der Graf von Longueville!" „Aber er ist doch schon tot." „Das ist richtig. Meines Wissens liegt dieses Amt zur Zeit bei Jean d' Armagnac."

„Seid ihr dann Ausgestoßene? Daß ihr Schutz bei den Johannitern suchtet, kann man euch doch nicht anlasten." „Ich weiß nicht viel darüber, Harry. Schließlich war ich auch noch nicht geboren. Mein Großvater, der damals von Frankreich herüber kam, erzählte mir nicht viel vom Ende des Tempels. Ich kannte ihn nur als einen sehr schweigsamen und verschlossenen Menschen. Damals war George Harris der Präzeptor der schottischen Templer.

Mit meinem Großvater gelangte ein anderer Präzeptor, wohl der Auvergne, ein gewisser Peter von Aumont, nach Balantrodoch. Er hatte von dem gefangenen Jacob Molay den Auftrag erhalten, den Orden unter allen Umständen weiterzuführen. Als Aumont starb, wurde George Harris Großmeister des Templerordens in der Verbannung. Dann verliert sich die Spur des Tempels."

Harry hörte versunken zu. Der Alte hüstelte etwas und schlürfte etwas Kräuterbier, das auf dem Kaminsims stand. Dann fuhr er fort.

„Ich habe dir schon oft erzählt, daß der Orden des heiligen Johannes vom Papst zum Haupterben des Tempels eingesetzt wurde. Daraufhin zerstörten die Johanniter viele der Komtureien und Kirchen ihrer Vorgänger, weil sie diese für Brutstätten der Ketzerei hielten.

Nicht so in Schottland. Als ich kurz nach den großen Pestjahren - mein Großvater war schon lange tot - in den Orden der Templer eintrat, hatten bereits die Johanniter Balantrodoch übernommen und damit auch die verbliebenen Tempelritter.

Doch zerstörten die Johanniter weder die runde Kirche, noch zwangen sie uns die Gesetze ihres Ordens auf. So lebten wir und leben wir noch völlig unter ihrem Schutz."

„Und wer ist euer Großmeister?" „Ich weiß, die Frage hast du mir schon oft gestellt. Und genauso oft bin ich ihr ausgewichen. Jedesmal hielt ich mich bedeckt, als du mit Fragen über den Tempel gekommen bist."

„Und bist du heute bereit, darauf zu antworten?" „Warum soll ich es nicht tun. Nur noch wenig hat der Tempel mit dem damaligen Orden gemeinsam. Ein geheimes Kapitel wählte vor fünfzehn Jahren Sir Thomas Seton zum Großmeister." „Den Präzeptor? Einen Johanniter?" „Was bedeutet dies schon. In allen Landen der Christenheit erheben Ritter Anspruch darauf, Erben jenes einst so mächtigen Ordens zu sein.

So existiert eine Charta, verfaßt durch den Bruder Jean Marc Larmenius von Jerusalem aus dem Jahre 1324, nach der er durch die Gnade Gottes und einen höchst geheimen Erlaß des ehrwürdigen und allerheiligsten Märtyrers durch ein Generalkapitel zum Großmeister bestätigt wurde. In jenem Pergament verdammt er die schottischen Templer und die Brüder von St. Johannes zu Jerusalem für alle Zeit."

„Aber sagtest du nicht, das Jacob Molay..." „Wer soll denn heute noch nachvollziehen, was vor über siebzig Jahren geschah. Vielleicht überlegte man es sich anders, als sich die Flüchtenden bereits in Schottland befanden. Wie es auch war, wir wissen es nicht."

„Willst du den anderen ihr Recht absprechen?" „Nein, ich bin sicher, daß Molay versuchte den Orden zu retten, in dem er mehreren Personen den Auftrag zur Weiterführung erteilte. Da dies letztendlich mindestens zwei, vielleicht sogar noch mehreren Parteien gelang, entstand ein Interessenkonflikt."
„Ein Kampf um die Macht?" „Du hast es erfaßt. Ein ganz normaler Machtkampf. So wie er seit jeher der Natur des Menschen zu eigen ist." „Deswegen hast du es mir nie erzählt. Jetzt verstehe ich."
„So ist's Harry. Aus diesem Grunde versuchte ich, mich auch an neuen Werten zu orientieren. Ich stürzte mich in die Wissenschaften versuchte meinem, dem Orden geweihten Leben einen wahren Sinn zu geben. Etwas bewegen. Etwas, das über die Grundbegriffe unserer Zeit hinausgeht.
Wie oft habe ich überlegt, dich zum Übertritt in den Orden zu bewegen. Doch dann sah ich, wie du nach und nach dein Haus aufgebaut hast. Ein Haus, in dem verdammt viel Arbeit steckt. Ein Haus in das jeder Zeit ein arme Seele kommen kann und freundlich aufgenommen wird. Aber auch ein Haus, an dem beharrlich gebaut wird. Und ich begriff.
Wir sind Maurer, das ganze Leben bauen wir an einem Haus wie an einem Tempel für den Herrn. Nicht nur an Salomon, dem Weisen, sondern auch an Hiram, dem Baumeister des Tempels, müssen wir uns orientieren. Du weißt, daß der König von Jerusalem einen Tempel bauen ließ, in dem die Gesetzestafeln vom Berge Sinai aufbewahrt werden sollten und ohne diesen hätte der Orden in seiner Form nie existiert. Nicht umsonst nennt man uns auch die Söhne Salomons. Allerdings haben wir den Kampf um das heilige Grab vorerst verloren, wie es scheint." Und nun erzählte der greise Morlay dem großen Earl die Geschichte vom Ursprung der den Tempel begleitenden Bauhütten; vom Ursprung der Maurer, wie er sie nannte.

*

„Meister Hiram war es, der damals den Bau leitete und überwachte. Ihm unterstand ein gewaltiges Heer von Maurern, Steinmetzen, von Gießern, Zimmerleuten und Lastträgern. Von Hiram erzählt man, er wäre ein Phönizier gewesen und auf Bitten des bereits greisen Fürsten der Hebräer nach Jerusalem gekommen. Seine guten Ideen gegenüber Salomons Plänen und die schnelle und präzise Ausführung des Baus überraschten viele Kritiker. Doch so richtig konnte niemand sagen, wo Hiram all die Kenntnisse erworben hatte. Er galt als rätselhaft und verschlossen.
Er war ein unsteter Geist und selbst die Arbeit, die ihm Salomon übertragen hatte, dünkte ihm als zu geringe Aufgabe. In seinen Gedanken entwarf er bereits gewaltige Werke und es erschütterte ihn jedesmal, wenn er sich wieder mit der täglichen Arbeit auseinandersetzten mußte.
Bedenkt man dies, ist es nur allzu verständlich, daß Begriffe wie Rast und Ruhe ihm ein Fremdwort waren. Als eines Tages der Fürst der Hebräer während eines Festes sogar eine Ruhepause für den Bau befahl, begehrte der Phönizier auf.

117

Zum ersten Mal nannte er den Tempel eitel, einen Palast des Hochmuts und der Wollust. Unvergleichlich dagegen stünden die Pyramiden da - wohl bis ans Ende der Welt. Hiram war sehr ärgerlich.

Das Fest hatte jedoch - der Baumeister konnte dies nicht wissen - einen besonderen Anlaß. Aus dem Süden war eine Gesandtschaft in Jerusalem erschienen, an deren Spitze keine geringere als Bilqis, die Königin von Saba stand. Niemand kann heute mehr genau sagen, wo die Sabäer herkamen. Manche behaupten, ihre Stammheimat war der Jemen, andere meinen Äthiopien.

Bilqis, die Königin des Mittags, war schön wie die Sonne. In ihrem Gefolge befanden sich weiße Elefanten, beladen mit Gold und Seide. Ihnen folgten Kamele, Pferde und Streitwagen. Als Bilqis den Palast betrat, kam es zu jenem berühmten Zusammentreffen der größten Herrscher der damaligen Welt.

118

Der Fürst der Hebräer saß auf seinem Thron wie eine goldene Statue, ohne daß Falten oder andere Anzeichen sein hohes Alter verrieten. Salomon war von einer tiefen Seelenruhe und Sanftmütigkeit gekennzeichnet. Die Krone aus Gold, die Robe aus Gold, der Purpur des Mantels von Goldfäden durchwirkt.

Die Königin von Saba an seiner Seite, eingehüllt in eine Wolke aus Leinen und durchsichtiger Gaze, wirkte wie eine verirrte Lilie in einem Bündel Narzissen, denn sie verachtete übermäßigen Prunk und Eitelkeit.

Voller Begeisterung zeigte der greise Herrscher Bilqis seinen Palast. Bilqis lobte die gute Arbeit, Maß und Form. Um noch mehr Lob zu erheischen, führte Salomon die junge Frau zu dem Bauplatz des Tempels. Von den sieben Jahren, die der Bau dauern sollte, waren bereits fünf verstrichen. Dementsprechend weit war die Arbeit an dem allerheiligsten Ort des Königreiches Judäa gediehen.

Doch so sehr Bilqis vorher den Palast gelobt hatte, so sehr bemängelte sie den Tempel. „Er wirkt schwerfällig und überladen; zu viele Details, wohin man schaut; zuviel Holz, Zedern und vorstehende Balken", sagte sie. Als die beiden mit ihrem Gefolge das Innere des Tempels betraten, war die Königin des Mittags hingerissen von den phantastischen Tierfiguren, die den Saal zu bewachen schienen.

„Wer hat diese Skulpturen geschaffen? Wer hat sie gegossen?" fragte sie Salomon. „Es war Hiram, der Meister, dem ich den Bau des Tempels befahl." Bilqis unterbrach ihn: „Hat er auch jene Cherubim entworfen. Sie sind zu schwer, zu golden, zu groß; sie erdrücken den Saal." „Das wollte ich so. Gold ist schließlich das Kostbarste, oh Fürstin der Sonne", entgegnete Salomon.

Bilqis sagte nichts darauf und sie schritten bis vor den Altar. Als ihr der König der Hebräer den Grundstein zeigte, verdunkelte sich Bilqis Gesicht. Vor ihr lag ein riesiger Weinstock, der ausgerissen und scheinbar achtlos weggeworfen dalag. Traurig und nachdenklich wurde ihre Miene. Salomon erblaßte, als sie sich zu ihm wandte und sprach: „Welch eitler Hochmut, oh König der Könige. Der, der du allwissend bist, hättest das nicht tun dürfen. Nun steht dein Ruhm auf den Gräbern deiner Väter. Ich kann nicht glauben, daß du nicht wußtet, daß dieser Rebstock..." Er unterbrach: „Wir haben ihn ausgerissen, um einen Altar aus Porphyr und Olivenholz zu errichten. Dieser Altar soll Jehova gewidmet sein. Warum soll ich falsch gehandelt haben?"

„Weil du damit den ersten Rebensetzling ausreißen ließest, den einst unser aller Stammvater Noah gepflanzt hat."

Und Bilqis prophezeite dem entsetzten Salomon, daß das Holz dieses Rebstocks eines Tages dazu benutzt werden wird, um den Erlöser der Welt ans Kreuz zu nageln. Allein sein Martyrium würde dem weisen König der Welt den Glorienschein seines unsterblichen Ruhmes bewahren.

Voller Verwirrung verließ Salomon mit der Königin von Saba den Tempel. Noch auf der Schwelle trat Hiram vor sie.

Zum ersten Mal sah die junge Frau den berühmten Baumeister, den der Fürst der Hebräer so hoch lobte. Natürlich schaute er betreten und schüchtern zu Boden, als ihn die Blicke der fast mit der Göttin Isis vergleichbaren Fürstin der Sabäer trafen. Als sie ihn fragte, wo er diese unvergleichliche Kunst der Bildhauerei gelernt habe, erzählte er zum ersten Mal seine Geschichte.

„An den Hängen des hohen Libanongebirge wurde ich geboren. Die Vorbilder für meine Werke fand ich zum ersten Mal in der Wüste. Irgendwo, dort in einer alten Höhle am Ende der Welt, sind die gewaltigsten Monumentalfiguren, die je ein Auge sah, verborgen.“

„Es sind die Trümmer der gottlosen Stadt“, sagte Salomon darauf, „versunken bei Sintflut. Die Stadt der Kinder Kains.“ „Ich weiß“, entgegnete ihm der Baumeister. „Mahnen sie uns nicht vor einer Vergötterung eines reichen und glücklichen Lebens? Zuviel Reichtum bedeutet Erschlaffung des Geistes; der Menschen. Trägheit und Schlaffheit ist Stillstand. Und Stillstand ist gefährlich.

Seht großer Salomon, wo sind die großen Ägypter geblieben. Seht ihre Bauwerke. Riesige an Stein gefesselte Sklavengeister, gebaut für das Ende der Welt. Der Sand der Wüste weht an ihnen vorüber.“

Der Fürst der Hebräer wußte gut, was der Bildhauer meinte. Lange lagen diese Tage zurück, wo er mit Tatendrang zu ständig neuen Ufern der Weisheit vorstieß. Sicher regierte er auch noch jetzt weise und gerecht sein Land. Seit Ewigkeiten herrschte Frieden. Doch seine Kraft glich nur noch der einer welken Blüte und doch ließ es die Eitelkeit seines Alters nicht mehr zu, jüngeren tatkräftigeren Händen Platz zu machen. Mehr und mehr schuf er sich seine eigene eitle Welt, in der er umgeben von Gold und Edelsteinen lebte. Und doch galt er immer noch weit und breit als der weise König Salomon. Er blickte hinter den Baumeister.

Ein Heer von Arbeitern stand auf dem Platz vor dem Tempel. Sie waren von überall hergekommen. Zimmerleute aus Indien, Hauer aus Libyen und Maurer aus Phönizien.

Hiram machte vor der Menge ein Zeichen. Dazu hob er den rechten Arm und beschrieb mit der geöffneten Hand eine waagerechte Linie in der Luft, in deren Mitte er eine senkrechte Linie herab zog. So entstanden zwei rechte Winkel, genau wie sie ein Lot an einer Meßlatte bildet. Für die Syrer wäre dies der Buchstabe T, die Phönizier nannten dies Tha, und die späteren Griechen Tau.

Kaum hatte Hiram dieses Zeichen gemalt, begann sich die Armee der Arbeiter zu formieren. In der Mitte befanden sich die Maurer oder sonst alle, die mit Steinen arbeiten. Links davon standen die Zimmerleute, Schreiner, Dachdecker und Sägearbeiter; auf der anderen Seite die Gießer, Schmiede und Hauer. Vorne die Meister, dahinter die Gesellen und zuletzt die Lehrlinge.

Die beiden Herrscher grüßten die vereinigte Zünfte. Bilqis, die von jenem gewaltigen Anblick ergriffen ward, trat vor Hiram und legte ihm feierlich etwas um den Hals; eine Kette aus Perlen, an deren Ende sich eine, in ein Dreieck gefaßte, Sonne aus Edelsteinen befand. Laute Jubelrufe ertönten, als Hiram verkündete, daß er das Geschenk als Anerkennung für alle seine Arbeiter betrachtete.

Darauf verschwand Bilqis mit Salomon, um ein Fest zu feiern. Hiram allein wußte, daß er der Königin von Saba Dank schuldig war. Lange schon hatten er und seine Meister ein gewaltiges Werk vorbereitet, womit sie ihre Arbeit am Tempel krönen wollten.

Hiram wollte versuchen, ein ehernes Meer zu gießen. Dazu hatte er Formen Dutzender Tiere in den Sand graben lassen, in die die Bronzemassen aus den großen Öfen fließen sollten. Jetzt da die Königin des Mittags in Jerusalem weilte, war ein guter Anlaß gegeben, dieses Werk zu vollenden.

Am Tage darauf führte Hiram Bilqis und Salomon vor die Stadt. Er trug ein Büffelwams und einen Schurz aus weißer Wolle. Seine Füße waren nackt, denn das Feuer konnte dem Meister aller Meister nichts anhaben. Die beiden Herrscher blickten mit großem Erstaunen über die Hochebene von Sion. Vor ihnen lag tief ausgehöhlt und kunstvoll durchstochen der Abdruck des ehernen Meeres - fest durch gemauerte Widerlager abgestützt. Auf sein Zeichen hin ergoß sich das kochende Metall über den Sand, floß durch die angelegten Kanäle in die Formen. Doch dann geschah das Unfaßbare.

Drei Männer hatten aus Neid und Unverstand wider den Anordnungen des Meisters gehandelt. Der erste, ein Maurer, mischte Kalkstein unter die Ziegel, die darauf zu Staub zerfallen mußten. Der zweite, ein Zimmermann, verlängerte die Schwellen der Balken, so daß sie die Flammen erfassen mußten und der dritte, ein Hauer, fügte Erdpech und Schwefellava aus dem vergifteten See von Gomorrha der Gußmasse bei.

Zu spät erkannte Hiram die drohende Gefahr. Der Bronzefluß trat über das Becken. Als er verzweifelt versuchte, den Lauf der Gewalten mit Wasser zu stoppen, kam es zu einer Explosion. Viele seiner Arbeiter wurden durch glühende, herumfliegende Bronzesplitter getötet.

„Jehova hat ihn gestraft", sagte darauf Salomon zu Bilqis. „Er bleibt, was er schon immer war. Nur ein gemeiner Handlanger Baals. So geschieht es demjenigen, der versucht, sich über Gott zu erheben." Doch der greise Fürst der Hebräer hatte Unrecht - man mochte ihm zu Gute halten, daß ihm die Hintergründe unbekannt waren. Einzig allein Bilqis ahnte, daß hier böser Wille im Spiel war.

Der ehrgeizige Baumeister - zu Tode betrübt - zog sich tief in seine Werkstätten zurück. Dort, fernab von allen Menschen, erschien ihm ein Geist, der mitten aus den Flammen des Schmiedefeuers emporstieg; ein riesiger Mann, dessen nackte Arme Eisenringe umschlossen, das Gesicht von einem mehrfach geflochtenen und krausen Bart umrahmt und der Kopf von einer karminroten Mitra bedeckt. In der Hand hielt er einen Schmiedehammer.

„Erwecke deine Seele und folge mir, Sohn der Meister; würdiger Diener der Elohim", sprach der Geist zu Hiram. Der Meister fragte, wohin er denn geführt werden solle. „Zum Mittelpunkt der Erde. Zu dem unterirdischen Palast Ennochs."

Verwundert folgte Hiram dem Geist. Je tiefer sie gelangten, um so heißer wurde es. Bald wurde es so heiß, daß es unmöglich wurde zu sprechen. Ein eigenartiges Dröhnen, dumpfe Schläge kündigten die Nähe des Weltherzens an. Schließlich gelangten sie in eine riesige von hellem Licht durchdrungene Höhle. „Hier stehen wir auf dem Fundament, das die Berge der Welt zusammenhält", sprach der Geist. Das Reich der Elohim, der Urgeister und ersten Geschöpfe vom Anbeginn der Tage.

An einem riesigen Feueraltar arbeiteten emsige Arbeiter. „Was tun sie?" fragte Hiram. „Sie stellen Metalle her und verteilen sie in den Adern der Planeten. Sieh doch!"

Und tatsächlich wie wunderbar. Die Metalle verdampften, bildeten grüne, azurne, purpurne, goldene, karmesinrote und silbrige Wolken, die zur Decke des Gewölbes stiegen. „Sie dringen in die Spalten und Adern der Erde, wo sie erkalten. Vermischen sich die Wolken, bilden sie Legierungen. Was sich jedoch von den Wolken am Dach der Höhle sammelt, fällt schließlich - wenn es erkaltet - als ein Regen aus Rubinen, Smaragden, Topasen, Saphiren, Türkisen, Onyxen und Diamanten hernieder." „Und was geschieht mit der Schlacke?" „Die Schlacke wird auf die Erde geworfen, als Granit, Flint und Kalkstein", entgegnete der Geist Hiram.

„Doch die Erde altert bereits. Früher gab es noch sieben Metalle; jetzt sind es nur noch fünf. Aber laß uns weiter schauen."

Sie gingen weiter und mit einem Male begannen ihnen Düfte von Ambra, Myrrhen und Weihrauch entgegenzuschlagen. Der Geist zeigte Hiram die Gräber von Adam und Kain, dem niemals verziehen wurde, denn er war es, der die Erde den Mord gelehrt hat.

Aber er war es auch, der die Menschen lehrte, Steine zu behauen, Häuser zu bauen und in Städten zusammenzuleben. Die Mutter aller Städte Enochia wurde von dem Einen vernichtet. Dies alles und vieles andere mehr erfuhr Hiram von dem Geist.

Schließlich - als die beiden wieder am Altar des Feuers angelangt waren - ermahnte der Geist Hiram.

„Nun hast du es gesehen und es steht dir als Beispiel vor Augen. Hier sind die guten Geister am Werke, die Urheber fast aller geistigen Leistungen, auf die der Mensch so stolz ist. In seinen Augen jedoch sind wir die Verdammten, die Geister des Bösen. Dabei dienen wir dem Einen, wie alle im Universum. Neid, Mißgunst haben unserem Ansehen viel Schaden zugefügt.

Eines Tages erfanden die Menschen die Hölle und das Fegefeuer, die ihren bösen Gedanken entspringen. Sicherlich müssen diejenigen unter euch, die sich in ihrem Leben mit großer Schuld beladen haben, dafür vor dem Einen geradestehen. Denn Gott verzeiht keine der sieben Sünden der Welt. Arbeite unermüdlich und vermehre dein Wissen, Hiram, aber verlasse niemals die Wege des Maßes und der Proportion. Prunk und Verschwendung erdrücken die Seele und rufen Neid und Gier auf den Plan. Denke daran, daß das symbolische T alle die von den Geistern des Feuers abstammenden Arbeiter eint."

Nach diesen Worten stieg der Geist mit Hiram wieder in die obere Welt zurück. Mit den Worten „Sproß aus dem Geschlecht der Elohim, dein Heil liegt in der Arbeit", verließ er den Baumeister.

Inzwischen versuchte der greise König Salomon die Fürstin der Sabäer dazu zu bewegen, ihn zu heiraten. Jedoch war Bilqis nicht nach Jerusalem gekommen, um den Wünschen eines lüsternen Alten zu entsprechen, sondern um von einem weisen Mann zu lernen. Wie sollte sie ahnen, daß der König der Hebräer auf seine alten Tage schlaff und weich geworden war und den Zenit seines Wissens längst überschritten hatte.

Die unverhohlenen Angebote Salomons stießen die junge Schönheit aus dem Süden zutiefst ab. Sie floh aus dem Palast zu den Zelten ihres Hofstaats. Dort erfuhr sie, daß Hiram der Baumeister das Werk des ehernen Meeres vollendete habe.

Bilqis fand den Meister auf dem Rand eines Brunnen. Als Hiram die Königin bemerkte, wollte er fliehen, aber sie kam ihm zuvor. Zwischen den beiden entwickelte sich bald eine tiefe Zuneigung. Doch ihr Glück sollte nur von kurzer Dauer sein.

In der Endphase des Tempelbaus nahm das unvermeidliche Schicksal seinen Lauf. Immer wieder warnte Salomon seinen Baumeister vor neidischen und habgierigen Arbeitern. Er sagt dem arglosen Hiram dessen Tod voraus und nannte diesem sogar die Namen der Männer.

Es waren Phanor, der Maurer, Amru, der Zimmermann, und Methusael, der Hauer, deren Herz sich gegen Hiram verhärtet hatte. Tief hatte der Neid ihre Herzen zerfressen, gönnten sie doch - die sie immer noch einfache Gesellen waren - dem großen Baumeister seinen Triumph nicht. Als Salomon den Meister nach den dreien fragte, antwortete dieser nur. „Arme Ehrgeizlinge ohne Talent sind's. Ich habe keine Angst vor ihnen." Darauf der weise Alte: „Meister, es steht geschrieben: fürchtet die verwundete Schlange, die sich aufbäumt. Sie waren es, die durch Arglist den Guß des ehernen Meeres fast zum Scheitern verurteilt haben."

Doch Hiram winkte arglos ab. „Ich habe nicht die Zeit, mich um die zu kümmern, die es nicht wert sind. Wenn es denn sein muß, so soll sich mein Schicksal erfüllen."

*

Nicht nur Salomon, sondern auch Bilqis ahnte durch ihren prophetischen Sinn das nahende Unheil. Noch standen die Zelte ihres Stammes vor den Toren der Stadt. Als auch ihr es nicht gelang, Hiram umzustimmen und am letzten Tag den Tempel zu meiden, verließ sie Jerusalem, um in den Jemen zurückzukehren. Mit sich trug sie ein Kind, das bereits unter ihrem Herzen heranreifte.

Hiram ging allen Warnungen zum Trotz doch in den Tempel. Wohlweislich änderte er für den letzten Tag - den Zahltag - die Kennworte, das Kennwort für die Meister, das Kennwort für die Gesellen und das Kennwort für die Lehrlinge. Es war Brauch, daß am Zahltag jeder ihm sein jeweiliges Kennwort ins Ohr flüsterte, um seinen Lohn zu erhalten. Groß war die Schlange, denn alle waren sie gekommen. Erst als der Tag sich zum Ende neigte, bemerkte Hiram, daß er allein war. Nun endlich schien sein Werk vollendet. Doch als auch er den Tempel verlassen wollte, vertrat ihm ein breitschultriger Mann den Weg. Es war Methusael, der Hauer. „Das Kennwort, Meister!" Hiram war erbost über diese Rede. „Du wirst unter die Meister aufgenommen an dem Tag, da Verrat und Verbrechen einem Menschen zur Ehre gereichen", erwiderte er dem Gesellen. Ohne darauf zu antworten schlug Methusael dem Meister mit einem schweren Hammer auf den Kopf.

Obwohl das Blut in Strömen über sein Gesicht floß, war Hiram nicht sofort tot und schleppte sich zu einem anderen Ausgang. Dort wartete bereits Phanor, der Maurer auf ihn. „Sag mir das Kennwort und du kannst gehen," höhnte er dem Schwerverwundeten entgegen. Da raffte sich Hiram noch einmal auf. „Du arbeitest noch keine sieben Jahre, nie." Voll Zorn rammte Phanor darauf den Meißel in des Meisters Leib. Voll Schmerz krümmte sich Hiram und taumelte dabei in die Nähe eines dritten Ausganges, wo bereits Amru, der Zimmermann hinter einer Säule stand. Er sah, daß das Ende des Meisters gekommen war und stach ihm ohne ein Wort den Zirkel in Herz.

Um ihre Schandtat zu verbergen, schafften sie den Leichnam aus dem Tempel. In der Nähe des Bauwerkes gruben sie eiligst an einem Hang ein Loch in den Boden. Dort verscharrten sie Hiram, den großen Baumeister. Allein Methusael, der die Stelle tarnen wollte, steckte noch einen jungen Akaziensprößling in frisch aufgeschüttete Erde.

Nach Tagen erst bemerkten Hirams erste Gehilfen, daß etwas geschehen sein mußte. Es war sonst nie seine Art, solange seinen Arbeitern fern zu bleiben. Aufgeregt gingen sie zu Salomon und fragten den weisen König um Rat.

Da wußte Salomon, daß seine schreckliche Vision Gestalt angenommen hatte und sandte neun ausgewählte Meister aus, um in der Nähe des Tempels nach der Leiche des berühmten Bildhauers zu suchen. Doch so sehr die Männer nach dem Verbleib des Verschwundenen forschten, es gelang ihnen nicht, auch nur die geringste Spur zu finden. Sie wollten schon zu Salomon zurückkehren, als einer von ihnen auf einen Wiedehopf zeigte, der sich auf der Akazie niedergelassen hatte.

Tatsächlich, unter dem grünen, soeben ausschlagenden Akaziensprößling war die Erde frisch und aufgewühlt. Die Neun eilten zu der Stelle, wo eben noch der Wiedehopf gesessen hatte. Sie brauchten die Erde nur ein wenig mit den Händen wegzukratzen, da bemerkten sie bereits, daß der Bereich der lockeren Erde die Form eines Grabes aufwies. „Ich ahne nichts Gutes", sagte einer.

Ein anderer machte die Umstehenden darauf aufmerksam, daß es den Schuldigen gelungen sein könnte, Hiram die Losung der Meister zu entreißen: „Wir sollten das Kennwort auf jeden Fall ändern." Die anderen stimmten ihm zu. Ein dritter hatte den Einfall, daß das erste Wort, was einer von ihnen sprechen würde, wenn sie den Leichnam fänden, die neue Losung werden sollte.

„So wird für alle Zeiten die Erinnerung an dieses Verbrechen wach bleiben und es soll allen, die nach uns kommen, zeigen, wohin Neid und Mißgunst führen, hervorgerufen durch übermäßigen Prunk und Glanz."

Und die Neun schworen den heiligen Eid über dem Grabe, daß derjenige, der die Gesetze der Meister durchbrechen wolle, dem Zorne Gottes unterliegen soll. Danach gruben sie weiter, bis sie die Gebeine Hirams zum Vorschein brachten. Sie berührten seine Finger, jedoch die Haut blieb in ihren Händen, sie berührten die Arme und es war ebenso. Da sagte Ilahorim, der Meister der Maurer kreidebleich *„Makbenach"*, was soviel heißt wie *„Das Fleisch fällt vom Knochen."*

Dieses Wort wurde viele Jahrhunderte das Losungswort der Meister und noch lange schworen sie bei den Nachkommen von Hiram und der Königin von Saba jenen heiligen Eid, darauf zu achten, daß niemals Neid und Mißgunst zwischen sie tritt, daß sie niemals mehr den Weg der heiligen Regeln von Maß und Form verlassen. Jedes Mitglied einer Zunft hatte sich danach zu richten und mußte bei Nichtbeachtung mit einem lebenslangen Ausschluß rechnen. Machte er sich sogar des schnöden Mordes aus Neid und Habgier schuldig, traf ihn der Fluch der Meister mit aller Härte.

Salomon ließ Hiram unter dem Altar des Tempels, an jener Stelle wo der Weinstock entfernt wurde, beisetzen. Aus diesem Grund verschwor sich Gott gegen die Kinder Davids."

*

Hier endete die von Morlay gleichnishaft vorgetragene Geschichte. Der alte Mann richtete sich in seinem Stuhl auf und blickte zum Earl der Orkneys hinüber. „Du weißt sicherlich Harry, daß die Ritter des Tempels immer sehr auf Maß und Proportion geachtet haben. Und jene, die dem Prunk und der Verschwendung verfielen, wurden bestraft. Der Verlust des heiligen Landes Outremer haben wir auch der Uneinigkeit der nimmersatten Gier und der Mordlust vieler christlicher Ritter zu verdanken. Meere von Blut im Zeichen des Kreuzes. Doch die Ideen des Tempels wurden mehr als nur einmal verraten und sicherlich ist auch darin eine Ursache zu suchen, warum er zu Grunde gegangen ist."

„Hat sich denn das Kennwort der Meister solange über die Zeit gehalten." „In allen Bauhütten des Abendlandes ist's wohlbekannt. Selbst der von uns beiden hochgeschätzte Geoffrey MacLoyd wird seine Bedeutung kennen.

Die Bedeutung von Maß, Form und Proportion ist jedoch aus dem heiligen Land zu uns gekommen, aus Outremer. Kurz nachdem, nach der Entstehung der christlichen Orden, wuchsen in seinem Schatten die Bauhütten aus dem Boden und Hirams Geist gelangte in den Okzident."

„Was habt ihr je mit den Bauhütten zu schaffen gehabt - du und die anderen Templer in Schottland?" fragte Harry erstaunt. Der Alte runzelte die Stirn. „Alle großen schottischen Bauwerke, auch diese Abteien des Grenzlandes am Tweed schufen Baumeister, die - was vielleicht die wenigsten wissen - Mitglieder des Zisterzienserordens, aber auch seines ritterlichen Ebenbildes, des Tempels waren. Und alle, ja, sie alle richten sich nach Hirams Geboten und jeden von ihnen trifft der Fluch der Meister, sollte er vom rechten Pfade abweichen.

Nun ist das Feuer des Tempels fast erloschen, doch der Stern der Bauhütten leuchtet weiterhin hell und klar. Und vielleicht hat dies gerade eine reinigende Wirkung für den Tempel, denn ein untergehendes Schiff wird zuerst von den Ratten und anderem Natterngezücht verlassen.

Strauchdiebe und Glücksritter, die früher ihr Heil im Tempel suchten, finden es jetzt in Seeräuberei und Landfehde. Innerhalb der Bauhütten und bei anderen Zünften der Wissenschaft wären sie weiß Gott fehl am Platze. Sieh nur, Robert Ruthven und Errol Maxwell haben ihre Wirkungstätte in Edinburgh als hochgeachtete Mediziner und ich habe mich mein ganzes Leben hauptsächlich mit der Sternen- , Kartenkunde und Navigation befaßt. An einer richtigen Schlacht habe ich wohl niemals teilgenommen, wenn ich mich recht entsinne."

„Ist Geoffrey etwa auch ein Diener des Tempels?", unterbrach Harry Morlay. Der Greis hob nur abwehrend die Hände. „Ein Templer? Das bezweifle ich, aber ein Maurer ist er gewiß." „Es dürfte nun schon einige Jahre her sein, daß ich Geoffrey zum letzten Male sah", flüsterte Harry gedankenverloren. „Dabei hatte er sich immer gewünscht, mit mir gemeinsam nach Westen zu segeln."

„Wenn es seine Arbeit zuläßt", entgegnete ihm Morlay und setzte hinzu: „Aber du erinnerst mich an etwas." Dabei zeigte er wortlos mit der zittrigen Hand auf die Eichentruhe in der Ecke.

„Öffne sie, Harry. Es ist der Papyrus darin. Schon viel zu lange lag er dort. Bald hätte ich ihn mit ins Grab genommen und damit wohl den größten Verrat an unserer Sache begangen."

Der Ritter stand auf und hob den Deckel der Truhe. Knarrend klappte er nach oben gegen die Wand. Das Licht der Kerze leuchtete ins Innere der Truhe. Mit geübtem Auge fand Harry schnell zwischen den vielen Pergamentrollen und Instrumenten den hirschledernen Beutel aus dem ein Metallrohr hervorlugte. Wie lange war es nun schon her, daß er diesen Beutel unter seinem Wams trug - fast zwanzig Jahre.

Er öffnete den Verschluß des Metallrohres, an dem sehr viel Wachs klebte - man nutzte Wachs, um das Rohr während eines Transportes zu versiegeln - und brachte die gelbliche Rolle zum Vorschein.

Der alte Templer machte keinerlei Anstalten, sich zu erheben, als Harry zum Tisch hinüber ging, um dort die Karte auszubreiten. „Meine Augen sehen ohnehin nicht mehr so gut. Ich hoffe, du verzeihst mir, wenn ich den Platz am wärmenden Feuer nicht mehr verlasse."

Der Papyrus bestätigte nur erschreckend aufs neue, was Harry und auch alle anderen Eingeweihten ohnehin schon wußten. Es war eine gewaltige Strecke bis Drogeo. Mein Gott, wie konnten das so einfache Fischer und Walfänger wie Bill nur schaffen.

Die Antwort war denkbar einfach. Diese Männer verstanden recht wenig von Karten, sondern segelten aufs Geratewohl los. Entfernungen kümmerten sie wenig, waren sie einmal einer großen Walherde auf der Spur und wenn sie sich nach den Gestirnen richteten, fanden sie die Frislandinseln noch allemal.

In Grundzügen besaß Harry schon eine Kopie dieser Karte. Doch sein Pergament entbehrte der vielen kleinen farbenprächtigen Symbole; der feinen Schriftzeichen, die die Phönizier oder andere Seefahrervölker hinterlassen hatten."

„Die restlichen Karten und alles was sich sonst noch in der Truhe befindet, werde ich in Melrose lassen. Wenn ich verschwunden bin, soll Errol die Truhe holen. Sag ihm das." Harry rollte den Papyrus wieder zusammen, denn das Licht der Kerze war schwach und er hatte Mühe, mit den Augen die fernen Küsten abzufahren. „Du kannst dich auf mich verlassen, David", antwortete er nach einigem Zögern dem Templer.

„Wann willst du fahren, Harry?" fragte ihn Morlay. „Die Krone Norwegen zwingt mich, erst die Steuern Shetlands abzuführen. Spätestens nächstes Jahr müßte ich genug Schiffe und Männer haben, um eine Operation mit Erfolg zu krönen. Im darauffolgenden Jahr werden meine Koggen, Schniggen und Barken unter dem Siegel der Orkneys und Lothians nach Westen segeln. Und sie", Harry berührte den Papyrus, „wird uns den Weg zeigen."

„Earl von den Inseln, du weißt, daß es eine unbekannte Macht gibt, die von dieser Karte Besitz ergreifen will. Wir haben sie mit MacWquire und Goewerth, meinem Neffen, nicht ausgelöscht, da bin ich mir ganz sicher. Gib dich niemals arglos, so wie Hiram es tat, auch deshalb erzählte ich dir diese Geschichte. Selbst wenn der Kiel deiner Schiffe eines Tages nach Westen gleiten sollte, ist diese Gefahr nicht gebannt. Niemals darfst du dich in Sicherheit wiegen, denn immer können Verräter - auch in deiner nächsten Umgebung - darauf lauern, dir in einem günstigen Augenblick den Dolch in den Rücken zu stoßen.

Du bist jetzt wie ein Baumeister - nur die Tür... die Tür nach Westen hast du noch nicht aufgestoßen." „*Makbenach*", antwortete Harry. „*Makbenach*", sagte der Templer. „Earl der Orkneys und Herr über Lothian, unterstütze die Maurer, die Bauhütten, die Gilde der Seefahrer und die Gelehrten, die nach neuen Wege suchen. Aber wir sollten uns morgen weiter unterhalten. Ich fühle, wie meine Kräfte nachlassen."

Harry, der von den Mönchen in einer Kammer im Westflügel untergebracht wurde, mußte diese Nacht noch lange nachdenken - über jene seltsame Erzählung Morlays, das Geheimnis der Maurer und Morlays Warnung.

*

Am nächsten Morgen saßen die beiden zum Frühstück zusammen. David hatte die Felle von den Fensterschlitzen entfernt und angenehm frisch wehte ihnen die kühle Morgenluft um die Nase. Harry kratzte den Schnee vom Sims herunter und formte ihn mit der Hand zu einem Schneeball. Weit konnte man nicht gerade schauen, denn immer noch fielen dicke Flocken vom Himmel herab. Die feinen Zweige einer nahestehenden Hainbuche bogen sich stark unter der weißen Last.

Harry nahm Maß und zielte. Der Schnee stiebte auf und größere nasse Brocken fielen zu Boden. Die Zweige schnippten nach oben, so als wollten sie sich für diese Befreiung bedanken. Doch sicherlich würden sie in ein paar Stunden, wenn es so weiter schneien würde, wieder bepackt sein.

„Ich wünschte, wir könnten bei diesem Wetter die Abtei kurz verlassen. Ein bißchen frische Luft würde dir ganz gut tun." Harry wandte sich dem Inneren des Raumes zu.

Morlay, der gerade damit beschäftigt war, das über Nacht fast verloschene Feuer wieder in Gang zu setzten, schüttelte nachdenklich den Kopf.

„Ich möchte dich nicht hindern. Was mich betrifft, so laß mich hier." „Ist schon in Ordnung", erwiderte der Ritter. Daraufhin setzte er sich an den Tisch und machte sich daran, einen Laib Brot aufzuschneiden. Viel gab es nicht dazu. Etwas Dörrfleisch und getrocknete Früchte. Ein warmer Kräutersud versöhnte wenigstens Gaumen und Magen zu jener Jahreszeit.

Harry blieb zwei Tage in der Abtei zu Besuch. Abgesehen davon, wäre es auch sinnlos gewesen, inmitten des schrecklichen Schneesturms, der über das Land tobte, aufzubrechen. Die Zinnen und Türmchen, die Mauern und Dächer von Melrose verschwanden unter einem großen weißen Teppich.

Der alte Templer wurde immer gesprächiger und erzählte dem Jüngeren viel über sein Leben. Es schien als wolle er sich nun alles von der Seele reden und seinem Schüler noch so viel wie möglich mit auf den Weg geben.

*

Tief verschneit lag das Land zu seinen Füßen, als der Earl der Orkneys Melrose Abbey verließ. Statt den direkten Weg nach Balantrodoch zu nehmen, lenkte er sein Pony auf einen Pfad, der ebenfalls nach Norden führte und verschwand in den winterlich gekleideten Moorfußbergen. Hier war er allein. Allein mit sich und seinem Schmerz. Seinem Schmerz um einen der treuesten Freunde, die er je hatte.

Der kleine Waldweg wurde zunehmend beschwerlicher und bald mußte der Earl von seinem Pony herabsteigen und es am Zügel führen. Nun machte es sich bezahlt, daß er an den Füßen Stiefel aus wasserdichtem Seehundfell trug. Immer höher und tiefer gelangte er in den Wald und bis zum Abend würde er wohl keine menschliche Behausung mehr erreichen, vielleicht die Hütte eines Köhlers. Immerhin schien er sich noch auf dem richtigen Pfad durch die Berge zu befinden. Von Zeit zu Zeit hielt er an, um sich erneut an seiner Umgebung zu orientieren. Bis jetzt war es in Schleifen bergan gegangen. Die dicht stehenden Laubbäume verdeckten jede weitere Sicht, aber es gab keinerlei Anzeichen dafür, daß er den falschen Weg eingeschlagen hatte. Immer hinauf zu den Pässen der Moorfußberge, dies konnte nicht verkehrt sein. Drüben, auf der anderen Seite würde er sich schon wieder zurechtfinden, denn dann wäre er Rosslyn schon sehr nahe. Nur, wie weit war es noch bis zum Kamm?

Nach gut vier Stunden griff der Earl zum ersten Mal in seinen Packsack. Die Zisterziensermönche hatten ihm reichlich Wegzehrung mitgegeben. Hungern und dursten brauchte Harry vorerst nicht. Haferbrot, Rauchfleisch und Trockenobst befanden sich in seinem Packsack, daneben gluckste in drei Säcken aus Ziegenhaut einmal Dünnbier, dann Wein und schließlich ein würziger Kräutersud. Trotzdem geizte Harry mit Speis und Trank, weil er wußte, daß ein zu voller Magen ihn am Weitermarsch hindern würde. Also brach er sich von Zeit zu Zeit kleine Bröckchen des Essens ab und trank dazu etwas Dünnbier.

Es muß so um die Mittagsstunde gewesen sein, da hörte er sie das erste Mal. Der Ruf klang noch fern, aber ein gewisses beklemmendes Gefühl stieg in ihm auf. Noch war es hell und er noch gut bei Kräften. Aber was, wenn die Dämmerung herannahen würde?!

Harry nahm sich vor, wenigstens bis zum Kamm der Moorfußberge zu gelangen. Doch diese Rechnung schien nicht aufzugehen, denn in dem immer tiefer werdenden Schnee kam er immer langsamer voran. Die Abstände zwischen den Pausen wurden sichtlich kürzer und so beschloß er, sich ab jetzt nur noch auf die Suche nach einem geeigneten Nachtlager zu konzentrieren.

Als er sie das zweite Mal hörte, klang es schon bedeutend näher. Diesmal wurde sein treues Pony ebenfalls unruhig. Es kannte den Ruf genau. Den Ruf der Wildnis, den Ruf nach Blut, nach Fleisch, nach Überleben. Jetzt mußten sie beide schleunigst einen Unterschlupf finden.

Unterhalb des südlichen Kammes der Moorfußberge standen einige kleine Felsen, die an der Südseite einige Vorsprünge aufwiesen, unter denen man wenigstens ein trockenes Nachtlager nehmen konnte. Es hieß in den Dörfern unten am Tweed, daß sich hier in den warmen Sommern oft Räuber oder anderes Gestrolch herumtrieb. Doch auch diese Räuber verbrachten die Winter sicherlich irgendwo an einem warmen Herd, denn länger als eine Woche könnte man es bei Schneesturm und klirrender Kälte sowieso nicht aushalten.

Harry, der schon als kleiner Junge immer davon erzählt bekam, wußte, daß die Felsen in der Nähe des Weges waren. Er sah sie auch bald durch die Stämme der Bäume hindurchschimmern und führte darauf sein Pony vom Pfad herunter. Zunächst kam er nicht weit, denn er versank in einer Schneewehe bis fast zum Gürtel.

Das warnte ihn, daß er sich von nun ab vorsichtiger bewegen mußte. Nach einigem Herumsuchen fand er sogar einen recht günstigen Platz für die Nacht. Dicke Steinplatten türmten sich zu beiden Seiten einer Felsnische, in der gut und gerne fünf bis sechs Leute unterkommen konnten. Für ihn und sein Pferd gerade richtig. In doppelter Manneslänge über dem Boden ragte eine breite Steinformation aus dem Fels heraus, so daß man gegen die Wetterunbilden gut geschützt war. Ein wirklich idealer Platz. Anzeichen einer Feuerstelle wiesen aus, daß er im Sommer wohl recht oft genutzt wurde.

Zuerst versorgte Harry sein Pferd, nahm ihm den Sattel ab, suchte für es mühsam unter der Schneedecke des Waldes nach ein paar Grasbüscheln.

Danach sammelte er Holz. Und es mußte, da das Feuer möglichst die ganze Nacht brennen sollte, viel Holz sein. Zuerst brach er Zunderschwamm von einigen Buchen, dann kleines Reisig und trockene Zweige ab. Allerdings waren bei vielen Bäumen Zweige und kleine Äste in Manneshöhe bereits abgebrochen. Kein Wunder, wenn die Plätze unterhalb der Felsen im Sommer so begehrt waren. Noch schwieriger wurde es, größere Äste zu finden, die dann, wenn das Feuer erst einmal brannte, es am Leben erhalten und die nötige Glut schaffen würden. Die kleine Axt, die der Earl am Sattel mitführte, leistete ihm hierbei gute Dienste. Als er dann mit ihr noch die größeren Stücken des toten Holzes zu geeigneten Scheiten spaltete, geriet er sogar richtig ins Schwitzen.

Weit würde er nicht zu hören sein. Der Wald und vor allem der Schnee dämpfte die lauten Schläge.

Harry schichtete einen großen Haufen unter dem Felsvorsprung zusammen. Das Pony, das dahinter an der Wand wohl geschützt stand, kaute gelangweilt an einem Büschel welkem Gras herum und sah dem Treiben des Ritters interessiert zu. Vor das Lagerfeuer zog Harry noch etliche große Äste und baute damit so etwas wie einen Schutzwall gegen die Gefahren der Nacht.

Langsam fing es an zu dämmern und er mußte nun daran denken, das Feuer anzuzünden. Dazu benutzte er den Zunderschwamm. Dieser Baumpilz würde lange glimmen und er mußte diese Zeit nutzen, um die Späne zu entzünden. Denn würde er nun in dieser kalten Winternacht kein Feuer anbekommen, wäre es für ihn verheerend gewesen.

Er schlug mit der stumpfen Seite der Axt gegen den Feuerstein, bis ein Funken ein Stückchen Schwamm zum Glimmen brachte. Nun wurden die dünnen Zweige und kleine Kienspäne daran gehalten, um sie zum Brennen zu bringen. Endlich züngelten die ersten schwachen Flammen empor. Nun mußte er das Feuer mit immer größeren Zweigen und Spänen füttern. Harry hatte es schon oft geübt. Es dauerte noch eine ganze Weile, bis die ersten dickeren Scheite anbrannten und er sich das erste Mal zurücklehnen konnte. Mittlerweile war es dunkel in dem ihn umgebenden Wald geworden.

Dunkel, aber nicht stockfinster. Denn der Schnee spiegelte den hellen Schein des Feuers wieder und warf ihn zwischen die Stämme in die Nacht hinaus. Die knisternden Flammen erzeugten auf der Rinde der nahestehenden dicken Eichen gespenstische Bilder. Ab und zu knackte es laut und ein hoher Funkenregen stob empor. Das Pony schielte ein bißchen ängstlich zum Feuer hin, doch Harry paßte schon auf, das es nicht zu groß wurde, schon wegen der Vorräte. Nun, wo die Arbeit getan war, verfiel er wieder in jene trübsinnigen Gedanken, die ihn schon den ganzen Tag verfolgten.

Versunken kramte er im Packsack, um sein Abendmahl herauszuholen. So sah das Bild ganz nach friedlich-winterlicher Stille aus. Pferd und Reiter gemeinsam am Lagerfeuer in den tief verschneiten Moorfußbergen nördlich des Tweed. Aber Harry wußte, daß es nicht dabei bleiben würde.

Kaum daß er den zweiten Schluck vom Wein genommen hatte, hörte er wieder den lauten Ruf der Wildnis. Erst war es nur einer. Doch nicht lange und er erhielt vielfache Antwort von den anderen Artgenossen seines Rudels. Die Wölfe kündigten ihre Jagd an und der Ritter ahnte es schon. Wenn sie in dieser Nachts nichts finden würden, um ihren Hunger zu stillen, würden sie kommen.

Sollten sie nur kommen, dachte sich der Ritter - von hier hatte er eine gute Deckung. Instinktiv langte seine linke Hand hinüber zum Sattel, wo die Armbrust lag. Anschließend wählte Harry einen der kurzen dicken Pfeile und bereitete seine Waffe für den Schuß vor. Er würde sie sicherlich nur für den Notfall brauchen, denn fürs erste schreckte das Feuer die Wölfe ab.

Er dachte an die Geschichten, die in seiner Jugend an den Lagerfeuern die Runde machten. Die Mär von Tom dem Reimer, der sieben Jahre im Land der Feen weilen mußte, weil er sich von der Feenkönigin einen Kuß erbat. Oder die Erzählung des alten Barden vom König Fionn, der im Lande des Bergkönigs Verzeihung für begangenes Unrecht suchte und auf gar seltsame Art gewann. Er dachte wohl an die Erscheinung des großen Wolfes, der den König der Pikten in dunkler Winternacht bei mannshohem Schnee vor den anderen Wölfen eines Rudels rettete.

Hin und wieder warf er einen Ast oder ein Scheit ins Feuer, daß es hell und licht aufloderte. Dabei äugte er immer vorsichtig in die Wildnis hinüber. Die Wölfe hatten aufgehört zu heulen und dies beunruhigte ihn. Als das Feuer wieder ein bißchen schwächer wurde, so daß er in den Wald vor ihm schauen konnte - war es ihm so, als hätte er zwei dahinjagende Wölfe zwischen den Baumstämmen gesehen. Jedoch schienen sie es nicht auf ihn abgesehen zu haben. Wahrscheinlich waren sie einem großen Hirsch auf der Spur.

Harry wartete eine ganze Weile, doch es schien alles ruhig. Er brauchte wohl kaum noch eine Belästigung seitens der Wölfe fürchten. Nachdem er sich in eine Felldecke wickelte, duselte er langsam neben dem Feuer ein.

*

Ein heller Lichtstrahl traf seine Nase. Es hatte aufgehört zu schneien und die Sonne war bereits im Osten aufgegangen. Rötlich golden glitzerte der in tiefem Weiß verpackte Winterwald. Harry schaute zu seinem Pferd. Das kleine tapfere Pony schnaubte kurz zur morgendlichen Begrüßung seines Herrn. Noch roch es nach Feuer, doch ein Blick zeigte, daß es fast heruntergebrannt war. Nur von ein paar verkohlten Ästen stieg Rauch auf in die kalte Winterluft.

Nachdem er sich gestärkt hatte, bepackte Harry sein Pony. Schließlich ergriff er die Zügel und kämpfte sich zu dem schmalen Waldweg vor. Schon nach den ersten Schritten bemerkte er, daß seine Glieder müde und kaputt waren. Er schnaufte, wenn er durch den Schnee stapfte.

Auf dem Weg war der Schnee schon etwas durch die Einwirkung der Sonne geschmolzen. Er brauchte nicht mehr lange bis zum Paß, der die schottische Grenzlandregion von Lothian trennte.

Oben angekommen, lag das Tal der südlichen Esk vor ihm. Man konnte unten im Tal das Ordenshaus von Balantrodoch erkennen. Dort wartete Errol Eisenhand auf seine Rückkehr.

Harry verweilte einen Augenblick. Zufrieden griff er unter seinen Wolfsfellmantel und fühlte nach dem Lederbeutel mit dem kostbaren Inhalt. Im Rücken wärmte die Sonne, die jetzt über die Kämme der Moorfußberge schien. Irgendwo dort im Osten lag, etwas verdeckt, der Paß des grauen Wolfes. „Auf ein Wiedersehen im Himmel, David Morlay", flüsterte Harry und zog am Zügel des Ponys. Irgendwann verschwanden die beiden dunklen Punkte in den Wäldern der kalten Nordhänge der Moorfußberge.

Ein seltsamer Zufall

„Verdammt noch einmal, paßt auf, daß ihr nicht noch mehr Löcher in die Bordwand schlagt!" Lachlan Dorschrippe schlug die Hände über dem Kopf zusammen. Die vier Männer mühten sich redlich ab und befestigten das Geschütz in der Verankerung. Diese Verankerung bestand aus Balken und Bohlen, zusätzlich mit starken Seilen gesichert. Unten lag das bronzene Geschützrohr auf dem Schiffsboden. Das Spiel des Rohres war nicht sehr breit - kaum zwei Fuß. Es war eine der ersten Kanonen, die der Earl der Orkneys auf seinen Schiffen erproben wollte.

Bernhard Flaronius, der Geschützbaumeister aus Flandern, hatte ganze Arbeit geleistet. Zuerst war das Kastell in Kirkinvaghe an allen Ecktürmen mit Kanonen bestückt wurden. Immer und immer wieder hatte der Flame mit den Männern, die früher die Schleudern bedienten, in den Bergen bei Kirkinvaghe geübt, wie so ein modernes Geschütz zu bedienen war. Welche Vorteile man ausspielen konnte, aber welche Tücken auch lauerten. Die zwei schlimmen Unfälle, bei denen vier Menschen starben, waren vor allem durch eine schlechte Reinigung der Kanonenläufe verschuldet.

Letztlich war aber Sir Henry hochzufrieden mit dem Flamen und ernannte ihn zum Geschützmeister seiner Flotte. Lachlan aber, der bis dahin die Wurfschleudern der St. Katherine befehligte, betrachtete die neuen Waffen skeptisch.

Drei Schiffe hatte der Earl der Orkneys mit je vier Geschützen ausrüsten lassen. Wahrscheinlich wollte er seine neue Wunderwaffe bei dem bevorstehenden Feldzug gegen die widerspenstigen Shetlands einsetzen. Sir Henry selbst befand sich noch irgendwo im Süden und wollte nach wenigen Tagen zurückkommen.

Lachlan schaute über das Deck. Da waren sie nun, seine vier Kanonen. Und hier, genau unterhalb des Vorderkastells hatte die letzte ihren Platz gefunden. Das war nicht einfach nur eine Donnerbüchse, die man auf eine Gabel auflegte. Bernhard hatte viel und oft von solchen Feuerwaffen erzählt. Die Franzosen setzten sie immer häufiger in ihren Schlachten gegen die Engländer ein.

Nein, dies hier war eine Bombardelle - nach Aussagen des Flamen nur ein leichtes Geschütz. Das erste Mal tauchten die Bombardellen in dem grandiosen Seesieg der Venezianer über die Genuesen im Jahre 1381 auf. Von da an traten sie ihren Siegeszug an.

Das Schießpulver, eine Mischung aus Salpeter, Schwefel und Kohle wurde mit Hilfe einer Lunte entzündet. Vorne an der Rohrmündung lag eine Steinkugel, das Wurfgeschoß, bereit. Dicke Taue und Lederriemen über dem Rohr sollten die Wucht des Rückstoßes mildern. Für ein freies Schußfeld sorgten die Aussparungen im Schanzkleid.

Auf den Türmen des Kastells von Kirkinvaghe standen die großen, schweren Geschütze: die Bombarden. Lachlan konnte sich noch gut an den Tag erinnern, wo er sie zusammen mit den anderen über die Gänge und Wendeltreppen nach oben geschleppt hatte. Gott sei Dank war dies die letzte auf der St. Katherine. Geschafft!

Er atmete durch. Lachlan Dorschrippe war stolz darauf, das erste Mal auf der St. Katherine, der großen Kogge des Earl, den Geschützmeister zu spielen. Bernhard Flaronius fuhr zwar mit zu den Shetlandinseln - doch mußte er die Geschützbrigade auf der Kogge, die Sveighir Wackerbart befehligte, unterstützen.

*

Das letzte Jahrzehnt des 14. Jahrhunderts wurde unter schlechten Vorzeichen eingeleitet. Im Jahr 1389 hatten die Türken in der gewaltigen Schlacht auf dem Amselfeld die Völker des Balkans besiegt. Byzanz schien für das Abendland verloren und der Siegeszug des Islam unaufhaltbar.

Überall wurde in Europa für einen neuen Kreuzzug gegen die Osmanen geworben. Doch zu sehr waren die Feudalherren mit ihren eigenen Problemen beschäftigt als die Aufstellung eines geeinten christlichen Heeres zur Rettung Byzanz voranzutreiben.

In England und Schottland atmete man vorerst auf, als der für alle Seiten unglückselige Krieg durch einen Friedensvertrag beendet werden konnte. Dies waren nicht nur die Früchte von Otterburn, sondern auch ein Ergebnis der Vermittlungen der Königin von Norwegen und des Earls der Orkneys. Sir Henry erhielt für seine Bemühungen des Ausgleichs zwischen Schottland und England sogar ein urkundliches Schreiben des Plantagenet, in dem jener vorschlug, seine Handelsbeziehungen ganz besonders mit den Orkneys auszuweiten.

Ein Jahr später, 1390, starb der erste Stuart Robert II., hochbetagt und schon längst nicht mehr Herr in seinem Reich auf der Burg Dundonald in Ayrshire. Ihm folgte sein ältester Sohn John, der seit einem Sturz vom Pferd ein Krüppel war. Da der Name John für Schottlands Könige Erinnerungen an den verruchten John Balliol geweckt hätte, bestieg er den Thron als Robert III.

Den wahrhaften Herrscher des Landes stellte jedoch niemand anderes als Johns Bruder Robert dar, der Earl of Fife und spätere Herzog von Albany und mächtigste Kriegsmann der Schotten in jenen Tagen. Die anderen Brüder des Königs rebellierten sofort, um zu zeigen, daß sie keinerlei Einmischung in ihre Herrschaftsbereiche wünschten, so Alexander Stuart, der - bekannt als der „Wolf von Badonoch" - die große Kathedrale von Elgin niederbrannte, als Antwort auf seine Exkommunikation.

Und obwohl der Earl of Fife als Regent eingesetzt wurde, konnte dies alles nicht davon ablenken, daß es zwischen den einzelnen Parteien weiter kriselte. Die gälischen Clans im Westen wurden bereits wieder aufmüpfig und verweigerten sich des öfteren den Forderungen der Krone. Es sollte jedoch noch einige Jahre dauern, bis sie, angestachelt durch die englischen Könige, das Land in Blut und Händel stürzen würden.

*

Langsam stieg ein Mann den kleinen Pfad zwischen den Felsen nach oben. Ein gutes Dutzend Seeleute verfolgte seinen Weg vom sicheren Schiff aus. Eine kleine Schnigge war es, die in der schwer zugänglichen Südwestbucht der Insel vor Anker lag. Soweit sie nicht anderweitig beschäftigt waren, drängelten sich die Männer an der Reling und blickten auf die steil aufragenden Klippen von Ork Skerry.

Sir Henry hatte ausdrücklich gewünscht, allein an Land zu gehen. Niemand von der Besatzung der Schnigge wußte, was der Herr der Orkneys auf diesem gottverdammten Felseneiland suchte. Sicher, einige kannten noch den alten Bill Wilson und wußten von dessen Freundschaft zu dem Schotten - aber die kleine Ruine auf dem Felsvorsprung schien der Earl nicht zu beachten. Ohne Unterlaß kletterte er nach oben.

In wenigen Stunden wollte er wieder zurück sein. Dann würden sie unverzüglich durch den Sund und Scapa Flow nach Kirkinvaghe zurücksegeln. Auf der dem Sund zugewandten Südostseite Ork Skerrys warteten noch zwei größere Barken in einer sicheren Bucht. Ende dieses Monats, so wollte es Sir Henry, würde seine Flotte gegen die Shetlands auslaufen.

Außer Erik Sveighirson, dem sein Vater, der Jäger der großen Seeschlange, einst die Geschichte vom Ende Ork Skerrys erzählte, konnte sich keiner so richtig einen Reim darauf machen, wieso der Earl an einer Stelle mitten im Felsen plötzlich niederkniete, so als würde er ein Gebet verrichten. Nachdem er sich wieder erhoben hatte, dauerte es nur noch wenige Augenblicke und er verschwand hinter der oberen Kante der Klippen. Allein und nur mit der Hilfe Gottes an seiner Seite.

*

Doch war er wirklich allein? Wie sollte der Earl der Orkneys ahnen, daß nur kurze Zeit vor ihm ein anderer die Insel betreten hatte. Ein Mann, der finstere Gedanken hatte und finstere Pläne verfolgte. Er gehörte zur Besatzung einer der beiden Barken, die hinter der Insel auf sicheren Liegeplatz die Rückkehr des Earls abwarteten.

Lange hatte er vom Schiffsdeck aus die felsige Küste betrachtet, bis es ihm gelang einen kleinen Pfad ausfindig zu machen, der auf das Plateau der Insel führte. Man beachtete ihn kaum. Viele dösten herum. Es hieß, daß die Schnigge des Earl erst gegen Nachmittag im Sund auftauchen würde. Jedoch wartete unser Mann noch ab, bis die Klippen im Schatten der Sonne lagen, schloß sich dann in seiner Butze im Achterschiff ein. Daß er im hinteren Teil des Schiffes - direkt neben der Kajüte - logierte, bewies nur, daß es sich um eine ranghöhere Persönlichkeit an Bord handeln mußte. Wie er es anstellte, das Schiff unbemerkt zu verlassen und an Land zu gelangen, sollte sein Geheimnis bleiben.

Als der Mann mit durchnäßtem schwarzen Wams das Plateau der Insel mit seinen grünen, blühenden Wiesen erreicht hatte, versteckte er sich wie ein gemeiner Dieb rasch hinter einem großen Stein und wartete ab, was geschehen würde. Es dauerte eine halbe Ewigkeit - seine schwarzen Kleider waren schon fast von der Sommersonne getrocknet - als er auf den sanften Hügeln des Plateaus einen Mann gewahrte, der rasch näher kam. Von Zeit zu Zeit hielt dieser an und richtete seinen Blick nach Westen aufs offene Meer. Er war von mittlerem Alter, mit kraftvollem Gesichtsausdruck, das ein gut gestutzter Schnauzbart zierte. Sein Kleidung bestand aus einem leichten Kettenhemd ohne Brünne, das ein weißer Umhang mit den Farben von Orkney und Lothian bestickt, halb verdeckte. Sir Henry, der Earl der Orkneys, war's, der hier arglos daherkam.

Da der Mann hinter dem Stein alles andere wollte, als dem Earl nach Leib und Leben zu trachten, verhielt er sich still in seinem Versteck, so daß Sir Henry, ohne etwas zu bemerken, an ihm vorüberging. Mit gepreßtem Atem wartete er noch einige Augenblicke ab, ehe er es wagte, wieder hervorzuschauen. Doch als er sich endlich entschloß aufzutauchen, konnte er gerade noch bemerken, wie der Earl urplötzlich vom Erdboden verschwand. War er in eine Erdspalte oder eine Schlucht gefallen?

In geduckter Haltung eilte die Gestalt dem Earl hinterher. Tatsächlich, Sir Henry war in einer Schlucht entschwunden, die das Plateau teilte. Ihm war diese Schlucht zunächst gar nicht aufgefallen. Doch wo war der Earl der Orkneys abgeblieben? Vorsichtig ging er weiter, wobei er ständig über größere und kleinere, am Grunde der Schlucht liegende Steine klettern mußte.

Plötzlich blieb er stehen. Hatte er nicht eben den Hall von Schritten gehört? Doch wo kamen sie her? Wie er sich umblickte, entdeckte er eine kleine Öffnung im Felsen, deren Ende nicht auszumachen war. Führte sie in den Berg hinein?

Der Mann langte mit der Hand unter sein schwarzes Wams und brachte einen langen Dolch zum Vorschein. Mit der andern wischte er sich den Schweiß von der Stirn. Vorwärts - es gab keine Alternative. Langsam tastete er ins Dunkel hinein und bemerkte recht schnell, daß hier eine Treppe ins Innere des Berges führte. Behutsam schlich er weiter. Er wußte wohl, daß er auf der richtigen Fährte war und je tiefer er gelangte, um so fester umschloß seine Hand den Dolch.

Schließlich bemerkten seine Augen vor ihm ein Licht, das ihn warnte, jetzt noch vorsichtiger zu sein. So nach und nach nahmen seine Augen die Konturen wahr. Der Gang hatte stark an Höhe gewonnen und auch die Stufen schienen beträchtlich breiter geworden zu sein. So wie es aussah, mündete der Weg in eine Grotte. Dort irgendwo mußte der Earl der Orkneys sein.

Ganz sacht setzte der Mann einen Fuß vor den anderen. Nur wenige Schritte vor ihm hörten die Stufen auf, doch er wagte es nicht, weiter zu gehen und die vor ihm liegende Halle zu betreten. Hier schien er sicher zu sein. Mit seiner schwarzen Kleidung würde er wohl erst im letzten Moment auffallen. Er drückte sich an die Wand des Ganges und spähte durch das Zwielicht. Das Licht mußte irgendwie von oben in die Höhle eintreten, soviel war sicher. Kleinere Pfützen bedeckten hier und da den Boden der Grotte. Wahrscheinlich war das Wasser mit Wind und Wetter hineingelangt. Jedenfalls bewirkte es eine feuchte Kälte, die einem sofort durch die noch nicht völlig getrockneten Kleider drang.

Bei längerer Betrachtung konnte sich der Mann nicht des Eindrucks erwehren, daß der Halle eine gewisse Ebenmäßigkeit zugrunde lag - ähnlich wie bei einem Tempel. Am Rande standen wohl hohe Säulen, deren Bedeutung ihm nicht einleuchten wollte. In der Mitte der Halle stand jedoch das Allerseltsamste; ein riesiger Felsblock, der die Form eines Stuhles zu haben schien. Vielleicht sollte es ein Steinthron sein; doch wohl eher für Riesen als für Menschen. Auch er war - wie eigenartig - glatt behauen wie die Säulen.

Der Mann bekam einen Riesenschreck. Mein Gott, wenn nun der Earl mit dem Teufel im Bunde war? Doch schnell verwarf er diesen Gedanken wieder, vielleicht auch, weil er wußte, daß - wenn es so war - er sich ja in guter Gesellschaft befände. Er ließ den Blick in der Grotte weiter wandern. Plötzlich bewegte sich etwas aus dem Schatten einer Säule heraus.

Harry trat in die Mitte des Raumes. Er wußte, daß es jetzt bald soweit sein würde, denn heute war wieder Mitsommerfest. Schon trafen die ersten Strahlen der Sonne den Boden, bis schließlich der grelle Feuerball genau über der Öffnung stand. Sofort wurde Harry von der Faszination der Ereignisse in Bann genommen. Viermal war er inzwischen hier gewesen und jedesmal dachte er, daß der Kristall auf dem Sitz des Steinthrons zurückbleiben würde.

Langsam baute sich das Pentagramm aus den Lichtstrahlen auf - die ihren Ursprung vom Sitz des Steinthrones nahmen. Die Säulen begannen zu leuchten und schließlich kam es zu dem Wechselspiel der in der Mitte auftauchenden Symbole; dem Schwert, dem Zweig, dem Kelch, der Elster und schließlich dem roten Kristall. Wie immer dauerte dieses Lichtspiel nur wenige Augenblicke und es endete mit dem dunkelroten Licht, in das der Kristall die Grotte tauchte. Doch als das Zwielicht zurückkehrte, hörte man diesmal ein Geräusch. Ein Geräusch, so als wäre etwas heruntergefallen. Der Rubin.

Harry erkletterte den großen Steinklotz. Er hatte dabei wesentlich mehr Mühe als vor zwanzig Jahren. Fast wäre er hinuntergefallen, doch eine unsichtbare Hand schien ihn aufzuhalten. Als er die Sitzplatte erklommen hatte, dort wo das Pentagramm eingeritzt war, sah er ihn. Gütiger Gott. Bill Wilson hatte tatsächlich die Wahrheit erzählt. Das Lichtspiel war keine Halluzination. Der Karfunkel funkelte immer noch mit rötlichen Licht. Es schien aus seinem Inneren zu kommen.

Vorsichtig berührten Harrys Finger die Oberfläche des Kristalls. Dann nahm er ihn in die Hand und hielt ihn nach oben. Und mit einem Male war es ihm, als würden unendliche Hüllen, die ihn bis dahin belastet hatten, von ihm abfallen. Visionen, Dutzende von Visionen bauten sich vor seinen Augen auf. Da war die alte Karte des Ägypters. Wie sie so aufgerollt vor ihm lag, schien es, als würden alle Markierungen und Symbole, die der Papyrus enthielt, lebendig. Harry erblickte die Pyramiden, von denen der greise Omar einst erzählt hatte - die Hügelgräber von Drogeo, die großen französischen Kathedralen, die durch die Meister aus Bauhütten des Tempels hervorgebracht wurden. Er sah aber auch Dinge, von denen er nie zuvor gehört hatte - sicher ermöglichte ihm der rote Kristall, durch die Zeit zu reisen. Schließlich erschien ihm ein alter Mann, der ihm anbot, ein Stück Brot und einen Becher Wein mit ihm zu teilen. Sie kamen ins Schwatzen und der Alte erkundigte sich nach Harrys Vorbereitungen auf seine große Reise in den Westen und als ihm Harry einiges über seine Pläne erzählte, fragte er ihn plötzlich, was er denn zu tun gedenke, wenn er Drogeo finden würde. „Vielleicht werde ich dort Siedlungen errichten und das Land in Besitz nehmen", meinte Harry. Er erntete einen sonderbaren Blick als Antwort. „Wie wirst du dich gegenüber der alteingesessenen Bevölkerung verhalten? Willst du sie vertreiben?" „Wir werden in Frieden miteinander leben. Hier auf den Orkneys leben auch Schotten und Norweger zusammen." Der Alte schüttelte den Kopf. „Es gereicht immer zum Nachteil, den Frieden durch das Schwert zu erzwingen, Henry Sinclair. Darum höre: *Solltest du jemals durch die Gnade Gottes die Herrschaft über ein fremdes Volk erringen, so bist du als Ritter verpflichtet, ihm zu seinen Rechten zu verhelfen. Ja, sogar ihre Rechte vor aller Welt und besonders vor deinem eigenen Volk zu verteidigen."* Der Earl war ganz aufgeregt. „Sage, Alter, weißt du etwas von Drogeo? Sag, werde ich es finden?"

„Es steht mir nicht an, dein Schicksal vorauszusagen, mein Sohn", entgegnete der Alte. „Bis jetzt hast du deinen Weg zielstrebig verfolgt. Ich sehe keinen Grund, warum du Drogeo nicht finden solltest. Aber denke nicht, daß du damit die Suche deines Lebens beendet hast, denn auf der Suche wirst du immer bleiben; bis ans Ende deiner Tage. Sieh dort", und er zeigte auf ein staubiges Feld, über das die Winde gingen. „Gehe nur zu, Henry Sinclair und du wirst den Kreis deines Lebens begreifen", sagte er noch und verabschiedete sich damit.

Harry tat, was der Alte sagte und ging über das Feld, wo er bald einen Bauern gewahrte, der die Erde mit einem Pflug bearbeitete. Vor den Pflug hatte er ein schönes weißes Pony mit langer heller Mähne gespannt. Der Earl wunderte sich, daß bereits in der Furche das Gras, das Getreide zu wachsen begann. Nicht lange und es schossen die ersten Bäume empor. Weil ihn die Hitze des Tages zu sehr zu drücken schien, zog sich Harry unter den Schatten eines Baumes zurück, um eine Weile zu rasten. Hunger und Durst begannen ihn zu quälen. Ermattet wischte er sich den Schweiß von der Stirn. Da erblickte er in der Nähe eine Quelle, an der sich einige Arbeiter aufhielten. Sie bemerkten auch ihrerseits den Fremden und sofort lösten sich zwei Frauen aus der Gruppe und kamen zu Harry hinüber, um von ihrem Essen und Trinken anzubieten. Die eine, eine Dunkelhäutige, reichte ihm einen Krug Wasser, während die andere, eine Blondgelockte, ihm ein Stück Brot anbot. Er dankte ihnen und sie verschwanden lachend.

Wie Harry über sich schaute, bemerkte er, daß die Bäume immer größer und vor allem immer höher geworden waren. Weit, weit über ihm bildeten die grünen Kronen ein dichtes Dach. Doch was war das? Dies war kein tiefer Wald, in dem er stand. Nein, dies war das Innere eines Domes, eines riesigen Kirchenhauses und aus der Höhe des Raumes drangen Stimmen, ganz hohe Stimmen herab. Er selbst ruhte nicht mehr am Stamme des Baumes, sondern an einem großen Mauerpfeiler des Kirchenschiffs. Angenehme Kühle strich durch die Halle.

Harry erhob sich und schritt vor in Richtung des Altars. Es war niemand zu sehen. Nirgendwo. Genau in dem Augenblick, in dem er den Altar erreichte und seine Augen hoch zum Kreuz des Erlösers wanderten, stupste ihn jemand in den Rücken.

Harry drehte sich herum und vor ihm stand - er erschrak gewaltig - Bill Wilson, der alte Wal- und Robbenjäger. Herrgott, wie kam der denn bloß hierher?! Sie redeten nicht viel miteinander, wie es schon immer Bills Art gewesen war. Statt dessen reichte der Fischer Harry ein gedrehtes Röllchen aus jenem seltsamen Kraut, das sie früher zusammen geraucht hatten. Dabei lachte er und sagte: „Keine Sorge. Ich darf jetzt wieder. Johanna verbietet es mir nicht mehr." Bill hielt ebenfalls ein gerolltes Blatt in der Hand und ging auf eine Altarkerze zu. Einen Augenblick hielt er inne und wandte sich noch einmal Harry zu. „Baue dein Haus zu Ende, Harry. Der alte Morlay meinte, es wäre das beste im ganzen Norden. Und...", er wies auf das gewaltige Kreuz hinter dem Altar, „verlasse niemals seinen Pfad."

Harry wunderte sich, denn er hatte den alten Fischer früher nie so sprechen hören und wieso war er mit David zusammengetroffen. Bill zündete sein Blatt an und ging zu Harry zurück. Dort gab er sein Feuer dem Earl weiter, so daß schließlich beide rauchen konnten. Bill erzeugte mit dem Mund Rauchringe, die - als sie nach oben schwebten - sich in die sonderbarsten Figuren verwandelten. Oft waren es Schiffe und Harry glaubte die einzelnen Seeleute auf Deck zu erkennen. Dann bemerkte er, wie die Rauchschwaden, die seinem Mund entstiegen, die Form einer Landschaft, oder vielmehr einer vom Meer umspülten Küste annahmen. Fremd aussehende Frauen und Männer standen am Ufer, so als erwarteten sie die Ankömmlinge. Die Schiffe warfen ihre Anker in der Bucht. Harry konnte jetzt sogar die Flaggen an den Mastspitzen erkennen und es verwunderte ihn, neben dem der Orkneys noch ein weiteres, ihm gut bekanntes Wappen auszumachen. Das des Löwen von San Marco - das Zeichen der Seerepublik Venedig. „Es ist großartig, Bill. Die Venezianer...", sagte Harry und blickte wieder zur Erde hinab. Nur der alte Fischer war nicht mehr da. Auch die Umgebung hatte sich völlig verändert.

138

Harry befand sich in einer der alten Steinhütten, in denen die einfachen Menschen auf den Orkneys lebten. Nur spärlich leuchtete der Tag durch die schmalen Fensterschlitze nach innen. Er selbst saß an einem Tisch, der von einer trüben Ölfunzel erhellt wurde. Ihm gegenüber saß nicht etwa Bill, nein, ein kleines Mädchen stand auf einer Bank und beugte sich über eine Schüssel aus Ton. In der Schüssel befand sich Wasser und auf dem Wasser schwamm ein kleines Schiffchen, geschnitzt aus dem Horn eines Narwals. Harry mußte lachen, weil es sehr große Ähnlichkeit mit seiner Kogge aufwies, die jetzt in Kirkinvaghe im sicheren Hafen lag. „Gefällt es Dir?" fragte ihn die Kleine und entblößte dabei ihre lückenhafte Zahnreihe.

„Es ist eine gute Arbeit", lobte Harry. „Hat das dein Vater geschnitzt?" „Nein, mein Vater hat es von seinem Großvater ererbt. Komm, wir fragen ihn." Nach dem letzten Satz stand die Kleine auf und rannte zur Tür hinaus. Der Earl konnte gar nicht so schnell folgen.

Bittere Kälte schlug ihm draußen entgegen. Ein paar Schneeflocken tanzten vom Himmel zur Erde hinab. Von dem Mädchen war weit und breit nichts zu sehen.

Aber die Gegend schien ihm irgendwie vertraut, so als wäre er schon einmal hier gewesen. Jawohl, das war doch das freie Feld, wo er vorhin den Bauern gesehen hatte. Nun war das Land ringsum weiß verhüllt. Etwas abseits der Steinhütte stand ein dürrer Baum und darunter ein verwitterter Stein - ein Grabstein.

In den Ästen des Baumes saß ein alter Rabe. Er krächzte laut, als Harry näherkam, aber er dachte nicht daran wegzufliegen. Der Earl trat vor den Grabstein. Langsam bückte er sich hinab. Über dem eingeritzten Namen lagen einige Schneeflocken, die er erst beiseite wischen mußte. Doch wie entsetzt war er, als sein eigener Name auf dem Stein zum Vorschein kam; Sir Henry Sinclair. War er denn schon tot?

Um ihn herum begann alles zu verschwimmen. Die Landschaft, der Baum, der Rabe, selbst die Sonne, die ein trübes Licht durch die Schneewolken geschickt hatte. Immer gleichmäßiger wurde das Bild vor seinen Augen, so als wäre er in einer tiefen Felsengrotte.

Harry bemerkte gar nicht, daß es die Vision war, die verschwand. Es war, als würde er erwachen. Er allein - oben auf dem Steinthron inmitten des Zwielichts der Grotte, den Kristall in seinen Händen. Die Bilder rückten in weite Ferne, so wie ein unwirklicher Traum. Ja, nicht einmal das geheimnisvolle Flackern im Inneren des Karfunkels blieb zurück. Es war düster, kalt und feucht. Der Schweiß der Hand klebte an dem Edelstein.

Schon wollte Harry ihn in Beutel an seinem Gürtel gleiten lassen, doch dann entsann er sich Bills Worten. „Wehe, der Stein verläßt diesen Kreis. Dann naht das Ende von Ork Skerry." Er erschrak fürchterlich, als er daran dachte, was geschehen wäre, hätte er sein Vorhaben ausgeführt. Eingedenk jener Mahnung, legte der Earl den Stein an die Stelle zurück, von wo er ihn genommen, auf der ihm zugewiesenen Ecke des Pentagramms.

Als er vom dem Steinthron hinabstieg, war es ihm, als hätte er in dem Gang, der nach draußen führte, einen Schatten verschwinden sehen. Ohne jemand zu bemerken, schritt

Harry die Treppen empor, um den Berg wieder zu verlassen. Draußen angekommen blendete ihn die Sonne so stark, daß er die Augen zusammenkneifen mußte.

Noch einmal hielt er an, oben auf dem höchsten Punkt des Plateaus und blickte aufs offene Meer hinaus. Auf den weiten abendländischen Ozean, auf das westliche der vier äußeren Meere der Welt. Es war ein ruhiger Tag, kaum Seegang - eine endlose, silbrig in der Sonne glitzernde Fläche. Harry wollte gerade weitergehen, da flog auf einmal eine Elster vorbei - Gott weiß, woher sie gekommen - und ließ sich auf einem Feldstein vor ihm nieder. Der Earl näherte sich langsam dem Vogel, der keinerlei Scheu zu haben schien. Grell strahlten die weißen Federn in der Sonne, perlmuttartig schimmerte das Schwarz. Die Augen der Elster leuchteten sonderbar, so als ständen sie voller Tränen. Der Vogel verhält sich seltsam, dachte Harry und ging weiter.

*

Der Mann mit dem schwarzen Wams kletterte vorsichtig nach oben. Oft war er gezwungen eine Pause zu machen, um einen geeigneten Griff für die Hand oder einen sicheren Tritt für den Fuß zu erspähen. Kein leichtes Unterfangen, denn der Stein war glatt und gab nur wenig Halt. Jedenfalls war er froh, als er endlich das erste Plateau des Felsblocks erreichte - den Sitz des Steinthrons.

Als er das Pentagramm erblickte, erschrak er gewaltig. Niemand würde ihm bei dieser Geschichte Glauben schenken, schon gar nicht sein großer Gönner und Auftraggeber, John von Gaunt. In was war er hier nur hineingeraten?! Langsam wurde ihm der Earl der Orkneys unheimlich. Ungeachtet dessen griff er gierig mit der Hand nach dem Edelstein. Nichts - kein Zauber, gar nichts. Es war so, als hätte er einen Strandkiesel zwischen den Fingern. Dabei mußte dieser Stein doch Zauberkräfte besitzen - oder war jene wundersame Erleuchtung der Halle nur ein rätselhaftes Trugbild?

Er hatte es doch eben noch selbst aus sicherem Versteck mit angesehen. Vor Kälte war er fast gestorben, so lange hatte der Earl auf diesem Felsblock ausgeharrt und das, obwohl das Lichtspiel nur wenige Augenblicke dauerte. Es war ihm unerklärlich, was Sir Henry hier oben wollte, wenn er nicht einmal den Rubin mitgenommen hatte.

Er fand keine logische Erklärung für diese Handlungsweise, aber vielleicht sollte er diesen Stein an sich nehmen, denn bestimmt trat die Kraft des Steines nur in besonderen Momenten hervor. Sicher hatte der Earl diesen Augenblick abgepaßt, weil er um das Geheimnis dieser Grotte wußte.

Der Mann fing an, im Wams zu suchen, denn schon längst war sein Plan gefaßt. Schließlich schien er etwas gefunden zu haben, das seinen Zwecken dienlich erschien. Zu Tage brachte er einen kleinen Lederbeutel. In diesen ließ er den Karfunkel verschwinden und hängte ihn sich anschließend um den Hals. Mit etwas mulmigem Gefühl dachte er an den Rückweg, als er nach unten schaute.

Der Abstieg war noch schwerer als der Aufstieg. Kurz vor er dem sicheren Boden der Grotte verfehlte er einen Griff, verlor den Halt unter seinen Füßen und stürzte. Schwer schlug der Kopf gegen einen Stein, das Band des Beutels riß und jener rutschte samt

Inhalt auf Nimmerwiedersehen in eine Erdspalte hinein. So kam es, daß der Kristall wieder dorthin zurückkehrte, woher er gekommen war - in die Tiefen der Erde, dort wo das Herz der Welt schlägt. Da er jedoch den Bereich des Pentagramms verlassen hatte, war das heilige Gleichgewicht gestört und die Welt dazu bestimmt, einen anderen Weg zu nehmen. Doch das konnte zu dem Zeitpunkt noch keiner wissen.

Die Lippen des Mannes schmeckten nach Blut, als er nach einigen Augenblicken die Besinnung wiedererlangte. Verdammt! An der Stirn trug er eine große Platzwunde, die heftig schmerzte. Ein dicker Streifen Blut war ihm quer übers Gesicht gelaufen. Er fühlte sich schwach und zu kraftlos, um aufzustehen. Langsam griffen seine zittrigen Finger tiefer - zum Hals. Doch, oh Schreck - wo war sein Lederbeutel? Der Rubin! Bei Gott - hier hatte eine höhere Macht die Hand im Spiel. Allein bei diesem Gedanken wurde er kreidebleich. Das Blut schien ihm förmlich in den Adern zu gefrieren. Voll Schrecken sah er an der Wand des Felsblocks hinauf; sah das kreisrunde Loch in der Höhlendecke, durch das der helle Tag hineinschien. Alles begann sich zu drehen, so daß er den Kopf wieder senkte. Was war das? Es war ihm, als hörte er ein lautes Krächzen, gleich dem Ruf eines Raben oder einer Elster. Nur fort von diesem Ort, dachte er.

Mühsam raffte er sich auf. Wie in Trance schleppte der Mann mit dem schwarzen Wams sich wieder zum Ostufer der Insel hinab. Daß er ungesehen wieder an Bord der Barke gelangte, grenzte diesmal an ein kleines Wunder. Viele Tage lag er im Fieber in seiner Koje und nur selten ließ er sich auf Deck blicken.

*

So schnell wie er gekommen war, so schnell war der Regen bereits weitergezogen. Schon trafen die ersten Sonnenstrahlen die Planken der Kogge. Der Steuermann, der achtern am Ruder stand, streifte die Kapuze seiner Kutte aus Seehundfell zurück, die er über sein Wollwams geworfen hatte. Er leckte am Finger und hielt ihn in die Höhe. Die einseitige Kühle und ein prüfender Blick auf das pralle Lateinersegel über ihm waren sichtbare Zeichen dafür, daß der Wind weder nachgelassen noch die Richtung geändert hatte. Dies stimmte ihn zuversichtlich und er hielt unbeirrt an seinem Kurs fest.

Und wie er sich so zu einer Barke, die sich auf halber Höhe mit der Kogge befand, umschaute, gewahrte er gerade noch rechtzeitig im Augenwinkel, wie der Kapitän zu ihm hinaufstieg. „Wie es aussieht, wird der Wind halten, Björn?" Björn Walzahn nickte. Er war nun schon acht Jahre Steuermann bei Sir Henry, davon vier auf der St. Katherine und nie hatte der Earl der Orkneys Grund gehabt, sich über ihn zu beklagen. Vorher hatte er seinen Unterhalt als Fischer, aber auch als Wal- und Robbenjäger verdient. Das brachte den kräftigen Mann mit dem wettergegerbten Gesicht und dem prächtigen Bart wohl auch seinen Namen ein.

„Ja, es weht kräftig. Wir können's gebrauchen, Sir." Dann wandte Björn abermals den Kopf und zeigte mit dem Finger nach Westen. „Seht, Sir. Schon bringt der Wind neue Schauer heran."

Der Earl schaute auf den weiten Ozean. Weiße Schaumkronen schmückten die dahinjagenden Wellen des Meeres. Im strahlenden Sonnenschein schimmerte es an einigen Stellen azurblau, an anderen grün. Hier und da stürzte eine Möwe im Sturzflug in die Fluten, um nach einem Fisch zu tauchen. Björn hatte recht. Am Horizont brauten sich schon wieder dunkle Wolken zusammen. Doch auch sie würden schnell vorüberziehen.

„Das Wetter macht mir keine Sorge", sagte er zu seinem Steuermann. „Aber denkst du, daß wir unsere Schiffe sicher auf der Ferinsel anlanden können?" „Ich habe es euch doch schon gesagt, Sir. Es ist nun schon über zehn Jahre her, daß ich vor dem kleinen Eiland vor Anker ging. Wir waren damals mit einem Balinger, einem Walfänger, unterwegs. Diese Insel umgibt ein verdammt gefährliches Gewässer - könnt ihr mir glauben, Sir."

„Ich weiß, es gibt nur drei Landeplätze", entgegnete Sir Henry seinem Steuermann. „So sieht es aus, aber das ist nicht das Schlimmste. Vor den Küsten lauern etliche Riffe und Sandbänke auf uns. Da können wir - sollte der Wind wechseln - ernste Probleme bekommen."

„Was schlägst du vor, Björn?" „Bleibt bei eurem Plan, Sir. Jeweils drei Schiffe werden in den zwei sicheren Buchten der Ostseite vor Anker gehen." Björn wiegte etwas leicht den Kopf und setzte nach. „Sollte sich das Wetter jedoch verschlechtern, dann meidet um Gottes Willen die Inseln. Ich habe keine große Lust, auf einer Planke schwimmend die Ferinsel zu erreichen. Mit den Fischern dort - rauhbeinige Gesellen allesamt - ist nicht zu spaßen. Jedenfalls war es richtig von euch, die Lotsen einzusetzen."

„Jetzt, wo die Sonne scheint, sieht man schnell ein Riff," sagte Harry. „Doch trübt es ein, hilft nur noch Faden und Lot." Björn Walzahn nickte zustimmend.

Sir Henry trat an das Schanzdeck des Achterschiffs. Zufrieden blickte er auf seine Flotte. Die Operation war wirklich gut vorbereitet. Zwei Koggen und dreizehn Barken und Schniggen, größere und kleinere, hielten nordwestlichen Kurs auf die Shetlandinseln. Fünfhundert Krieger, tapfere Schotten und Orkneywikinger folgten dem Banner ihres Herrn; dem Wappen, das an der Spitze jedes Schiffsmastes im Winde flatterte. Besonders stolz war Harry auf seine zwei Koggen, von denen die St. Katherine vor vier Jahren und die St. Magnus vor einem Jahr die Helling in Kirkinvaghe verlassen hatten. Und die Schiffsbauer und Zimmerleute arbeiteten bereits an der Dritten.

Auf der zweiten Kogge links von ihm befehligte der kleine Sveighir Wackerbart, ein erfahrener Seemann. Rechts von ihm, auf der etwas dickbauchigen Barke, die eher einer Knorre glich, hatte der gewaltige Gwendolf Hellebrogge das Kommando. Auch die Fischer von Hoy segelten mit einer Barke mit, die unter der Doppelführung von John Zwergenhammer und Thorstein Rabenfeder stand. Weitere wichtige Gefolgsleute des Earls waren Sir Archibald Ramsay, Kenneth MacRool, Arne Gaethelred, der die Bogenschützen unter sich hatte, aber auch Philip, der schwarze Ritter und natürlich der von allen geschätzte Geschützmeister Bernhard Flaronius aus Flandern. Denn drei dieser stolzen Schiffe, die zwei Koggen und eine große Barke, waren mit Kanonen ausgerüstet. Wenn der Wind anhalten würde, könnten sie schon in der Nacht die Ferinsel erreichen. Vor zwei Tagen, am 10. August, dem St. Lawrence Tag, waren sie in Kirkinvaghe ausgelaufen. Königin Margarethe hatte ihm eine letzte Frist gesetzt, 140 Pfund Sterling schottischen Goldes als Rate für sein Lehen zu zahlen. Nur galt diesmal die Bedingung, das Geld in der Kirche St. Magnus von Thingval zu hinterlegen. Thingval befand sich aber auf den Shetlandinseln, wodurch der Earl der Orkneys nun endlich zum Handeln gezwungen war. Und das, wo er so schon schwer genug an der Geldschuld trug, die ihm Haakon einst aufgezwungen hatte.

Wie Harry so auf seine Flotte schaute, bemerkte er, daß einige Schiffe zurückgefallen waren. Sofort drehte er um und verließ das Achterschiff. „He, Erik", rief er dem jungen Sveighirson zu. „Ja, Sir", entgegnete dieser beflissen und erhob sich. Er hatte nämlich gerade etwas neben einer Biertonne gedöst. „Drehe mit Lars und Olaf das Lateiner etwas aus dem Wind. Wir verlangsamen unsere Fahrt. Es sind ein paar Schiffe zurückgefallen", sagte Harry mit knappem Ton.

„Verstanden, Sir", erwiderte ihm der Sohn Sveighirs, des Jägers der großen Seeschlange. Harry ließ ihn stehen und ging weiter zum Bugspriet. Er wußte, daß es ohnehin besser wäre, erst mit dem Morgengrauen die Ferinsel anzulaufen, denn er wollte auch nicht ein einziges Schiff durch die gefährliche Tücke eines Riffes verlieren. Sveighir Wackerbart und Gwendolf Hellebrogge verstanden sehr bald die Entscheidung Sir Henrys.

*

„Drei Faden, fünfzig. Drei Faden. Verdammt, wenn nur der Nebel nachlassen würde." „Recht hast du, Iain Flachsnase", bestätigte der Earl der Orkneys seinem Lotsen. „Weit kann die Küste nicht mehr sein." „Was ist, Iain" brüllte da Björn von Achtern. „Drei Faden, zwanzig."
Iain kannte das vereinbarte Zeichen. Wenn das Lot unter zwei Faden fallen sollte, würde er Björn ein Stop signalisieren. Da sie noch keinen verläßlichen Punkt der Küste ausgemacht hatten, war es ohnehin schwierig für den Steuermann, das Schiff durch die Riffe zu steuern. Im Morgendunst und bei trübem Wasser ohne Lotsen - unmöglich. Und nichts war gefährlicher als mit dem Schiff zu dicht an die Klippen der Ferinsel zu gelangen.
„Zwei Faden, siebzig", rief Iain. Die Männer an Bord hielten den Atem an. Es gab kaum einen, der sich nicht mit auf dem Oberdeck befand. Die, die dazu bestimmt waren, mit an Land zu gehen hatten bereits ihre Kettenhemden angezogen und die Waffen umgeschnallt. Einige starrten gebannt auf die weiße Nebelwand vor ihnen, die sich nicht auflösen wollte, andere versuchten mit ihren Augen gefährliche Felsenriffe unter Wasser auszumachen.
„Zwei Faden neunzig." „Seht doch, der Nebel löst sich auf", rief Lars den anderen zu. Und wirklich. Mit einem Male tauchte wie aus einer Wand die Küste der Ferinsel auf.

Sie hatten verdammt noch mal einen guten Platz gefunden, denn vor ihnen lag eine kleine Bucht mit gelbem Sandstrand. Hinter den Dünen ragten die grasbewachsenen Dächer einiger Fischerhütten hervor.

Am Strand machte sich gerade ein Fischer an einem Boot zu schaffen. Sicher wollte er mit der aufgehenden Sonne aufs Meer hinaus fahren, um Hering oder Dorsch zu fangen.

Der Fischer starrte auf die vor seinen Augen auftauchende Flotte mit weit aufgerissenen Augen. Es dauerte eine Weile, ehe er zu begreifen schien. Aber schließlich ließ er von seinem Boot ab und rannte, so schnell seine Beine es hergaben zu den kleinen Hütten, die hinter den Dünen lagen.

„Jetzt wird der Tanz bald beginnen", meinte Ither Wobbelstone und fuhr mit der Hand nach dem Griff seines Schwertes. Der Earl schmunzelte: „Glaubst du wirklich, daß die paar Männer hier einen Zwergenaufstand proben, angesichts dieser Übermacht. Laß dein Schwert stecken und spare dir deine Kraft noch ein paar Tage auf, Ither."

„Was soll nun geschehen, Sir", fragten einige der Männer an Bord der St. Katherine ihren Kapitän. Das wollte auch der gewaltige Gwendolf Hellebrogge wissen, der vom Bugspriet der „Wild Orcadia" zu ihnen hinüber rief.

„Lachlan." Harry winkte den Befehlsführer seiner Bordgeschütze zu sich. Lachlan Dorschrippe trat aus dem Kreise der Krieger und Schiffsmänner heraus. „Ja, Sir." „Ich glaube, es wird Zeit, einmal ein kleines Feuerwerk zu veranstalten. Was hältst du davon." „Sofort, Sir. Wenn ihr es wünscht. Die Geschütze sind fertig. Seit heute früh warten ich und meine Männer auf euer Zeichen."

„Nun gut, Lachlan. Siehst du jene Felsenklippe dort vorn."

Harry zeigte auf einen hohen Felsblock, neben dem die Boote der Fischer lagen. „Aber treffe ihre Boote nicht."

„Dazu müßte Björn Walzahn noch ein wenig nach Steuerbord halten. Dann werdet ihr einen Meisterschuß sehen, mein Lord." Lachlan wollte sich umdrehen und zu dem Geschütz im Vorderschiff eilen. „Warte wenigsten solange, bis die feigen Hunde ihre Köpfe zeigen", rief ihm der Steuermann noch hinterher.

Die Männer blickten wieder gespannt zum Ufer hinüber. Tatsächlich, hinter den Dünen braute sich etwas zusammen. So um die dreißig, vierzig Männer, bewaffnet mit Äxten und Knochenbögen kamen zum Strand hinunter. Einer hob seinen Bogen und zielte in Richtung des Flaggschiffs. Doch just in jenem Augenblick ertönte ein entsetzlicher Donnerschlag.

Als sich der Rauch verzogen hatte war das Erstaunen groß. Wenige hatten bis jetzt die Wirkung solcher Waffen am eigenen Leib miterlebt. „Alle Achtung, Lachlan", lobte der Earl. Der Felsblock war zu Hälfte weggesprengt. Zwei Fischerkähne verschüttet. Die stolzen Wikinger von der Ferinsel warfen angesichts dieser überzeugenden Vorstellung die Waffen weg. Einige rannten auch ins Dorf zurück. Höchstwahrscheinlich fürchteten sie den Zorn des Donnergottes Thor.

„Das war's", sagte der Earl. „In die Boote, Männer."

144

*

Die Augustsonne schien kräftig über den höchsten Platz der Insel. Die großen Steine, die hier im Kreis standen, waren allesamt von bewaffnetem Volk besetzt. Auf der einen Seite an die hundert Krieger von den Orkneyinseln und auf der anderen die wenigen Fischer der Ferinseln - wohl die alten und erfahrenen - die die Verhandlungen führten. Wer weiß, ob die Ferinsel überhaupt jemals so viele Menschen auf einen Haufen gesehen hatte. Das Hochplateau lag im Norden der Insel - wohl gute sechshundert Fuß über dem Meer. Die Ferinsel lag etwas näher an den Shetlands als an den Orkneys. Wer gute Augen hatte, konnte im Dunst die Südspitze der Shetlandinseln - Sumburgh Head - erkennen.

„Der Platz hier ist gut" sagte Sir Henry. „Ich sollte hier am Nordhang ein kleines Steinfort errichten." „Hat der Earl immer noch kein Vertrauen zu uns", erwiderte ihm John Nifelson. John war der Wortführer der Fischer - ein riesiger Kerl, dessen Haupt dicke, wirre, rote Zotteln bedeckten. An seiner linken Hand fehlten zwei Finger, die ihm angeblich ein Seeungeheuer abgebissen hatte.

„Vertrauen. Die letzte Barke, die ich nach Norden schickte, habt ihr jedenfalls zum Umkehren gezwungen." „Wir wußten nicht, welcher Edelmut von Kirkinvaghe aus zu uns leuchtet", erwiderte Ulf, ein Schmeichler, der unter seinen eigenen Leuten nicht besonders beliebt war. „Ach, heuchle doch nicht, du Ratte", wies ihn Gwendolf Hellebrogge zurecht. „Dein Gefasel ist ja widerwärtig." Harry fuhr fort. „Nicht genug, daß ihr unser Schiff davongejagt habt. Seit Jahr und Tag vermisse ich eure Steuerzahlung, gleich den Shetlands."

John Nifelson, der auf einer Wurzel herumkaute, spuckte aus. Im Gegensatz zu Ulf schien das alte Rauhbein keinen besonderen Respekt vor den Kriegern der Orkneys zu haben. „Wir haben kein Gold, mit dem wir bezahlen können. Abgesehen von den wenigen Schafen, die wir besitzen, ernähren wir uns von dem, was das Meer uns bietet."

„Hättet ihr meine Männer damals an Land gelassen, dann wüßtet du jetzt, daß ich kein Geld von euch verlange. Es steht geschrieben, daß die Fischer der Ferinsel ihre Abgaben in Robbenfellen, Fischöl und gefertigter Wolle zu entrichten haben."

„Woher sollten wir eure Absichten erraten", warf ein aufgebrachter Fischer ein. „Nachrichten aus Kirkinvaghe - so erzählen es die Alten - waren für uns immer schlechte Nachrichten. Seit jeher." „Außerdem treiben sich hier hin und wieder Seeräuber herum", bemerkte ein anderer.

„Ist das so!" höhnte Gwendolf. „Mir sind da ganz andere Sachen zu Ohren gekommen." „Mir auch", bestätigte Philip, der schwarze Ritter, der etwas abseits stand.

Darauf John Nifelson: „So, was denn?" Sir Henry schlug seinen weißen Umhang zurück. „Das ihr harmlose Kaufleute und Schiffbrüchige überfallt." „Jegliches Strandgut der Ferinsel ist unser Besitz. Alles andere sind böse Verleumdungen", entgegnete der Fischer. „Schweig!" schnitt ihm der Earl das Wort ab. „Ich sollte dir die Zunge abschneiden lassen. Jahre habe ich gebraucht, um die Orkneys von solchem Gesindel zu befreien. Schon vor über dreißig Sommern kämpfte ich mit den Fischern der Insel Hoy", John Zwergenhammer nickte Sir Henry zu, „gegen Seeräuber von der schottischen Nordküste. Glaubt ihr da etwa, ich bin euer Feind. Gütiger Gott, John Nifelson. Nie wieder will ich aus deinem Munde solches Geschwätz hören. Bekennt euch zu euren früheren Untaten. Als Earl der Orkneys verzeihe ich euch. Aber euren Frieden mit Gott müßt ihr wohl alleine machen."

Harry wollte noch etwas sagen. Da wurde er durch lautes Stimmengewirr unterbrochen. „Seht doch. Seht an der Westküste." Die Männer drehten sich um.

Das konnte doch nicht wahr sein. Vor der Küste war gerade ein Schiff auf ein Riff aufgelaufen. Von der Mannschaft war nichts zu sehen. Wahrscheinlich versuchte sie schwimmend das Ufer zu erreichen. Über die grünen Berghänge rannten die jungen Männer der Ferinsel zum Ufer hinunter. In ihren Händen schwangen sie große Streitäxte und Keulen aus Knochen.

Der Earl wurde ärgerlich. „Sehen so eure bösen Verleumdungen aus, John Nifelson. Pfeift eure Burschen zurück, ehe sie Schaden anrichten können, sonst lasse ich sie einzeln an die Rahmasten meiner Schiffe aufknüpfen." Gwendolf setzte seinen Olifanten, ein langes gewundenes Horn aus Elfenbein, an den Mund und stieß einen lauten Ton aus. Dreimal ließ er den Ruf der Orkneys erschallen, bis auch der letzte der jungen Männer auf den grünen Hängen inne hielt. John Nifelson hob die linke Hand, um ihnen deutlich zu machen, daß ihr Vorhaben sinnlos war.

„Schauen wir uns die Sache mal von der Nähe an", sagte Harry. Langsam setzte sich der Zug bergab zu den schroffen Uferklippen der Ozeanseite in Bewegung.

„Seht doch, Sir. Sie segeln unter dem Zeichen des Löwen." Harry kannte diesen Löwen sehr gut. Das Schiff, dem hier ein spitzes Felsenriff zum Verhängnis wurde, war eine Karavelle; eine stattliche venezianische Karavelle. War Francescos Geist zurückgekehrt? Der Rumpf vorne am Bug war vollkommen zertrümmert und das Schiff hatte schon eine leichte Schräglage eingenommen. Von dem Wrack waren es immerhin noch gute hundert Yards bis zum Ufer.

Mit geübten Bewegungen schwammen die Seeleute ans Ufer. Sie mußten höllisch aufpassen, denn in Ufernähe konnte sie die Brandung durchaus gegen einen der spitzen Felsen schmettern. Harry gab seinen Männern Order, die Schiffbrüchigen aus dem Wasser zu ziehen. So nach und nach kehrten sie zurück. Zwei Krieger des Earls hatten jeweils einen Seemann eingehakt und schleiften die armen Kreaturen bis zu den Stellen, wo blühende Wiese und Moos das unwirtliche Ufergestein ablösten.

Wohl an die dreißig Schiffsmänner waren es, die das schützende Land erreichten und alle naß bis auf die Haut. Einige waren durch häßliche Schürfwunden verunstaltet, die sie sich wohl unten in der Brandung an den Klippen zugezogen hatten. Hervor stach einer, der einen würdigen grauen Bart und graues Haupthaar trug. Sein Wams aus Seehundfell hatte er sicherlich in Island erworben. Niemand zweifelte daran, daß die Karavelle von Island oder den Frislandinseln kam.

Der Graubart sprach seine Retter auf Französisch an. Doch so sehr sich der Earl anstrengte, er verstand von dem, was der Fremde sagte, nur die Hälfte. Dies lag vor allem daran, daß der Mann einen Dialekt verwendete, wie er in der Gascogne üblich war und nicht etwa in der Normandie. Nach fünf Sätzen unterbrach ihn Harry und trat zu ihm hinüber. „Verzeiht, daß mein Französisch so schlecht ist", sagte er auf Lateinisch, wobei er sich deutlich Mühe gab, ohne Dialekt zu sprechen. Dann fuhr er fort: „Ihr habt Glück im Unglück. Ganz zweifellos, Sir." Er machte eine Pause und wies auf die Fischer der Ferinsel. „Auf dieser Insel war es nämlich bis jetzt Brauch, armen Schiffbrüchigen entweder den Schädel zu zertrümmern oder die Kehle durchzuschneiden, ehe man ihre Ladung plünderte."

Sein gegenüber verstand die Geste und nahm die Unterhaltung - diesmal auf Lateinisch - wieder auf. „Reizende Begrüßung. Ich hoffe, daß mein Leben und das meiner Mannschaft bei euch in guten Händen ist. Mit wem habe ich denn das Vergnügen."

„Mit einem Freund, Seemann, mit einem Freund. Meines Zeichens, Sir Henry Sinclair, Earl der Orkneys und Herr über Lothian, Diener seiner Majestät Margarethe, der Königin von Norwegen und Untertan des Königs von Schottland. Dies", Harry wies auf die ihn umgebenden Männer, „sind Krieger von meinen Schiffen, die drüben auf der Ostseite der Insel sicher vor Anker liegen. Wir sind in einem Feldzug gegen die Shetlandinseln unterwegs. Wenn mich nicht alles täuscht, seid ihr der Kapitän und Führer dieser Karavelle?"

„Ganz recht, Earl Henry", erwiderte ihm der Graubart „Nicolo Zeno ist mein Name und meine Heimat Venedig."

Bibliografie

Pohl, Frederick Julius;   *Prince Henry Sinclair; London 1974*

Nerval, Gerard de;   *Reise in den Orient. Werke Bd. I.; München 1986-1989*

Macaulay Trevelyan, George   *Geschichte Englands, 3.Auflage,*
                  Leibnitz Verlag München 1947 (Gedicht aus
                  Bruce Testament siehe Seite 74)

Chronicle Communications Ltd.,   *Chronicle of Britain, Hampshire 1992*

Baigent, Michael; Leigh, Richard;   *Der Tempel und die Loge; Bastei-Lübbe 1989*

Kinder, Hermann; Hilgemann Werner;   *dtv-Atlas zur Weltgeschichte; dtv 1964*
Zimmerling, Dieter;   *Störtebecker & Co.; Bechtermünz 1996*
Schreiber, Hermann;   *Die Geschichte Schottlands; Augsburg 1996*
Sippel, Hartwig;   *Die Templer; Amalthea, Wien 1996*
Major, R. H.;   *The Voyages of the Venetian brothers Zeno to the*
                  Northern Seas in the Fourtheenth Century;
                  Boston 1875
Maclean, Fitzroy   *Schottische Clangeschichten; Augsburg 1996*
Rackwitz, Erich;   *Fremde Pfade, ferne Gestade; Leipzig, Jena, Berlin:*
                  Urania Verlag 1986
Kühnel Harry;   *Alltag im Spätmittelalter; Verlag Styria, Graz 1984*
Fritze, Konrad;   *Seekriege der Hanse; Berlin 1989*
Malcom, Goodwin   *Der heilige Gral; München 1994*
John Dyson   *Kolumbus, die Entdeckung seiner geheimen Route in*
                  die neue Welt, (aus dem Amerik.); München 1991

Dudszus, A.; Henriot, E.; Köpcke, A.; Krumrey, F.;
                  Das große Buch der Schiffstypen; Augsburg 1995
Tryckare, Tre;   *Seefahrt, nautisches Lexikon in Bildern; Augsburg 1997*